松本清张　短经典

# 駅路

Matsumoto seicho

驿路

[日] 松本清张

人民文学出版社

著作权合同登记号　图字 01-2016-8885

Original Japanese title：EKIRO Kessaku Tanpenshuu Vol.6 by Seicho Matsumoto
Copyright © 1965 Yoichi Matsumoto
Original Japanese edition published by Shinchosha Publishing Co.，Ltd.
Simplified Chinese translation rights arranged with Shinchosha Publishing Co.，Ltd.
through The English Agency（Japan）Ltd.

**图书在版编目(CIP)数据**

　驿路/(日)松本清张著；朱田云译 .—北京：
人民文学出版社，2016
　(松本清张短经典)
　ISBN 978-7-02-012240-0

　Ⅰ.①驿…　Ⅱ.①松…　②朱…　Ⅲ.①推理小说-小
说集-日本-现代　Ⅳ.①I313.45

中国版本图书馆 CIP 数据核字(2016)第 321940 号


责任编辑　　卜艳冰　　陶媛媛
装帧设计　　山川 Gabryl



出版发行　**人民文学出版社**
社　　址　**北京市朝内大街 166 号**
邮政编码　**100705**
网　　址　**http://www.rw-cn.com**

印　　制　山东临沂新华印刷物流集团有限责任公司
经　　销　全国新华书店等

字　　数　**190 千字**
开　　本　**787×1092 毫米　1/32**
印　　张　**12.875**
版　　次　**2017 年 3 月北京第 1 版**
印　　次　**2017 年 3 月第 1 次印刷**

书　　号　**978-7-02-012240-0**
定　　价　**49.00 元**

如有印装质量问题,请与本社图书销售中心调换。电话:010 - 65233595

# 目　录

白色之暗

# 一

昭和①三十×年六月，信子的丈夫精一去北海道出差，却从此失联。

精一是做煤炭生意的，因为生意关系，常常会去日本东北部的长盘或北海道。一般都是先计划好去几天，等到了当地，再按照实际情况延长逗留的时间。常此往复，信子已经习惯了。

这一次也是，虽然比预计晚了一周回来，但信子一开始并不在意，因为丈夫是那种出差在外从来不发电报或寄明信片的人。

信子对此也曾有过抱怨，但丈夫却说："有什么不好？我是走到哪儿生意就做到哪儿的人，即使事先做好安排，也等于没有安排，真的没办法事无巨细都通知你。不知道哪天我突然就回来了，这也算一种小惊喜嘛。"

信子后来又试着提过两三次，诸如"不是啦""还是希望有你

① 日本年号，使用时间为1926年12月25日至1989年1月7日。昭和元年为1926年。

的消息啊""这样才能放心嘛"之类的，但丈夫每次都置之不理。事实上，那些没有提前联系却突然回来的夜里，包括之后的两三天里，丈夫都会对信子表现出极为强烈的爱意，而这样的表现似乎也佐证了丈夫的说辞。于是，信子内心也接受了丈夫"用实际行动证明"的说法，所以现在她已经习惯丈夫出差在外时不联系。

但是以前就算晚，最多也就迟归四五天，从来没有超过七天的。

以前的精一要么是晚上回，要么是一大早回，因为火车到站的时间不是晚上就是一大早。这一次，信子又等了好几天。每天晚上和早上，信子一边盼着能听到一步步走近玄关的丈夫那有力的脚步声，一边心里估摸着从东北到上野的火车时刻表。

终于，信子等不下去了，于是去找俊吉商量。从丈夫本该回来的日子算起，已经过去十天了。

俊吉是精一的表弟，在某商社工作。精一的性格比较粗犷，俊吉则比较内向。表兄弟俩的身材也完全不同。精一是一百四十斤的壮汉，而俊吉则瘦得只有一百来斤。

"就跟女人差不多吧。"

俊吉这么说的时候，精一笑了。他平日里就有些瞧不起这个比自己小两岁的表弟，倒也没什么恶意。因为俊吉听话、顺从，精一对俊吉既有些怜爱，又稍稍有些不屑。

另一方面，俊吉虽视精一为兄长，但多少有些距离感。虽谈不上有所谓低人一等的感觉，但性格上的差异确实导致了两人在互动时地位的倾斜。另外，精一好酒，俊吉则滴酒不沾。

"听说那家伙喜欢看电影和小说。"精一曾经笑着对信子说，俊吉连兴趣爱好都跟女人似的。精一自己很讨厌看书或看电影。

信子是爱丈夫的，但看到丈夫房间里连一本书都没有的时候，还是会觉得有些寂寞。信子对丈夫是满意的，但唯独在这一点上好似有一道口子，让寂寞的气息有机可乘。

信子不知道俊吉在看什么小说，她并不讨厌俊吉。自己的丈夫并非没教养的人，只是完全不懂细腻为何物。相反，看上去柔柔弱弱的俊吉身上却有着丈夫没有的东西。

"俊吉那家伙好像很喜欢你吧。"

这天俊吉来家里玩，等俊吉走后，夜里，丈夫醉醺醺地说。

"说什么傻话，不会有那种事的啦。"信子嘴上这么说，但心里其实有些慌张，有些心虚。

"是吗？但我总觉得是哦。"丈夫有些嘲笑地说。

信子觉得有些狼狈，因为她自己心里其实也有同感。俊吉对信子确实是有好感的。话虽如此，倒也没见俊吉有什么特别明显的表示。但女人总是有直觉的。信子还是小姑娘的时候，就有过好几个男人让她产生过类似的感受。

精一虽然是粗放型的，但对于一些小细节却很上心，信子对此有些吃惊。也许，男人也是有直觉的吧。

"哎呀，你干吗说这种话。"信子说着扑进精一的胸膛。精一紧紧搂住信子，大声地笑了起来。那笑声仿佛在说，表弟算个啥。

信子是三年前和精一结婚后才知道有俊吉这个人的。俊吉的头发一直都是纹丝不乱，用梳子精心打理过的痕迹清晰可见。额头上哪怕出现一丝乱发，他都会用那修长的手指去拨、去捋。俊吉话不多，就算开口也都很小声。每次被精一嘲笑的时候，俊吉从不回嘴，只是静静地笑。那种时候，信子觉得特别同情俊吉。

其实信子对俊吉也是有好感的，但那不是爱情，对于这一点，信子非常肯定。信子喜欢的是丈夫。但一想到这个表弟身上那些丈夫所没有的东西，信子就很想微笑。

可以肯定的是，俊吉对于信子那种好似温柔空气般的感情，如轻柔的阳光般淡淡地反射到她身上，确实会撩起她的微笑。对于这一点，信子的潜意识里有些迷茫无措。

精一依然没有回来，比预计回家的日子已经晚了十多天，信子想去找俊吉商量。虽然表面上的理由是找不到别人可以说这事儿，但其实，还有另一种感觉。说来也许有些夸张，但信子其实想向俊吉求救。

信子打电话到俊吉公司。

# 二

俊吉很快就接起电话。

"信子姐吗？上次谢谢您。"

一个月前，俊吉来家里玩，他是为这事道谢。

"阿俊，我有点担心。"

因为有些避讳店里的人，信子特地跑到店外，用公用电话打给俊吉，但即使已经在外面，信子还是用手捂着听话筒，压低了声音说。

"担心？什么事？"俊吉的声音都有些变样。

"精一出差去了北海道，已经十七八天了，到现在还没回来。以前都是一周左右就回来的。"

"没有任何联系吗？"

"他一直都这样，出去了就没消息。但以前最迟也就比预计的日子晚个三四天，然后就回来的。从没像这次，已经超过十天了。"

俊吉沉默不语。信子以为是电话信号不好，对着话筒"喂，喂"了好几声。等到后来再去回味这几秒间的沉默时，信子发现，其实俊吉别有他意。

"要不再等几天？"俊吉终于开口。

"哦。"信子心情沉重。

"给北海道或福岛县的煤矿公司发过电报吗？"俊吉又问。

"没，电报还没发。"

"我觉得还是先发个电报问问情况吧。等对方公司回复了，您再告诉我一下。要是明天晚上还没回，我就去您府上。不过，您也别太担心，说不定今晚就突然回来了。"俊吉似乎特地加重了语气。

信子挂上电话，觉得俊吉的话很受用，于是马上着手给一家又一家自己知道的煤矿公司发电报。信子没想到还有这种处理方法，心想，应该早点联系俊吉的。然而，一连写了五六封同样内容的电报后，信子的心又揪了起来。

这天晚上，信子等到很晚，精一还是没回来。第二天，煤矿公司也陆续回了电报。东北地区的四家公司说精一去过他们那里，但两周前就走了。而北海道的两家公司则说精一从未去过他们那里。

信子很担心，开始坐立不安，满脑子想的全是坏事情。那阵子，报纸上经常可以看到报道说在外跑业务的人在异乡遭遇打劫甚至丧命。信子现在能想到的，全是些不吉利的事情。

俊吉在电话里说过，如果精一晚上还没回，他就来家里。但信子白天就已经等不及了。虽然外面下着雨，信子还是特地跑到外面的一家小店，用一部红色的公用电话打给俊吉。雨水沿着小店的房檐滴滴答答地向下落，打在肩头，信子心情更加低落了。

"哥还没回去吗？"俊吉一开口就满是担心的声音。

"还没。煤矿公司也都回了电报。"

现在，信子只能靠俊吉了。

"他们怎么说？"

"东北地区的公司说他两周前就走了。北海道的公司说他从没去过那里。"

"精一哥一直都是先去东北地区的公司转一圈，然后再去北海道的吗？"

"是的，一直都是。"

俊吉又沉默了。差不多五六秒之后。

"喂？喂？"

"啊。"俊吉这才又出声，"那这样吧，今晚我先去您那里，见了面再说。"

"好吧，麻烦你了。我等你。"

挂上电话，信子察觉到有些不对劲。俊吉刚才说"见了面再说"，这种说法很奇怪。有什么事非要见面说？仔细想来，刚才俊吉的声音里好像有着一种不寻常的决然。

俊吉到信子家的时候已经过了傍晚，手里提着公文包，看着像是从公司下班后直接过来的。

当着店里的人面，俊吉一边说"这雨下得好大啊"，一边朝里面走。

信子在离店门有些远的内屋里，已经为俊吉准备好了晚饭。俊吉一落座，马上先开口："还是没有任何消息吗？"俊吉的头发依旧纹丝不乱，一边说，一边用白色的手帕抚拭着额头上的汗水。

"没有。我该怎么办？真的好担心。"信子坐在对面。

"哥出门的时候带了多少钱？"

原来俊吉想的和自己一样，信子不由地心跳加快。

"我想想，好像有四五万吧。"

"这样啊。"

俊吉又沉默不语，双肘支在桌子上，手指交叉，陷入沉思。他低着头，保持着同样的姿势，一动不动。

看着俊吉的样子，信子更加不安了。信子觉得俊吉一定和自己一样，在想那些不吉利的事情。

"唉，到底该怎么办？"信子忍不住开口问。

俊吉抬起脸，仿佛是信子的问话把他拽起来的一样。

"信子姐。"俊吉说着，突然双膝并拢低下了头。信子一惊。

"我做了对不起您的事情，之前一直瞒着您。"

信子瞪大了眼睛。俊吉向信子坦白，精一瞒着信子在外面有女人。

## 三

一开始，信子完全不懂俊吉在说什么。丈夫在外面有女人？为什么自己一点感觉都没有。

"差不多是一年前开始的。那个女人在青森，听说是酒吧的女老板。您知道的，精一哥一直去北海道。好像哥在那段时间等从青森开往北海道的船，也就是在等船的那段时间吧，也可能是在别的什么时候，反正就在那女人的酒吧喝了几杯，然后勾搭上了。"

听完俊吉的话，信子渐渐明白了事情的来龙去脉。

信子感到自己的脸色已经发白。

"真不敢相信。"信子说这话的时候嘴唇都在颤抖。

"这么说，您一点感觉都没有？"

"完全没有。"

信子都快哭了。完全没有！信子瞬间在脑海里将有关精一的所有记忆挨个搜索了一遍，甚至包括一些只有夫妻间才知道的细节，但还是完全找不到丈夫出轨的一丝迹象。

突然，信子一怔，恍然大悟。丈夫每次出差都会比预计的时间晚回来几天。三天或者四天，每次都会晚回。而且，他每次出去都不会给自己任何消息。

信子的身体开始发抖。

"是我不好。"俊吉蜷着身子，"精一哥不让我说。我也知道这样不好，但终究还是没能开口告诉您。"

"所以你早就知道了？"

"其实也不能说是早就知道。那个女人给精一哥写的信都寄到我那里去了。我受经精一哥所托，至多算是个收件人。当然，收信人的名字写的是精一哥，他对那个女人说我是他室友。信的内容我都没看过。收到信之后，我通常会打电话给精一哥，让他去我那里去取。"

信子瞪着俊吉。原来他们是一伙儿的。

"请您原谅我。是我不好。您在电话里跟我说精一哥一直没回来，我真的也不知道该说什么了。"

原来那天电话里的沉默就是因为这个理由。

信子的眼神好像在放箭，俊吉一下子就蔫儿了。

"是精一哥拜托我的，我没法说不。有好几次我都想向您坦白，但结果还是没说出口。"

这事儿也许还真不能怪俊吉。他就是这样的性格，没法对精一说不。精一总是那么强势。俊吉每次被精一捉弄的时候，只会静静地苦笑。他就是这样的人。

丈夫在外面有女人这个事实让信子的内心开始动摇起来。以前和别人聊家常的时候，倒是常听说这种事儿，一直以为离自己很遥远，却没想到，其实自己早已深陷其中。信子觉得自己快要在这种暴风雨中窒息而倒了。

绝对不可以哭。现在一哭，自己会在俊吉面前丢人。信子拼命死撑。

俊吉刻意不去看信子那红得好像发了高烧一样的脸。俊吉战战兢兢地打开自己的包，取出一封信放在桌上。

"这里就有一信。"俊吉轻声说，"是那个女人寄来的最后一封信。寄到的时候精一哥已经出差了。因为时间上岔开了，所以这封还留在我那儿。"

信子看着信，好像在看一样可怕的东西。信子不愿伸手去碰，只是直直地盯着。浅色的小信封上，俊吉的住所旁边写着丈夫的名字。字真丑。信封也又薄又脏。

"我知道您一定很难受，但还是看一下信里的内容吧。"俊吉低声说，"也许里面会有什么线索，可以找到精一哥至今未归的理由。我总觉得这次的事情和那个女人有关。"

信子感到肩膀沉重，但还是伸手去拿了信。信封上，青森邮局的邮戳清晰可见。信子着实感到了一种让自己恶心的、遥远的距离。

信子觉得自己的手指在发抖。她从信封里抽出一张纸，那是一种很便宜的便笺纸，字写得真的很丑，还有很多错字，不过就措辞而言，通篇读起来却也不算太糟糕。


——你马上就要来我这里了吧？我真的盼着你早点过来，哪怕早一天也好。我有很重要的事对你说。你以前说的那些不是骗我的吧？如果你现在不要我了，我会恨你一辈子的。我现在满脑子都只想着和你在一起。我已经受不了。请你也抛弃一切吧。我已经做好准备奋不顾身。你太太虽然可怜，但真的也没办法了。不管别人怎么说我不好，我都认了。我去赚钱养你。如果那样还不行的话，我们就一起去死吧。只要能和你在一起，我死也开心。我已经别无他求。

常子

看完信，信子完全懵了。这信里的一字一句都太可怕，仿佛突然出现了一片真空地带横在信子面前，让她根本无法将这封信与现实相关联。信封背面写着寄信人"青森市××町沙龙芙蓉内 田所常子"。信子一看到这几个字，突然冒出一种感觉，这个女人已经闯进自己家里，甚至连面容都好似近在眼前。

俊吉悄悄地拿起信。看完信，他什么也没说，好像有些害怕信子会有什么反应。

"阿俊，精一现在应该就在那个女人那里吧。"信子觉得这声音听起来已经不像是自己的了。

俊吉抱着头什么也说不出口。

"我要去青森。"

任何人都有过这种经历吧。那些忍不住脱口而出的话，一旦说出了口，就会变成毅然的决心。

俊吉抬起脸，表情很痛苦。

俊吉逃也似的离开了。信子这才泪崩决堤，哭至瘫倒。

## 四

第二天傍晚，信子坐上火车直奔青森。

信子在车上心事重重，毫无睡意，觉得自己好惨，居然要一个人在火车上过一整夜。因为很闷热，有人打开了车窗。窗外什么也看不见。夜色不断地在眼前高速流走。东北地区荒凉的光景，如同魔鬼一般，向暗夜深处狂奔而去。夜里的风好冷，会让人误以为已经到了冬天。火车有时候会在一些荒无人烟的车站停靠。对于其中一些地方，信子除了站名一无所知。一个人跑那么远，信子心里非常不安，甚至觉得连呼吸都变得困难。

前面座位上坐着一对年轻夫妇，他们用东北方言问信子去哪里。后来夫妇俩相互依偎着进入梦乡，看上去睡得很舒服。天刚亮没多久，车又进站，夫妻俩下了车。信子去看站名，是一个叫"浅虫"的车站。信子久久都无法忘怀那夫妻俩在月台上大步离开的模样。

青森是一个寂寥的小地方。天空阴郁又沉重，好像被硬生生地摆放到屋顶和道路上方似的。

信子边走边打听××町"沙龙芙蓉"，来到了一片有很多小酒馆和咖啡馆的地方。因为是一大清早，所有的店都还关着门。"沙龙芙蓉"的店面看着挺大，却有些像被荒废在那里的破罐子的模样。信子确认了一下地址，然后转身离去。

信子想了想，一般要过了下午三点，店才开门吧？无所事事的信子开始在青森的街道上徘徊游荡。自己是一个空虚的路人，无论看到什么，眼里都只剩下无色。

但当来到港口时，"青函联络船"那黄色的烟囱点亮了她眼中此时唯一的色彩。丈夫一直是坐这种船往返于此地和北海道之间的吧？想到这些，信子突然很怀念过去。她一直望着船，整整看了将近两小时。半岛上那些凸起的低矮小山，看起来好像匍匐在海面上一样。

已经过去了五六个小时，信子只是一个彷徨者。但她心里还存着一丝期许：在街上和人群擦肩而过的时候，也许会突然遇到丈夫。

看看手表，已过下午三点，信子回到早上踩过点的地方。

"沙龙芙蓉"已经开门了。信子走到门前，却又突然止步。心跳得太厉害。信子觉得和那个叫田所常子的女人对决会让自己受不了。如果带上俊吉一起来就好了。为什么自己没拜托他一起来呢？信子的后悔如翻江倒海般涌上心头。

信子在店门前反复来回了六七趟，然后一闭眼，一狠心，终于走进店里。

田所常子看上去有些胖，眼角处有好多黑斑和细纹，嘴唇涂得红红的，眼瞅着比信子至少大两三岁。

信子先开口说:"谢谢您一直关照我先生。"

没想到田所常子表现出比她更为强烈的敌意。"太太,您说笑呢吧。"常子歪着头,"精一是我男人,他更爱我。我男人跟我说过很多关于你的事。太太,其实你并没很爱他吧?我男人已经没我不行了呢。"

信子几乎晕倒。这个女人凭什么对自己说这些?凭什么无中生有地断言自己不爱精一?她那张红唇里冒出左一句右一句的"我男人""我男人",真让人受不了。之前信子还担心这个女人会装傻不承认,所以身上还带着那封信,现在想来其实根本不需要。

"我对精一可是全心全意地付出所有,死都不怕的那种。我男人也是这么对我说的。太太,我走到今天真的也是吃了不少苦的,但我已经铁了心了。就算我今天在这里向你说对不起,您也不会原谅我,对吧?我不想做那些虚情假意的事情。所以,说句实在的,抱歉了,太太,你还是放手吧。"这女人一副宣誓主权的架势。

信子觉得眼前发黑,连对面女人那花哨的衣角也看上去模糊又遥远。

"我丈夫现在在哪里?"信子哭着问。

"我不知道。反正没来我这里。"常子浅笑一声,轻松作答。

"请您说实话。哪怕一小会儿也好,请您让我见一下我丈夫。"

听信子这么一说，常子扬起下巴笑出了声："太太您是在怀疑我？也难怪，那么大老远地从东京过来找人。不过我是真的不知道。您不信，我也没办法。"

"不会的，您应该知道的。您刚才都说到那份上了。拜托您，请告诉我。"信子的声音里带着呜咽。

常子冷冷地看着信子，理直气壮地撂下狠话：

"到现在为止，我可还当您是个朋友哦。您怎么还不信啊？要不，我这酒吧，还有我家里，随便您去搜吧。我已经说了很多遍，我不知道。您不信就自己去搜吧。"

## 五

信子像个病人似的，回到东京，身体丢了重心，意识变得模糊，思考力也不知跑哪儿去了。

即便如此，信子还是第一时间电话联系了俊吉。

"啊？您已经回来了？"俊吉的声音听上去很焦急，"怎么样？结果呢？"

"你今天来我这里吧，见面说。"信子说完这句就挂了电话。听到俊吉的声音，信子稍稍恢复了些精神。

刚到傍晚，俊吉就匆匆忙忙赶来了。一看到俊吉的脸，信子突然心里一酸，哭了起来。

"怎么了？没找到吗?"俊吉看起来也没什么精神。

信子想停下来不哭的，可就是控制不住，抽泣声不断地从喉咙涌出。俊吉在一旁默不作声。

"对不起，让你看到我这副模样。"信子擦去泪水抬起头，眼睛已经哭得有些麻木。

"没事。"俊吉看着信子，感觉有些目眩，赶紧低下头，转移视线。

"我见到那个女人了。"信子好不容易才勉强开口，但另一方面却有着很自然的、想向俊吉诉苦水的意愿。

听信子说完后，俊吉若有所思地抱起双臂："我觉得那个女人在说谎。"

"果然你也这么想？我也这么觉得。"信子红着双眼盯住俊吉。

"精一哥一定在那个女人那里。不会有错。其实您应该去一下她家里。"

"我下不了那么大的决心。"信子低下头。是啊，应该去的。是田所常子把精一藏起来的，她是故意虚张声势的。自己太软弱了。那个时候，如果不顾一切去了那个女人的家里，也许已经见到丈夫了。至少，也许能发现一些线索。信子好想用鞭子抽打那个怯懦的自己。

"那个时候如果阿俊你在就好了。我真的很后悔。"

俊吉吃惊地抬眼看信子。不知是错觉，还是信子太敏感，信子觉得俊吉的目光中好像闪过一道光，让她觉得有些狼狈。

"我一个人不行，还是应该有男人一起去的。"信子特地强调了一下理由。

"我再去一次青森吧。"俊吉鼓起勇气。

"啊?"信子瞪大了眼睛，"真的吗，阿俊?"

信子仿佛看到了一线曙光。自己虽然失败了，但俊吉是男人，所以也许会成功，不，应该能成功。刹那间，信子仿佛看到了被俊吉带回来的丈夫满脸愧疚的样子。

"拜托你! 真的拜托你! 你这么帮我，我都不知道该怎么谢你。"信子一个劲地双手合十。

"不用谢，我和精一哥是表兄弟。没办法，现在是非常时期。"俊吉用修长的手指拨弄着头发，有些害羞地说完，就起身离开了。信子目送他出家门，深深地感谢俊吉的善良。

三天之后，俊吉的青森之行有了结果。

俊吉有气无力地来到信子面前。信子看到他那副模样，就已经失望了。

俊吉垂头丧气地说："我完全不是她的对手。她一点都不否认和精一哥的关系，也不给我问话的机会，还自说自话、大言不惭地秀恩爱。居然会有那么厚脸皮的女人。"说完，他深深地叹了口气。

信子想起了田所常子那肉感的身体、浓重的黑眼圈、鲜红的嘴唇和咄咄逼人的语速。俊吉不行的。信子完全可以想象俊吉在常子面前唯唯诺诺的模样。自己之前居然还天真地幻想俊吉能把丈夫带回来。

"但好歹我去了那个女人住的公寓。"俊吉继续说，"也就十平方米大小，带厨房的，特别脏。那女人还凶巴巴地说：'你看到了吧，一眼就可以看遍个房间的，这下该满意了吧。'精一哥确实不在那里。我也没发现有什么男人的衣物。想想也不至于会躲在壁橱里。没办法，只能回来了。"

信子绝望地听着俊吉的叙述。俊吉那么弱，能做到这种程度，真的已经算很努力了。

"所以精一真的不在那个女人那里？阿俊，你怎么想？"

俊吉久久地注视着信子。

"也许是我想多了，但我觉得精一哥就在那个女人那里。即使不在那间公寓里，也许在别的地方又借了房子。"

"你这么想？"

信子想象着精一和那个女人在一间又狭小又昏暗的房间里滚来滚去的样子，觉得好心寒。

"那个女人的盛气凌人其实是为了掩盖她的心虚。她对精一哥那么痴情，还说为了精一哥死都可以，怎么可能不知道精一哥在哪里？精一哥也真是的，完全陷进去了。真是个厉害的女人啊。对了，不如我们报警吧。"

"报警？"信子吓了一跳。

"到警局去提交失踪人员调查请求。就靠我们俩，真的拿她没办法。"

# 六

信子和俊吉一起去警局提交了调查请求。

信子本以为有了青森那么明确的线索，事情应该很简单，但结果又是一场空。两周后，警局通知让信子去一趟。

"青森警局来报告了，你丈夫不在那里。也调查过那个叫田所常子的女人了。"负责人一边给信子看报告一边说。

信子觉得很脸红，这种自家秘密经警察之手昭告天下的感觉让她很羞耻，甚至有些后悔提交了调查请求。

"有没有可能和犯罪案件扯上关系？"负责人问。信子倒吸一口冷气。警察现在问的正是她一开始最为担心的事情。然而现在，信子已经不去想那些事情了。因为她坚信丈夫的行踪一定和田所常子有关，一定是常子把丈夫藏起来了。

信子对负责人说自己没有头绪，道完谢就回去了。一想到从此就得和丈夫永别，信子心里涌上一股无尽的空虚，在房间里哭了很久，哭到身体完全脱了力，薄得好像纸片。

这天傍晚，俊吉来了。听信子说完警局的事情后，俊吉说："这下麻烦了。田所常子真的太厉害，居然把警察都耍了。"他歪着头，又发表了一通感想，"普通老百姓提出的调查请求，警察可能不会太认真去找吧？他们有一大堆事要做。我总觉得他们有点敷衍了事。毕竟这属于很常见的桃色事件吧。"

俊吉是说者无心，但最后那句"常见的桃色事件"却又一次给了信子沉重一击。甚至等俊吉走后，那一击依然威力犹存，好像指甲戳进了心脏。在世人看来，这就是一件平常事。以前信子也曾在书上看到过，或是别的地方听到过，但都是看过听过就忘记的。然而，一旦降临到自己身上，她才发现，这是足以影响一生的重大事件。那些曾经熟视无睹的他人的不幸，现在一股脑地都反扑到她自己身上了。

之后过了很久，精一还是没有回来。信子每天都盼着能有一天，丈夫突然一脸愧疚回到自己身边。然而，日子就像流水般渐渐变淡，终于，不再去想。

也有柴米油盐日常生活的缘故。丈夫不见了，只能靠信子去继续守着那家生意不错的店铺。店里的事情，靠着那些在店里做了很久的雇员，不至于一下子垮掉，但信子还是将生意的规模缩小到丈夫在的时候的一半，但仍撑得很辛苦。信子想要忘记一切，于是把自己的全部心思都放在店铺的经营上。丈夫说不定哪天就回来了，等丈夫回来的时候一定会夸奖自己。信子的潜意识中依然涌动着一丝无望的希望。

然而，白天工作结束后，空虚就会强势袭来。心，没那么简单。一个人的时候会感觉冰冷的空气穿透全身。不，即使是白天忙碌的时候，也会时不时地突然涌上一种真空的感觉。

很自然地，信子变得有些依赖俊吉。事到如今，信子的身边只剩下俊吉。俊吉也表现出让信子觉得可以依靠的姿态。

俊吉给信子一种温暖的感觉，他表现出的诚意让信子愈发想要依靠。信子曾以为俊吉只会在强势的精一面前柔柔弱弱，老老实实，但现在她发现，其实俊吉的内心很坚强、很可靠。信子有点意外，意识到自己以前对俊吉的看法是错误的。信子对俊吉有了新的认识，虽然很平凡，但毕竟是男人。理所当然地，信子内心的天平对俊吉日益倾斜。

信子会去找俊吉商量各种事情。俊吉的意见对信子的内心而言，是一种巨大的支持。俊吉每次都能提出很中肯的意见，他对任何事情都很认真。

信子一个人在家的时候，俊吉会很注意自己的举止，即使是傍晚来到家里，也一定会在夜深前离开。无论信子如何盛情相邀，俊吉都会坚持中途离开，独自吃完饭再过来，好像是为了故意避开与信子单独用餐的尴尬。信子觉得俊吉在这些细节上的注意和用心很符合他的性格，一想到这些，信子就想微笑。

有一次，俊吉连续五六天都没来。信子打电话到俊吉公司，同事说他请了病假。信子很想去俊吉住的地方看他，但又觉得不妥，最终还是放弃了这个念头。毕竟俊吉还是单身。好像是由于俊吉对自己那种避嫌意识的反射，信子自己的行动也变得犹豫起来。那是一种非常危险的预感。"俊吉喜欢你哦。"信子的耳边仿佛又响起了丈夫的那句醉话。

过了好久，俊吉一脸病容地来到信子家。再次见到俊吉，信子真的很开心。

"你生病了？"信子担心地看着俊吉。

"是的，胃不好，没办法，老毛病了。"俊吉的脸色依然有些苍白。

"这样可不行。我其实很想去看你的。"

"是吗?"俊吉盯着信子。不知是不是刚刚病愈的原因,俊吉的视线中似乎充满了炽热。信子的视线仿佛撞上了意外的东西,狼狈地转过脸去。

——另一方面,有关精一的消息,以一个意外事件的方式突然造访了信子。那是差不多两个月之后的事情。

# 七

这天,俊吉打电话给信子。

"有个人从仙台跑来找我,说了些奇怪的事,和精一哥有关。"

"啊?"信子的心脏狂跳一下,"奇怪的事情?"

"见面再说。我这里现在正好午休,下午稍微请一会儿假,我和那个人一起去您家。"

接完俊吉的电话,信子用手按住胸口,心跳得实在太厉害。关于丈夫是不会有什么好消息的,信子脑中冒出来的全是坏事。

三十分钟后,俊吉带着一个人坐着出租车过来了。那是一个三十四五岁模样、肤色有点黑、长着一张圆脸的男人。他穿着很得体的两件套西装,看上去像是哪家公司的高级职员,递来的名片上写着：白木淳三，名字旁边还印着一行小字：仙台的"旅馆·藤若庄主"。

白木淳三齐膝正坐，向信子问候："初次见面，突然造访很抱歉。"他一举一动都很有旅馆当家的风范，开口说话也颇彬彬有礼。

"其实，我是田所常子的哥哥。"白木突然说了这么一句。

信子倒吸一口冷气，双目揪成细长的白眼，什么也不说，向他投去不屑的目光。

"因为某些缘由，我俩不同姓。她跟母亲姓，但确实是我的亲妹妹。我来东京的时候完全没想过打扰府上，但高濑先生——"说着，白木看了一眼坐在旁边的俊吉，"从顺序上来说，是我先去找了高濑先生，聊了很多，然后就来您府上了。我妹妹真的给您添了太多麻烦。真的非常对不起。我在此郑重地向您道歉。"

白木双掌撑地低头道歉，一点都没有作秀的感觉，完全是诚心诚意的态度。这一点，信子看得出来，她对白木印象蛮好，甚至有些无法相信白木是田所常子的哥哥。

"信子姐，"在一旁沉默了好一会儿的俊吉开口说，"听说田所常子死了。"

信子吃惊地瞪大眼睛。那个田所常子死了？——突然间，信子仿佛看到丈夫就站在田所常子那胖胖的幻影身后，好可怕。

"我妹妹是在青森县十和田湖附近奥入濑一带的森林里被人发现的。"白木依旧语气平静，"找到她的时候已经是具尸体了。也许您不知道，奥入濑一带从很久以前就是山毛榉原始森林，那是一片密林，哪怕是熟门熟路的人，一旦迷了路也很难走出来。他们发现我妹妹的时候，她躺在一条通往溪流深处瀑布的小路边。是当地人发现的。死了快两个月，已经是一堆白骨了。警察根据手提包里的物品断定是我妹妹，旁边还倒着一个安眠药的瓶子。他们说她是自杀。"

信子觉得有些窒息，耳边仿佛又响起了田所常子的声音："和精一一起死都可以。走投无路就一起去死。"信子感到很恐惧，脑子里浮现出一幅画面，在那片山毛榉的原始森林里，不知何处还横躺着另一具尸体。

"我妹妹是个不幸的人，年纪轻轻就因为家里的缘故离家出走，一直过得乱糟糟的。我只知道她来过东京，之后很长一段时间一直音信全无。"白木依然说得不急不慢，"差不多半年前，我突然收到她寄来的一张明信片，上面没写几个字，是从青森的'沙龙芙蓉'寄出的。刚收到的时候，我还有些气她怎么还在那种地方混日子，但明信片上写着'我马上就要抓住幸福了'，我当时还觉得很安心，心想最好能那样。我妹妹虽然不争气，但如果能得到幸福，那肯定是好事。如果当时我马上跑去青森就好了，但我的生意真的很忙，所以只是回寄给她一张明信片。我心里一直挂念着她，但终究还是没管她，随她去了，没想到结果却是这样。警方在她房间里找到了我寄给她的那张明信片，才联系我去认尸。"

白木说完这些，从口袋里拿出一个信封。"我在妹妹的房间里找到这个。还没写完，就放在她的抽屉里。"

信子看了一眼，和之前见过的一样，是田所常子的笔迹。信封上写着"东京都——高濑俊吉先生 小"。"小"字后面本来还写了一个"关"字，但好像是写错又划掉了。"小关"是精一的姓。信子看着信封，仿佛注视着一件可怕之物。

## 八

"我完全不知道妹妹因何而死。毕竟太长时间杳无音信，不知道也是算情理之中吧。但我寻思着，也许靠这个信封能找到什么线索，所以来东京找高濑先生。我妹虽然不知耻，但毕竟人死了，还是觉得她很可怜。我见到高濑先生后才知道她和您先生的事情，真的大吃一惊。不，是非常抱歉。今天突然造访，真的只是来登门谢罪的。"白木说完这些，再一次向信子低头致歉。

"很惭愧，白木先生还向我道歉。但如果常子小姐的死和精一哥有关的话，我觉得我也是有责任的。我应该早点告诉信子姐我帮助他俩通信的事情。"俊吉有些懊恼地说。

现在说什么都没用了。比起白木和俊吉说的那些，信子更担心的是丈夫。如果田所常子已经死了，那么丈夫是否也已经命丧他乡？信子拿出田所常子的那封信给白木看。

"这确实是我妹妹的笔迹。"白木看完信说，"从这封信的内容来看，我妹妹对您丈夫非常在乎。我妹妹以前就是这种性格，一根筋，不顾前后，不管是非。脑子一热，就什么事都做得出。她之所以会离家出走过乱糟糟的日子，也是她的性格所致。真的拿她没办法。"

白木说得好像在同情妹妹，也好像在向信子道歉。这时，俊吉提出自己该回公司了，起身先行离开。

信子越来越不安。这种不安和丈夫失联至今积累起来的不安有所不同，是一种更接近黑暗和恐怖的不安。

——也许丈夫原本想和常子去殉情，但结果自己一个人活了下来，现在不知躲到哪里去了。

信子越想越觉得这就是事实。东北陌生的土地上，憔悴彷徨的丈夫那隐秘的身姿好似悬浮在空中。信子的不安似乎显现在了脸上，白木看着信子的表情，仿佛已经看穿她的所想。

"常子死了以后，我在发现尸体的地方周边转了一圈，就像刑警做调查一样。我想，也许能找到一些与我妹妹自杀有关的证据的迹象。"

虽然白木用的是"证据的迹象"这种词，但信子明白，他以这种婉转的方式所指的，其实正是与精一有关的事情。

"我拿着妹妹的照片，以发现尸体的奥入濑为中心，跑了很多地方。比如酸汤、茑等八甲田山麓的温泉地、烧山部落，还有十和田湖边上的旅馆，我挨家挨户地上门造访，问他们有没有见过我妹妹。"白木继续说，"结果还是一场空。他们都说不知道。原本初夏就是旅游旺季，游客很多，旅馆记不清客人长什么样也很正常。不过在酸汤，一家旅馆的女侍看了常子的照片后说好像见过，但也只是很模糊的记忆，所以并没什么用。我甚至还去了在'荞麦休屋'旅馆一条街上的十和田湖派出所，那个派出所管辖着十和田湖地区，我原以为那里可能会有线索。"

信子有些吃惊，没想到白木会那么热心调查。

"结果还是徒劳，没能问到任何与常子有关的消息。不过听派出所一个年轻片警说，那一带殉情或自杀的人特别多。"

信子悄悄地舒了一口气。按照白木的说法，至少没有迹象表明精一也自杀了。

白木刚才说了长长的一大段，不知是不是为了让信子好受些，接着又说："因为看上去蛮空闲的，我就和那片警聊了些别的。他说那一带没什么大的犯罪案件，最多也就有些小毛贼偷旅客的东西，有时候还会有人赖账白吃白住的。对了，说到赖账，还听到一个有趣的案子。好像是今年梅雨期的时候，有两个男人投宿旅店，却一大早跑去湖上划船，然后划到对岸就逃走了。各个地方都会有怪事。但因为我自己就是开旅馆的，和一般人不一样，对这些事情还挺感兴趣的，就当是给自己作一个参考，因为对有些客人还是要保持警惕的。"

白木后来又向信子抱歉说打扰了那么长时间，然后又说了好几次自己妹妹让信子太太那么痛苦真的非常对不起。

白木走之前突然想到什么，问信子："抱歉，也许这么问有些失礼，不过听说高濑先生和您丈夫是表兄弟，是吗？"

信子回答是的。白木稍稍有些迟疑，欲言又止，但马上转口说，"如果您和高濑先生一起去东北，请一定到仙台来，住我家。我们家不是什么高级的地方，但保证绝对很安静。我还可以带你们去松岛转转。"

信子没想到白木会说这些，一下子慌了神，脸都红了，好像自己原本藏起来的坏东西突然被发现了一样，狼狈不堪。

信子对白木那双眯眯眼第一次产生了畏惧感。

# 九

到了这一年的年末，精一还是没回来，是生是死，都完全没有头绪。春天来了，也依旧没有丈夫的消息。精一失踪至今，已经快一年了。

这期间，信子一直在忙着打理店铺。俊吉也常常来家里，做一个安静的听众，还帮信子出谋划策。似乎一切都没变。

但要说没变，其实只是表象。俊吉的接近，已经渐渐让信子的内心变得不平静。而那种动摇非但不是苦痛，相反，不如说其中暗藏着一种愉悦。

信子想，女人的心理到底是怎么一回事啊？明明心里还想着丈夫，但接纳俊吉的意识却也同时在暗流涌动。信子有时候很害怕，觉得自己是一个非常不道德的坏女人。所有女人都这样吗？只有自己这么软弱吗？不，不是的，信子摇头。要怪就怪精一，怪丈夫不早点回来。亲爱的，你快点回来吧。你再不回来要出大事了。信子痛苦地喘息，呼喊着丈夫的名字。

仙台的白木淳三每个月都会寄一张明信片给信子以示问候，有时候还会寄一些当地的土产。也许那是一种替妹妹谢罪的行为吧。

而白木的每张明信片中一定会问一句："是否有您丈夫的消息?"

一说到白木,信子就想起他那双眯眯眼的犀利劲儿。虽然看上去有礼有节,却有股能把人心看穿的狠劲,好可怕。不过,虽然眼睛可怕,他那张圆脸却给人一种安定感,好像常识一样,可以确定无误。信子对白木,有着一种放心的,也许也可以称之为信赖的感觉。

晚春过后,初夏的阳光开始变得强烈。这天,信子收到了白木淳三寄来的信。这一次不再是之前的那种明信片,而是一封很多页、很有分量的长信。

信子一个人花了很长时间读完了那封信,**又花了更长的时间去思考**。一周后,白木又寄来一张明信片。这次的字句很简略,说春末初夏的时候,松岛很值得一游,问信子要不要去松岛散散心,如果方便的话,可以约俊吉一起。

等俊吉来家里的时候,信子给他看了那张明信片。"既然仙台的白木先生都这么说了,要不我就去吧。"

俊吉看完说:"好啊,你从去年开始就一直那么辛苦,是该出去走走换换心情了。生意的事情可以交给店里的人,甚至暂时关掉几天也没事吧?"

"嗯。对了,阿俊,"信子有些害羞地望着俊吉的脸,微笑着说，"你，要不要也一起去？白木先生也是那么提议的。你公司那里会不方便吗？"信子的眼中带着妩媚。

"公司的事情总归有办法的，"俊吉觉得有些晕眩，脸上好像点了灯，看上去神采奕奕，"我可以和你一起去？"俊吉兴奋地问。

"干吗不行？阿俊，没事的啦。一起，一起去吧。"信子说得很起劲。

"那就这么说定了。我去公司请假，差不多一周够了吧？"俊吉的嘴唇上很自然地溢出喜悦的笑意，"什么时候出发？"

"下个月吧，下个月中旬。"

"下个月？"俊吉脸上露出一丝不悦，"下个月就六月了，雨水可能很多哦。要不，早点出发？"

"店里太忙，只能下个月中旬啦。好不好？"

"这样啊，那，没办法，就六月吧。"俊吉放弃提前时间，"我现在就去公司请假。不能让别人抢先占了假期。"

信子目送着俊吉兴高采烈离开的背影，但这一次，她的眼神和以往截然不同。

仙台之旅如同约定的那样，在六月中旬成行了。之前俊吉担心的下雨问题看来也是多虑。

十点从上野出发的快车"陆奥"线，傍晚接近五点的时候就已经到达仙台了。在车上的差不多七个小时里，平时一直很稳重、一脸认真样的俊吉，坐在信子身边后，突然变得有些话唠了。看到沿线的风景，还有时不时途经的名胜，俊吉都会伸出手指向窗外，一一告诉信子。

"阿俊，你知道的可真多啊。这条线你经常走吗？"信子问。

"很久以前曾来过这里附近，其实也不算知道太多啦。"

这是一次看似非常愉快的旅行，在旁人看来，他俩不是夫妇就是恋人。

因为之前发过电报，白木淳三已经等在仙台车站的站台上了，"欢迎啊，欢迎来仙台。恭候多时了。"白木上前打招呼，依然彬彬有礼，圆脸堆笑的表情让他那双眯眯眼显得更细小了。

## 十

白木淳三带着信子和俊吉坐上了停在火车站外的私家车里，出发回旅馆。夕阳照射在市内宽阔的大道上。

白木的旅馆"藤若庄"比信子想象的要大。白木介绍说旅馆造了新楼，就把信子他们安排在新造的独栋小楼里，似乎还能闻到木头的清香。难怪白木之前说保证"安静"，周围确实听不到任何声音。

晚饭的时候，信子，俊吉，还有白木，和非常有旅馆女主人风范的、开朗的白木夫人一起，四个人围桌而坐。席间，所有人都刻意地回避有关精一或田所常子的话题。

"明天我带你们去松岛吧。不过最多半天时间就足够了。之后两位有什么打算？"不胜酒力的白木有些微醉，看看信子又看看俊吉。

信子和俊吉还没商量过这次旅行的具体安排。

"我想从青森到秋田，然后沿着日本海岸线一路回去。途中还想去看看十和田湖。"

信子刚说完，俊吉就面露难色："如果想去日本海岸，不用绕那么大一圈，从这里直接到山形，然后去鹤岗就行。或者也可以换个路线到里磐梯看看。里磐梯也很不错的。"俊吉提出反对意见。

"是吗。但是十和田湖的话，应该现在是最美的吧。"

"十和田湖最好看的是秋天的枫叶。"

白木听完两个人的小争论，笑了笑："不是哦，现在的十和田湖也很美。正是嫩绿变深绿的时候，对吧？"说完转脸向妻子求证。

"是哦。信子太太，十和田湖的深蓝色湖水可棒呢，就像染靛蓝色的专门作坊将蓝色染料瓶直接倒入湖中。新绿在那样的湖水映衬下会显得特别透亮美丽。"白木的妻子笑着说，一看就是个做事果敢、开朗又讨喜的女人。

"那还是去十和田湖吧，好不好嘛，阿俊？"信子说。

俊吉不情不愿地回答："那好吧。"

"阿俊，你以前去过吗？如果去过的话，你会觉得无聊吧？"

"没，没去过。我没去过。"

"不管去不去十和田湖，先定下从青森到秋田的这段行程，如何？"白木笑着提出一个折中方案。

"好吧，就这么决定了吧。"俊吉同意。

吃完饭，又喝了会儿茶，白木夫妇闲聊了一会儿后，起身说着"长途奔波应该累了吧？先不打扰告辞了"，女侍前来说已经准备好泡澡的地方了。

"阿俊，你先去吧。"信子说。

俊吉一边点头说好，一边自顾准备入浴的用品。女侍走后，信子走到俊吉身旁，在他耳边小声说："阿俊，旅行途中，我们还是睡不同的房间吧。"

俊吉有点吃惊，一副深感意外的样子。

"你应该明白的吧。我这里还有着一条界线。"信子尽可能说得很温柔，好像在安抚小孩一样。"还"这个词颇有深意。俊吉一定是敏感地捕捉到了这句话中的深意，虽然很失望，但仍鼓起勇气，用点头的方式表示接受——

信子在漂亮宽敞的房间里一个人入睡。俊吉睡的房间离得有点远。信子夜里听到水声，以为下雨了，但早上起来一看，才发现是旅馆后面有条河，是河水的声音。

信子走在庭院里，俊吉也穿着浴衣来到了院子里。

"我早上去街上散过步了。"俊吉说。眼睛红红的，信子看得出来俊吉昨晚**没睡好**。

信子和俊吉一起吃完早饭，看见白木带着他那微笑的圆脸走来："早上好。我带两位出发去松岛吧。"

车子就在外面等着，白木妻子和女侍把他们送到玄关处。

在松岛，途中他们登上了高得好像瞭望台的地方，信子觉得当时看到的景色比海岸本身更美丽。大海紧搂着阳光，小岛托载着松树，那些松树似乎有些刻意地留出一定的间隔，一棵棵地排列着。白木还带他们参观了瑞严寺和盐釜等景点。

白木卖力地尽着地主之谊，后来还开车带他们一直逛到将近傍晚，午饭和休息的时候也都考虑得很周到，似乎是真心替妹妹赎罪。然而，关于精一或常子的事情，**在信子和俊吉都在的时候**，他绝对是闭口不谈的。

两人晚上又吃了顿大餐，深夜启程去青森。白木夫妇在站台为他们送行。

"给你们添麻烦了，真的谢谢你们那么热情的招待。"信子在快发车的时候向他们道谢。

"哪里哪里，是我们邀请你们的，招呼不周啊。有时间请一定再来玩哦。"白木的话音刚落，火车就发车了。白木一直站在原地朝他们挥手，圆圆的脸上带着微笑。

二等车厢很挤，信子和俊吉好不容易分别找到座位，但离得有点远。

信子一个人望着窗外，和去年一样的景色在眼前闪过。信子流下了眼泪。白木那低沉的声音久久萦绕在耳边。

## 十一

火车一大早就抵达了青森。

"这片土地对信子姐来说，有很多痛苦回忆吧?"俊吉说。

"嗯，不太愉快呢。"信子点头。

眼前，曼妙的晨光照耀在车站前的广场上，身后，可以望见八甲田山。

"接下来去哪里? 如果去秋田的话，就在弘前或者大鳄温泉下，可以休息一下，消除疲劳。"俊吉直勾勾地看着信子。

"阿俊啊，我还是想去十和田湖。好不容易来到这里了，真的很想去看一下那里的景色。我很固执吧?"信子注视着俊吉的脸，声音里带着娇媚。

"你那么想看十和田湖啊? 那就去吧。"俊吉爽快地同意了。

"对不起啦，阿俊。"信子可怜兮兮地向俊吉致歉。

两个人坐上了开往十和田湖的大巴，在旁人看来就是两个愉快的旅行者。

大巴一路颠簸向上行驶，每转过一个大弯，青森市就会变得更远更低。已经可以看到津轻半岛和下北半岛的群山了，陆奥湾好像一个大水塘，微微地泛着光亮。

大巴在萱野高原上稍作停留，这里美得好像一个公园。青草丛生的草原上开着野菊花，阔叶林喷吐着满满的新绿。据说这里已经是海拔五百多米的高度了。

"真美啊，阿俊，之后的风景也很让人期待吧。"信子在草地上边走边说。

"是啊。"俊吉一边抽烟，一边眺望着前面的大山，若有所思。

之后又坐了很久的大巴。山毛榉也变多起来，溪谷里、森林里，都是满满的绿色。

"快看，阿俊，是雪。"信子指着窗外。山上还留着雪谷。好像起风了，山顶的积雪被吹得如烟如雾。

"太美了。"

之后又来到了海拔更高的地方，绿色越来越少，树的模样也发生了变化。因为乘车时间过长，乘客们也都累了。

"你知道还有多久到十和田湖吗？"

"估计还要三小时吧。"

"据说下一站有温泉？"

"酸汤温泉。"

"对，就是那家。好累啊。"信子用手指按压额头，"今晚我们就住那家温泉旅馆吧。"

俊吉看看信子，突然露出一抹微笑。

"昨晚是乘夜车，一宿没睡好，真的有点累了。还要熬三小时么。这大巴颠得真让人受不了。"信子抱怨道，却又有些找借口的感觉。

酸汤温泉旅馆在一块四周环山的洼地上，地方很大，却旧旧的，有些乡土气。这附近只有这一家旅店。信子被领进一间房间，里面挂着明治时代的文人大町桂月的笔墨。

洗澡的地方是一个大浴场，因为是男女混浴，信子没去。俊吉则想都没想就去了。

"这里的温泉硫黄味很重。"过了一会儿俊吉泡完澡，精神很好，脖子里挂着还半湿的毛巾。

女侍来房间铺被褥的时候，信子拜托她又多要了一个房间。俊吉虽然有些意外，但仍故意摆出一副无所谓的表情。

信子感到有些抱歉，特地用欢快的语气说："哎，跟你说件有趣的事，这旅店的小卖部里居然卖白萝卜、青菜和鱼呢，好像菜市场一样。"

"是吗，也许有客人喜欢自己做饭吧。"说完这些，俊吉没再多话，径直回了自己的房间，看上去并没什么不高兴。

信子必须住在这里。这是**早就决定了**的事情。信子脑子里一直在想一件事，甚至想得很晚才睡着。

早上，俊吉来了。"早上好。"俊吉的表情告诉信子，他昨晚睡得很好，"我们去坐早班车吧。"

俊吉吃完早饭就马上换上西装，大步流星地走出旅馆，直奔大巴车站。

信子和俊吉又坐上了一路爬坡的大巴，窗外一片早春风光。山毛榉的叶子很少，树下的积雪斑驳地覆盖在地面，有一种仿佛季节错乱的荒凉之感。

到了睡莲沼附近，大巴终于将一千米的标尺甩在身后，再一次开进了繁密得让人有些窒息的山毛榉和罗汉柏的新绿中。周围好像被什么东西遮住了，越来越暗。其实厚重的繁茂树叶才是变暗的原因所在。道路变得狭窄起来，每每遇到两车相会，大巴都必须倒车相让。树木的枝叶敲打着大巴的车顶，嫩叶拂过车窗。路上能看到山樱，还有一些蕨类和舌头草的植物群。车外下方一片昏暗，但仍可以看到泛起白色浪花的流水。信子一路看风景，直至到达奥入濑溪谷。

田所常子就是在这片树林的深处走向了生命的终点。信子想象着田所常子那肉感的身体，在这片山毛榉的原始树林里，**欣然赴死**渐渐消失的光景。俊吉则闭着眼，看上去睡得很舒服。

# 十二

十和田湖是要坐船游览的。今天的湖水显得有些异样的苍白，虽说苍白，却非常有力。

"看上去好深啊。"信子喃喃自语。导游介绍说，十和田湖最深的地方在中湖，水深三百八十米。

山好像绕着湖在流转。真是一处美景。岸边有鸳鸯在戏水。游览船开到湖中，绕着御仓半岛和中山半岛航行，之后导游又带大家看了断崖和森林的景点，最后回到休息处。

信子和俊吉住进旅馆，坐着就能将湖景一览无遗。"真是个好地方，我们来对了呢。"信子一边眺望湖面一边说。事实上，决定住这家旅馆是经过了和俊吉的一番愉快对立后的结果。信子本来想去稍远些的宇樽部旅馆，但俊吉极力反对，说如果想看湖景的话，这家才是首选。这一次是信子笑着让了步。

"哎，阿俊，"刚刚还在看湖的信子把头转向俊吉，优美地露齿一笑，"明早我们去湖上划船吧。"

俊吉注视着信子，眼里放光："雾很大哦，你确定？"俊吉的语气听上去很高兴。

"那正好啊，雾中游湖，多棒啊。"信子一直笑。

游览船上，导游用麦克风讲解的声音甚至传到了旅馆里。

这一夜，信子还是独自睡一个房间。

天一亮，信子马上起身洗漱。刚收拾完，换好衣服的俊吉已经静静地来到信子房前，精神很好。

"阿俊，你好早啊。"

"嗯，走吧。"俊吉的语气里有些许从未有过的粗鲁和一种不妥协的感觉。小船就在旅馆边上，好几艘连在一起，就像放在盘子里的筷子，一支支靠在一起。因为是大清早，周围一个人影都没。

湖面上浓雾笼罩，白蒙蒙的一片。虽然可以模糊地看到对面的一点山顶，但就像在看失去视野的大海上航行一样。连空气中都是冷冰冰的。

"上来吧。"俊吉手里握着桨。

信子坐上船。她冻得很厉害。小船开始在湖上行驶，似乎已经有了明确的终点，径直向前移动着。眼前的大雾，好似正在舔舐湖面。

好冷，信子的身体有点发抖。脸和衣服都已经被雾打湿。手指感觉快要冻僵了。俊吉一句话都没说，好像参加划船比赛一样，神情严肃，专注地摆动手臂摇桨划船。信子也没有发声。浓雾将两人与周围隔绝开来。哪怕只是一米之外，也好像被白白的厚纱所隔，模糊不清。在人眼的可见范围中，能看到的只有自己的小船和那近身的深蓝色湖水，已经完全丧失了距离感或远近感。小船好似在白色的空中漂浮。

俊吉划船的动作渐渐停下来，接着又把桨从水里收了起来。他曾引以为豪的纹丝不乱的头发，现在已被冷风吹成放肆的乱发。俊吉面朝信子，好像要在信子身上烙下自己的眼睛，也不知道过了多久，一直就这么盯着。

小船的移动变得缓慢起来，不久之后，就像被吸附在水面上一样，完全静止。

周围如同深夜一般寂静，什么也听不见，什么也看不见。

"阿俊，"信子颤抖着寒冷的嘴唇，"在这里就算大喊大叫，对岸也听不到的，对吗？"

俊吉愣了五秒左右，然后很爽朗地回了一声："嗯。"

周围依然被一种白雾之暗所笼罩。

"在这里，无论做什么都不会被发现的，对吗？"

俊吉又隔了五秒钟，然后才回答，"嗯。"

两个人的眼神在空气中纠缠。

信子双手牢牢地抓住小船的船檐，娓娓道来："这湖很深，据说可以排日本第二深，如果人从这里掉下去，连尸体都浮不上来。"

俊吉停顿了十秒才做出回应，语气依然爽朗："你知道很多嘛，谁告诉你的？"

这一次轮到信子沉默了。信子似乎听到了划水声，但又觉得可能是自己的幻听，于是侧耳寻声。白雾在两人之间，轻盈地流连游走。

"阿俊，据说这里六月的时候雾是最浓吧？"信子继续说。

这一次俊吉没有回答。紧张的气氛骤然升起。

好像是为了给出答案，俊吉抬了抬下巴："信子姐，你看一下身后，我们过来的地方。"

信子好像被命令了一样回头，却只看到一堵纯白的雾墙。

信子一惊，她感觉身后的俊吉正在向自己逼近。

"我们已经被雾包围了。"见信子转过脸来，俊吉说，"如你所说，现在是雾最浓的时候。啊呀！"俊吉好像发现了什么东西，朝水上看去。

信子也看见了水面上漂着一个白色的东西，一种无名的恐惧向她袭来。俊吉伸出一根桨，捞起一件白色的东西，拿近一看，一时间说不出话来。

"啊，是手帕。这里居然会有手帕。"俊吉拿起手帕，将水拧干后展开。信子脸色惨白，凝视着手帕。那块手帕太可怕。突然，俊吉将那块湿嗒嗒的手帕凑到信子面前："信子姐，这不会是精一哥的吧？"

啊！信子的神经一下子揪紧了。

"你仔细看，这边上印着旅馆的名字，我见过的。"

信子接过那块冰冷的白布。布角的千鸟格花纹上，"铃兰旅庄"这几个蓝色文字被水浸泡得若有若无。信子瞪大了眼睛。这是丈夫的手帕。信子洗过很多次，所以记忆中有印象。丈夫失联的那次出差，口袋里就是揣着这块手帕出门的。

一年前丈夫已经沉入湖底，现在唯独这块手帕浮了起来，而且漂到了信子面前，这难道是丈夫显灵？信子吓得牙齿咯咯作响。

突然，俊吉放声大笑："我开玩笑的啦。一年前的东西怎么可能现在浮出来？我恶作剧一下而已。是趁你刚才回头看的时候，我扔到水里的。我也有一块和精一哥一模一样的手帕。他从北海道回来的时候送了我一块。我刚才故意假装很吃惊，看把你吓得，脸都发白啦。我就完全没事，和你正相反吧？"

俊吉低声笑了笑，"我其实已经知道了。"俊吉平静地继续说，全然无所谓的模样，"当你提出要去仙台、青森和十和田湖的时候，我就觉得不对劲了。而当你提出要住在酸汤的时候我就确定了。你甚至还提出要住在去年我和精一哥一起住过的旅店。你是在做实验，想重复去年六月我和精一哥走过的所有行程吧？你是想以此让我动摇吧。你想知道实验的结果吧？我其实已经知道了，但还是假装无所谓，开开心心地一路陪你玩。怎么样？你从我的表情中得到你想要的结果了吗？我并没有像你预期的那样表现出狼狈，你是不是觉得很困惑啊？哈哈哈。另外，我虽然已经看透了一切，但还是选择听你的，把船划到这里。"

"田所常子也是你杀的吧？"信子终于挑明了。

"她是我的女人。"俊吉点头，直接承认。

# 十三

"那个女人对我言听计从。她本来在东京的酒吧做事，是我把她弄去青森的，也是我让她给精一哥写那封信的。还有，教她等你到了青森对你说些什么话的，也是我。只有那封信，感觉太弱，还不够。你如果在青森实际见到田所常子本人，就不会怀疑了。这招很成功。她什么都不知情，还以为做了那些就可以和我在一起。"

"太可怜了。你居然还杀了她。"

"说白了就是因为她挡了我的道。我和精一哥来这里的时候，向公司请了三天事假，而带她去奥入濑森林的那次，请了病假。"

"他也是这么说的。"信子恍然大悟，回想起那阵子见到的俊吉，总是一脸憔悴的模样。

信子脱口而出的那句"他也是这么说的"让俊吉大叫起来："啊！就是教你这次计谋的那个人吧？他连我请假的事情也调查了？"俊吉接着又问，"但我还是很好奇，那个人究竟怎么发现是我趁着浓雾把精一哥推下十和田湖的？"

"我来告诉你。"信子终于回过神来，"那个人在常子小姐死后，为了调查死因，在这里附近寻访了很多人。那个时候，听说有一家旅店的两名男性客人，他们一大早出去划船，却就此赖账逃走，再也没回来。时间上，正好和精一失踪的那段时间吻合，于是那个人产生了疑问：为什么两个人要划船逃走呢？其实不是为了赖掉住宿的钱，而是因为：出去时候是两个人，如果回旅店时**变成一个人**的话，会引起怀疑，所以干脆划船到对岸，再弃船逃走。那个人的推测和调查就是从这里开始的。"

"原来如此，那个人好像福尔摩斯啊。在松岛的招待，其实就是为了把我引到这里的诱饵吧？"俊吉低声笑道，"信子姐。"这一次他叫得很是郑重其事，"你知道我现在心里想什么？"

"我知道。"信子回答得很坚定，"但我不会答应。"

"我是真的很想要你。和精一哥在一起的时候，我总有一种劣等感。多说无益，我的动机不过如此。你其实差一点就要变成我的人了吧？就差一点点。对吧？最多再过两三个月。"俊吉边说边笑，"你只认识你和精一哥结婚之后的我。其实我上过战场，在弘前的连队里当过兵，所以对这一带的地理很熟悉。我当然知道六月的时候这个湖面上会起很浓的雾。那时候，我一路追着去北海道出差的精一哥，赶在他离开之前，在他常提起的福岛县煤矿公司里见到了他，然后把他带到这里。"

雾依然没有散。在毫无距离感的白色世界中，两个人面对面。

"信子姐。"俊吉又一次叫名字，"你知道我现在心里想什么？"

"我知道。"信子回答得很强硬，"但是我不想和你一起死在这里。"

"可我想抱着你去死。所以我才会明知道你在做实验，却还是乖乖听你的，把船划到这里。"

"和精一那时候一样吧？"

"你其实也想尝试一下同样的事情吧。我约精一哥的时候，他很好奇，是他自己划到这里的。我朝他胸口开了一枪。单靠力气的话，我肯定不是他的对手。"

信子失语。

"声音可能会传到对岸，但那又怎样？别人可能以为在猎鸟。那把手枪也被扔到湖底了，和精一哥一起扔掉的。"

说完这些，俊吉站起身来，小船开始剧烈地摇晃。

"不要。我不要和你一起死。"落入陷阱的信子叫喊着。

"一起去死吧，信子姐其实并不讨厌我吧！"

"讨厌！我不要！不要！"信子面对俊吉，情绪激动地叫喊着。

"是吗？你也好卑怯啊！"俊吉已经完全站直了身体，摇摇晃晃，一步一步朝信子逼近。小船晃得更厉害了。信子的眼前一片雾色缭绕。

"不要，不要，不要！"

"和我一起死吧，来吧！"

——突然传来一阵划水声。长着一张圆脸的白木淳三，和信子之前在仙台时约定的那样，好似从那片白雾之暗中冒出的一股烟，如约而至。

置身于侦查圈外的条件

# 一

尊敬的

我只写了"尊敬的"三个字，后面的人名部分还空着，因为我还在犹豫到底要写给谁看。也许可以写警视厅警官的名字，也许可以想当然地写上一个律师的名字，或者干脆就这么空着也未尝不可。这里到底要写谁的名字？得写完全文我才能决定吧。

其实我自己也不确定这到底算是信还是手记。如果算是信，遣词造句太过粗俗就显得很不礼貌；但如果算是手记也不妥，因为已经预留抬头部分，清楚地表明这是一种指定给某人看的文体。也许都没错，这就一篇两者皆可的文章，是一种别有深意的虚构。

我得从发生在昭和二十五年四月，即距离今天七年前的那件事开始说起。

那一年，我三十一岁，任职于东京××银行，那家银行在日本数一数二。我当时单身，物质方面没有任何不满，生活很愉快，也和很多人一样，对未来充满了希望。

我在阿佐谷后面租了间房，和我妹妹一起住。不知道现在那里变成什么样儿了，当时附近有片小杂木林，用力做几个深呼吸，甚至会有仿佛置身于武藏野的感觉。我每天都高高兴兴地去上班。

我妹妹叫光子，那年二十七岁。她十九岁就结了婚，但在战争快要结束的时候死了丈夫，是个不幸的战争寡妇。我们家总共也就兄妹俩，所以我收留了她。幸好他们没孩子。我一直暗中张罗，想替她找个好人家，让她再婚。

我妹妹性格开朗，总是一边唱歌一边收拾厨房或洗衣服。有时候我嫌太吵会凶她。经常在我下班走到家附近的时候，就能听到她唱《上海归来的莉璐》。那阵子刚开始流行这首歌，我妹妹很喜欢。银行有个同事叫笠冈，家也住附近，有时下班我会和他一起听到我妹的歌声，感觉怪不好意思的。

"干吗不好意思，那么开朗多好啊！"笠冈笑着对我说。他四十二三岁，虽然不是我的直属上司，却是另一个科室的科长。我俩家住得近，上下班经常在一起。

"喂，你老大不小的，还那么大声唱歌，够了哦！"我进屋拉上格子门，人还站在玄关，就开始朝我妹吼。光子吐吐舌头："哎，我哪里算老嘛？"

"本来就是。女人年近三十，就是老太婆。"

"讨厌！我看上去比实际年龄至少小三岁好不好。很多人还叫我小姑娘呢。"

这话倒是没错。光子身材娇小，很显年轻。也许是因为婚姻生活比较短暂，她给人的感觉就是还很小，还很适合穿那种花哨的洋装。

"你好意思说？不怕被人笑啊。刚才笠冈先生也在，人家听你唱那么大声，只能苦笑。"

"嘿，怎么可能？"我妹妹说，"笠冈先生一直夸我唱得好哦。他人可好呢。他还说过，第一次见我的时候以为我才二十岁，最多二十一呢。"

"哼，瞧你美的。"我有些不高兴，一方面是因为我妹妹，另一方面是讨厌笠冈，他什么时候居然对我妹妹说过那样的话？似乎有什么不受我掌控的事情正在暗潮涌动，这让我多少有些不愉快。

而且笠冈这个人，虽已年过四十，却浓眉大鼻，看上去孔武有力。据说他身边一直桃花不断，家里的老婆为此吃尽苦头。必须小心这种男人。一旦发现什么征兆，我必须及时提醒妹妹。此后，我特地留心观察他俩，却没发现任何异常情况。既然什么都没发现，我也不好没事乱说，甚至反省是自己想太多瞎操心。

之后又过了三个月，六月末的某一天，吃完早饭，光子开口对我说："哥，后天是辉男的忌日，好久没去扫墓了，你让我去一趟乡下，行吗?"

辉男是光子死去的丈夫，她说的"乡下"在山形。其实光子已经有两年没去祭扫了。

"好啊，太久不去确实不好，你去吧。"我爽快地同意了。当天下班出了银行，我特地预支了薪水，回家交给光子。

"不用，我不缺钱。"光子跟我客气，但我还是硬塞给她。事后我再回想，也许她说不缺钱是真的。

第二天早上，光子兴高采烈地出了门。我以为她是太兴奋，天还没亮就起床准备，嘴里还哼着那首《上海归来的莉璐》。这次她唱得很小声，我就没说她。我正好也要去上班，所以同路到了新宿站。

我挤上了开往东京的满员电车。

"再见!"妹妹在站台上朝我挥手，夏日的晨光照亮了她的半边脸。

那是我最后一次见到活着的光子。

## 二

光子失踪了。

确定她失踪是在一周之后，我发了个电报给她在山形的婆家，对方回电报说光子从未去过。我愕然不已。

　　保险起见，我坐上快车赶到山形，却发现她确实没去过。婆家人也满脸担心。商量之后，我回到东京赶紧向警视厅报了案。我详细地记述了她的年龄、身高、体重、离家当天穿的衣服和体貌特征，还附上了一张近照。坏念头一个接一个涌上心头，不安和恐惧让我每天都夜不能寐。对于报警，一半是心存期待，一半却觉得已然无望。我觉得警察正为那些大案子忙得不可开交，不会对我这种寻人的小案子太上心。

　　我实在想不出任何理由会令光子一去不回，当然之前也完全没有任何征兆。像现在这样不知去向，一定不是她自己的意思，一定是为人所迫。我同时也感到后悔，我居然同意她一个女孩子独自远行。之前我是真的觉得她已经二十七岁，应该不需要人陪着去的。可事到如今，我也是真的后悔没有一起跟去，确实是自己欠考虑。日子一天天过去，我能想到的只剩下最坏的结果。我一口气订了三份报纸，每天都看社会版。虽然不知道哪天可能看到可怕的消息，但我还是得看。

　　光子离家后的第四天早上，我在上班路上遇到了有一阵子没见的笠冈。

"最近好像没看见你妹妹。你不在家的时候，我看见你们家的门一直关着。"

"嗯，她去乡下了。"

"哦，哪里的乡下？"

"山形。"

我那时候还不知道光子已经失踪。我和笠冈并肩站在电车里，抓着车里的吊环扶手，聊着家常，一起去银行上班。

确定光子失踪之后，笠冈安慰我。那时银行的其他同事也都知道了，笠冈的安慰听起来和其他人的安慰没什么差别。

"你妹妹的事真让人揪心啊。"他低声说着，看上去很担心。

"抱歉让你费心了。"

"有没有报案？"

"嗯，已经报了。"

"不能只报案，如果认识他们上面的人，最好去疏通一下关系，这样才会帮你好好查的。"他不仅为我献策，还安慰我说，你妹妹那么开朗，是个好人，希望她早日平安回来。

光子离家后的第二十一天，同时也是报案后的第十天，我终于得到了有关光子的消息。报案还是有用的。

"I县的Y警署联系我们说，发现一名死者可能符合条件。因为不是犯罪致死，所以没有发照片过来，你要不要去看看?"把我叫到警视厅的负责人如是说。

我有些犹豫，因为Y镇虽然是北陆地区有名的温泉胜地，但是位于山形的反方向。

"和你报案时描述的面容、体格、着装都比较接近，据说是在温泉旅馆猝死的，但当时不知道死者身份，所以就由当地政府暂时埋葬了。"

这番话让我下定决心去Y镇。我连夜出发，第二天下午就到了。

这个三面环山、河水清冽、因为一首民谣而广为人知的温泉小镇，对我来说却成了一个伤心地。镇政府的工作人员带我来到了一片公墓的一隅，从临时埋葬的墓地里挖出来的正是我的光子。棺材里的尸体已经腐烂，但原形仍依稀可见。我确定这就是光子。我哭了。

之后我又去看了存放在别处保管的死者遗物，有装着外套、内衣和化妆品的行李箱以及手提包等，这些也都是光子的。

"你看看有没有缺什么?"工作人员问。

我又看了一下，只有一样，就是一直都放在光子手提包里的名片夹。

"少了名片夹。"我说。工作人员和其他在场的人面面相觑，露出一种微妙的表情。其中一个人指了指行李箱，很明显，箱子上原本应该有写着名字的行李牌，现在却被强行扯掉了。意识到这一点后，我又发现印着光子名字首字母的手帕也不见了。

工作人员告诉了我事情的始末。光子因为心绞痛，在旅馆的客房里突然断了气。她以前心脏就不太好。她是清晨五点左右发病的；一个小时后医生赶到，但那时她已经没了心跳。

"令妹不是一个人住店的。"负责人说这话的时候有些犹豫。未明说的情节太容易猜了，我觉得自己的脸在发烧，头都抬不起来。

接着，我去了旅馆，向他们抱歉说给他们添麻烦了。旅馆老板和女侍们满脸同情、满心可怜地向我说起了事情的来龙去脉。

光子是七月一日和一个男人一起住店的，那是光子和我在新宿站分开后的第二天。她应该是从东京直接到这里的。当天晚上，人还好好的，而且因为住得很开心，决定再住一晚。但就在第二天的拂晓时分，她却突然发病。

当时惊动了很多人，和她一起的那个男人显得相当狼狈。医生宣布死亡的时候，女侍好心地在她脸上盖上一块白布，而那个男人却慌慌张张地换上外套说去一趟邮局，然后就离开了旅馆。一开始，旅馆的人还以为他是去发电报。当时整个旅馆乱作一团，没人注意到那个男人是什么时候拿走了自己的包，又是什么时候从光子的包里把名片夹拿走了。男人走了之后就没再回来。

他们在旅馆登记簿上填写的都是假信息。旅馆方面曾按照他们填的地址发过电报，却被贴上查无此人送了回来，没办法只能求助于镇政府，把尸体抬走。

"从没见过那么薄情的渣男。"女侍们至今仍对那个男人咬牙切齿。

她们向我描述了那个男人的样貌。我又看了一眼旅馆登记簿上的笔迹，然后向旅馆支付了光子二人的住店费用，还多加了些钱，作为谢礼。第二天，我带着妹妹的骨灰回到东京。

## 三

这世上没有比笠冈勇市更卑劣的男人了。

他和光子好上，是光子自己没经得起诱惑。光子算是有一半责任，这事儿不全怪他。但在温泉旅馆，当光子猝死之时，他居然一个人逃走，这等行为实在可恨。他一定是因为害怕，如果这突发事件曝光，他老婆、我，还有外界所有人都会知道他的丑事。对他来说，光子的猝死是场意外的灾难，惊慌想逃的心理也并非不能理解。但是，作为光子的哥哥，我无法原谅这种行为。而且，光子死后还遭到他的侮辱。为了隐瞒自己的恶行，他甚至抢走了光子的名片，害光子变成一具无名尸，他自己却逃之夭夭。他的这种卑劣行径，让我心中燃起了熊熊的憎恶之火。现在回想起来，他事后居然还装出一副没事人的样子和我打招呼，还问我妹妹是不是不在家。那天正是他从Y镇逃出来的第二天啊！他居然还假装好心教我该怎样报警，现在想来那完全是他为了转移注意力所做的伪装。

根据旅馆方面所描述的男人长相，还有登记簿上的笔迹，我确定和光子一起住店的那个男人就是笠冈。我曾在银行悄悄看过他手写的文件，比对过字体的特点，他的笔迹和登记簿上的如出一辙。我还听说他七月初曾声称要回老家省亲，请过一周的假。所有细节全都吻合。

光子葬礼的时候，笠冈声称抱恙，自己不来，让他老婆代为参加。毫不知情的笠冈老婆长着一张惹人怜爱的尖尖小脸，在我妹妹的灵前诚心祭拜。我对周围人说，我妹妹是在亲戚家病死的。银行的同事们多少有些不相信，但我仍坚持这个说法，一来是为了保护我妹的人品；二来，如果说出真相，连我自己都觉得丢人。另外，虽然想法还不成熟，但我确实另有考虑。

再次见到笠冈勇市，是在葬礼之后回银行上班的第一天。我约他到楼顶聊聊，他立即脸色大变。

楼顶上没有别人，风很大，向下可以俯瞰烈日照耀下的东京街区。一切好似无机质的，唯有不知从哪里传来的阵阵噪声，听着有些像低沉的歌声。

笠冈面色惨白如纸。我知道那不只是强光照射所致。他的眼睛、鼻子和嘴巴都扭曲得变形了。我质问他发生在Y镇的事情，一开始他还矢口否认，说自己回了关西老家，声称一无所知。

"既然你这么说，那我就把Y镇旅馆的女侍带来和你见见，如何?"

听我这么一说，他当场哑口无言。

我又给了他一些时间，等他自己说出真相。楼顶风起，吹乱了他原本就稀稀拉拉的头发。终于，他开口求饶:"请你原谅我!"然后开始坦白一切。

他和光子是两个多月前开始在一起的，一共睡过五次。我又惊又恨，自己怎么那么愚钝。我把预支的薪水交给光子时，她说不需要，原来是因为笠冈会支付旅费。

我没想到妹妹是那么淫乱的女人。虽然看上去非常外向，但其实她也有很老实的地方。她的婚姻生活很短暂，很早就死了丈夫，只能住在我家，没什么朋友，也不太外出，一句话，就是不谙世事。而笠冈则是情场老手，什么女人没见过，要勾搭光子那样的，根本就是信手拈来。当二十七岁的光子遇到对女人了如指掌的笠冈，只需尝一次甜头，之后陷入情网的速度之快可想而知。我曾有过预感，也暗地里起过戒心，但终究没能看破。只怪我当初太大意，事到如今，真的追悔莫及。

光子在旅馆刚刚发病的时候，非常痛苦。笠冈很惊慌，马上去找旅馆的人和医生。只是不知为何，医生迟迟未到。之后光子越来越痛苦，脸色也变成了暗紫色，女侍们跑来跑去一阵骚乱，笠冈更是狼狈不堪。没过多久，刚才还一直抓紧胸口喊难受的光子，突然，手就停住了。笠冈说他一开始并没意识到光子已死，而是等医生来了之后才确认的。

笠冈说他当时彻底吓傻了，完全没想到光子会死。他最先做出的本能反应就是对可能造成的后果产生了恐惧之心。他不想让自己的老婆知道，不想让我这个哥哥知道，也不想让同事们知道。情急之下他抢走了光子的名片夹，又扯掉了行李箱上写着光子名字的行李牌，还心思缜密地把绣有光子名字首字母的手帕也一起带走了。他说他当时疯了似的一心想逃跑，脑子里除了逃跑没别的念头。

"请你原谅我！是我不好！随便你怎么揍我都行！"坦白完一切的笠冈说着就要下跪。

"揍你？"我惊呆地瞪着他。他和我，对于"报仇"一词的理解程度相差甚远。

"随便你怎么揍我都行，但请一定替我保密。如果公开了，我就完了。我只求你这一件事。"

"完了?"这算什么意思?如果被自己老婆知道就会有麻烦?在银行没法待下去?我凝视着这个彻头彻尾自私自利的男人。他玩弄了一个女人,之后又轻易地弃尸而逃,居然以为揍他几拳就能了结?这还真符合他一贯的作风。

如果他嘴里没吐出那句恶心的"揍我吧",也许我未必会对他心生杀意。

# 四

我决定杀死笠冈勇市。我没必要逐条详述下此决心的理由,总而言之就是一个字:恨。当然,最根本的原因是要报复他对光子所犯下的恶行。我对他的杀意在情感上变得日益强烈,而且随着时间的推移,甚至越来越发酵、变味。笠冈勇市这种人,就不应该活在这个世界上。

我想过很多杀死笠冈的方法。其实这事原本不必费心,杀他的方法有很多。重要的是,需要想到一个办法,不让别人知道我这个加害者的存在。如果杀了他,我却被捕了,那么一切都是徒劳,只是一种为了报复的报复,毫无意义。

我为此读了很多书。书里的很多罪犯为了掩盖罪行,煞费苦心的程度简直让人想哭。但最终他们都失败了,原因不在于他们不够努力，而是他们的方法太幼稚。其实大部分书里写的都是一种已知结果，即一开始就知道谁是罪犯，然而在这个世界上，还存在很多未被发现的罪行和未被抓捕的罪犯，所谓完全犯罪并非空想。

如果成功地杀死笠冈，我并不打算藏尸。很多罪犯就是因为搞这种小动作才失败的。愚蠢！真正重要的是：不让别人知道是我干的。

我还读了些侦探小说，但发现没什么实用价值，尽是些破绽百出、异想天开的花招。毕竟是虚构的休闲读物，不能当真，有些情节甚至夸张到了让人喷饭的程度，牵强附会，荒唐可笑，除非是魔术师，不然常人根本做不到。

但其中也不乏值得参考的内容，比如关于不在场证明的部分。我觉得要让自己逃脱制裁，唯一的办法就是制造完美的不在场证明。书中的罪犯们为了制造不在场证明常常会搞一些小动作，长则一两个小时，短则二三十分钟。为了制造不在场证明，有的像魔术师一样瞬间移动，有的会操控时钟，有的像演员一样快速变装，也有的会使用变声工具或其他拟声器材。这些听来都很有趣，但实用性很低。对我来说，时间短了还不行。我需要很长一段时间的不在场证明。我坚信我一定会想到制造不在场证明的好办法。

接着，我开始寻思如何置身于犯罪嫌疑人的范围之外。即使犯罪的行动再巧妙,如果一开始就身处被怀疑的对象范围内,那么风险必然很高。今时今日的侦查手段和审问技术,一定会把我逼得破绽百出。重要的是,得身处一个没有人怀疑自己的安全地带。

当一个人被杀时,警察一般都会以被害人为中心,彻查他的生活圈,包括家人和朋友,因公因私的一切交友关系都会浮现在这个圈子内。而抓住"动机"这根准绳所侦查出的事实,往往比当事人自己的记忆还要精准。如此一来,罪犯的结局就是无路可逃。

而我所考虑的是要站到侦查圈外,要彻底切断我和笠冈勇市的各种关联。打个比方来说,如果我现在把他杀死,那么作为同事,我必然会出现在警方的侦查圈内,这太危险。

经过深思熟虑,我终于定下方案。为了彻底切断和他的联系,我必须辞去银行的工作。我和他事实上只有工作关系,只要辞了职,就可以远离他的生活圈。但是,光辞去银行的工作还不够,我还需要下决心离开东京。离他的距离越远,怀疑的视线就越不会投到我身上。接着,我再选一个和银行完全无关的工作,这样会更有效果。

不过,实现这么多的部署需要花很长的时间。如果在别人的记忆中仍有我的存在,那危险系数等于没有降低。我需要一段很长的时间,抹去所有人记忆中的我——黑井忠男。只有这样,当笠冈勇市被发现死于非命时，我才能完全置身于侦查圈外。

起初，我给自己定了三年的时间。却还是觉得三年太危险。于是延长到五年，但心里还是没底。最终，我把时间定为七年。这样我就可以彻底地从笠冈勇市的周围消失。那种一两个小时的不在场证明都是些小把戏，太着急、太沉不住气必然会失败。七年，需要足够的耐心，听上去好像很漫长，但毕竟一旦失败就可能被执行死刑，所以这七年时间值得等待。换言之，我就是要制造一段很长时间的不在场证明，长到在人们的意识中都不会对我有任何印象。

另外，还有一件必须做的事情：我不能让别人知道自己的动机。这一点非常重要。所幸，没人把光子的死和笠冈联系在一起。我也从未对别人提及。知道真相的只有我和笠冈。

笠冈曾可怜兮兮地求我不要把这事说出去，我答应了他。这是一个只有我俩知道的秘密，所以外面的人不会察觉到我的动机。

我觉得万事盘算清楚的时候，特地去找了笠冈，"现在气你也无济于事。我妹妹是个重情之人，我也不想再追究了。不过为了我妹妹，我希望你把这事儿永远保密。"

笠冈眼睛发亮，喜极而泣："真的吗？谢谢你！谢谢！其实你完全可以揍我一顿，而且怎么揍都不过分。谢谢你原谅我。当然！我会把这个秘密带进坟墓的。"

他就是能大言不惭说这种话的人，而我对他的憎恨有增无减，当然，也更坚定了我等待七年的执念。

笠冈看上去非常开心，之后几天里也表现得和我特别热络，而我也假装配合他。辞职之前，绝不能给别人留下我俩交恶的印象。

之后又过了一个月，我随便找了个理由就把银行的工作辞了。

# 五

我靠着一点旧关系在山口县一个叫宇部的小地方找到一家水泥公司做事。这个沿海小镇地处东京和本州的最边缘。不做银行做水泥，从环境隔绝的程度上来说，这是极佳的选择。

在我的送别会上，笠冈勇市是最闹腾的一个。他好几次抓住我的手，说什么要和我分开感到很遗憾。他本来就嗜酒，还趁机举杯说要代表所有人祝福我有一个锦绣前途。我在一旁冷眼看着他的闹腾样儿。我猜他心里一定暗爽到不行，因为对他来说，我的存在让他难受。

他和其他同事一起去东京站为我送行，挥着手喊了好几声"万岁"，天晓得这"万岁"到底是为谁而喊，无人知晓我和他之间的过节有多深。离开东京的最后时刻，我看到的是品川附近的流彩灯火，姑且就把这当作我和东京的告别吧，是我自己选择自我隔离去远方。

然而，我并非离开了东京就无所作为，而是早就埋好了眼线。原来的部门有个打杂的小伙子叫重村，我以前一直很关照他，所以他很敬重我。

"重村君，虽说我辞职了，但毕竟是工作了那么久的地方，是有感情的。等我走后，还是想通过你了解银行里的事情。如果有什么人事变动，希望你写信告诉我。"

重村答应了。事实上，他这几年里也确实说到做到。银行里一有什么人事变动，他会连同银行内部通报一起寄给我。

我想知道的是笠冈勇市的变化。不能等过了七年之后找不到他。即使身在远方，也必须一直监视他。重村的报告可以让我掌握笠冈的动向。七年来，为了让重村不断地给我消息，我不得不一直寄东西给他以讨好他。

第一年过去了，第二年过去了，我一直窝在乡下。期间好几次有过冲动想回东京，但每次都强忍住。虽说已经渐渐习惯了乡下的生活，我的报仇之心却丝毫未变。时不时也会有人来说媒，但都被我拒绝了。我害怕自己生活一旦发生改变，就会动摇我的意志与决心。

第三年过去了，第四年也过去了。听说笠冈担任过吉祥寺分行的副经理，之后又变成目黑分行的副经理。重村的报告一直没停。到了第五年，笠冈成了涩谷分行的副经理。

还剩下两年，我耐着性子继续等待。也许有人会说我是偏执狂，因为我的意志从未有过丝毫的改变。虽然日子一长，原先"为妹妹报仇"的表面理由有些淡化了，但在笠冈看不见我的地方，我始终燃烧着对他的憎恨与敌意。

我自己的境遇也有了一些小小的变化。我在公司里被提升为组长，身边也有了喜欢的女人，但并没有和她谈婚论嫁。宇部是一座水泥之镇，家家户户的屋檐上都好像盖着一层薄薄的雪，一直有白色的灰尘落下，远远望去，好似一片平静的沧海。天气好的时候还可以眺望九州的远山。然而，我的意志并没有被这些悠然的景色所感化。

第六年的时候，笠冈勇市晋升为大森分行的分行长。还剩下一年。

六年，其实已经很漫长了，自己马上就要完全从笠冈的圈子里脱离出来，无论怎么扩大他的交际圈去搜索，都不会找到黑井忠男这个人的存在。我和他的联系已经完全切断，无论在时间还是空间上都已彻底隔绝。在笠冈身上发生的任何事情，都不会有人想到与我有关。与其说我"不在"了，倒不如说我"消失"了。

第六年年末，笠冈又调到中野分行做分行长。算我运气好，重村也去了同一家分行做出纳。

"笠冈变成分行行长后，喝酒比以前更凶了，几乎每晚都要去新宿二幸后巷的那些小酒馆，喝完一家又一家。"重村写信向我报告。对我来说，这些情报至关重要。

终于迎来了第七年，真的已经过去了很久。与其说是在观念上，不如说是在触感上，我真切地感受到了这沉甸甸的七年之重。但我的意志完全没有因为岁月流逝而产生丝毫的退色，对于这样的自己，我感到非常欣慰。

到了四月，我向公司请了两周的假。其实并不需要两周，但我必须把到了东京后有可能见不到笠冈的等待时间也算计进去。如果见到了，只需一小时就能解决问题。我计划事成之后马上离开东京。这是七年前辞去银行工作时就已经确定的计划。

我早早地准备好了氰化钾。因为在工厂做事，得手并不费力。这药最管用：时间短，起效快，效率高。

我把药藏在口袋里，踌躇满志地前往东京。

在东京站下了车，七年来的变化之大让我非常吃惊，见到了很多原本没有的拔地而起的高楼。还是东京好啊！时隔那么久，眼前东京的一切都让我觉得无比怀念。但同时在某些方面，我也有了一种怅然若失的感觉，在乡下度过的七年时间已经将我侵食殆尽。看着街头橱窗里映出自己未老先衰的面容，我清楚地意识到，我的后半生，青春已荡然无存。然而，将青春砸掷在笠冈这个目标人物的过程，又让我觉得付出多大代价也在所不惜。

我把所有从东京发车的列车时刻表都记了下来。虽说才刚到，却不能有丝毫懈怠，要提前做好逃离的准备。

傍晚时分，我在神田找到一家小旅馆住了进去。这里离新宿和东京站都很近，而且很不起眼。

# 六

这天夜里，从十点到将近十二点，我从新宿二幸后巷一直走到歌舞伎町附近。这个时间段里，最有可能会遇到流连于各个小酒馆的笠冈勇市。事实上，满大街都是像笠冈那样的人。然而，无论在谁看来，我都不过是个淹没在人群中的游客。没人认识我，也无人知晓我是来自何方的漂泊之人。七年前那个 ×× 银行东京总行证券部的黑井忠男仿佛从未存在过。

当天夜里，我没能遇到笠冈勇市。要是才来第一天就撞见，那一定是从天而降的馅饼。第二天白天我几乎没出旅馆。白天还是小心为妙，如果白天出门，说不定会遇到以前的熟人。

其实这种担心完全属于多虑。即使遇到以前的熟人，久违地互相问候一两句，也绝对不会有人把我和笠冈勇市的突然死亡联系在一起。他和我的关联早已断得干干净净。我和他之间隔着七年的时间和一千零五十公里的空间。笠冈的生活圈里现在已经完全没有我的存在。之所以不在白天出门，只不过是自己不乐意，是为了确保万无一失的小心行事。

这天夜里，我又在新宿附近徘徊，却依然白跑一趟。此时，我的心头稍稍有了一丝危机感，因为我突然想到笠冈有可能生病或者出差了。但即便那样，大不了我在这里耗完假期回去，之后找机会再来。我完全不会感到失落，和等了七年的辛苦相比，这点儿等待根本不算什么。

然而，第三天晚上出门后，我发现之前的担心都是杞人之忧。十点二十七分，我在二幸后巷亲眼捕捉到了笠冈勇市的身影，他正从一家酒馆里走出来。

一看到他，我的心中竟然波澜不惊，原以为会有的强烈冲动反而变成一种平静。笠冈勇市步履踉跄。我在他身后熟络地上前拍了一下他的肩膀，仿佛我们昨天刚刚见过。他的后脑勺原本头发就不多，现在更是秃了一大块。

"笠冈先生，好久不见！"我很自然地开口打招呼，话音刚落就觉得一股感动哽咽在喉咙。笠冈勇市似乎一时没想起我是谁。他一脸无措，好像在努力回忆站在面前微笑着的男人到底是他的哪个客户。从时间上来说，客观地讲，其实没过太久，所以他的脸上突然露出了吃惊的表情，然后做出酒醉者特有的大幅度夸张动作，举起双手重重地拍在我肩上。

"哟！这不是黑井嘛?！"他的眼睛瞪得很大，证明他尚未从切实的惊愕中回过神来。

"哟！"他又说一遍，似乎还在犹豫后面要接什么话。

"好久不见。真高兴看到你精神还是这么好。"我抑制住比他更强烈的激动，面带微笑，想要让他和自己都平静下来。我们站在马路正中，周围的路人从我俩身边陆续经过，却没有人注意到我们。

"你什么时候回来的?"笠冈终于又开口，看得出来他现在的心情很复杂，刻意在控制情绪。

"刚到，好久没来了，东京真是越来越繁华了。"我回答。

他终于恢复常态，露出一副酩酊大醉者的嘴脸："东京嘛，就是人多车多，乱哄哄的，忒没劲!"比起七年前，他的外貌和气质都更胜一筹，说话的调调也颇有分行行长的官腔。

"啊，对了，虽然有点迟了，但还是要向你道喜。听说你当上分行行长啦，恭喜啊。"我以为这是他爱听的，顺口就说了出来。

笠冈看看我，反问了一句："你听谁说的？"

我倒吸一口冷气，急忙回答："哎呀，就是道听途说，好事传千里嘛。"

因为是值得恭喜的好事，所以笠冈也就没放在心上，一直乐呵呵的。

"好久没见啦，一起喝一杯吧！"他说。

我摸摸胸口，好险，言多必失。我告诫自己，绝不能掉以轻心。

我等的就是笠冈自己开口请我喝酒。那正是我求之不得的。我想接下去应该会很顺利。

"你走了多少年啦？"笠冈兴致颇高，边走边说，似乎已经把过去的事全忘了。

"七年了。"

"七年？有那么久吗？"他说。

他无意间说出的这句"有那么久吗？"又刺激到了我的敌意。他怎么会懂这七年的内涵和重量？因为这个男人，我辞掉了银行的工作，颠沛辗转到西部的乡下。我的前半生就这么毁了。我注视着他宽阔的肩膀，心想，接下去就该换你尝尝这七年的滋味了。

"对了，笠冈先生。"我装出像是临时想起的样子，"喝酒的时候，咱们能不能别提时隔七年之类的话题？毕竟七年前的记忆实在有些不堪。"

他同意，就这么定了。他对我的那句话似乎也有所感触："好啊。就像普通朋友一样，边喝边聊吧。"

# 七

我们走进路过的第一家酒馆，地方挺大，客人也很多。对我来说，这里的条件非常好，人越多越好。

笠冈好像常来这里，身边经过的女服务员们都笑脸相迎。

"你现在的工作有意思吗？"笠冈问我。

"没什么特别有意思的，不过因为在乡下，所以比较悠闲。"

"悠闲最好啦。像我这样每天神经紧绷的，真受不了呢。"他夸张地说着。服务员送来了啤酒，他一边倒酒一边劝酒。他醉了，我也假装醉了。

曾经在那段漫长的岁月里，我一直从本州的最西部关注着这个男人，而现在，他就近在眼前。想来实在有些不可思议。我感到有种错觉般的奇妙，甚至怀疑眼前的他是否真实。

突然，他低声唱起歌来。曲调非常悠长，一开始我完全没听出他在唱什么，然而，当他提高音量后，我不由得盯住他的脸，他唱的正是那首《上海归来的莉璐》。

啊，这个男人曾经听光子唱了很多遍这首歌吧，有可能就是光子教他唱的。也许是因为见到我这个光子的哥哥，他才又想起了这首歌吧？他满脸通红，呼呼地喘着气，用缓慢的调子反复唱着"莉璐"。我突然感到一股莫名的悲伤。悲伤的原因也可能是因为有些醉了。不知不觉，我也跟着一起唱起来。

"莉璐，莉璐，你在何方？莉璐，莉璐，谁人知晓？"——唱着唱着，似乎耳边想起了我曾经嫌她太吵的光子的声音。我的脸颊上不禁留下了泪水。

"真是首好歌啊。"一曲唱罢，笠冈摇头晃脑，"那时候刚开始流行这首歌，真的挺让人怀念的，对吧？"

笠冈发表感慨的时候，刚好旁边经过一个年轻的女服务员，瞥了一眼笠冈，然后又将视线转向我。只是一瞬间的事情，但她一定听到了笠冈说的话，因为她也一边走一边哼唱起"莉璐，莉璐"。那一瞬间，我觉得有些不太舒服，仿佛刚刚通过一条暗黑的隧道。

我必须快点动手。我看看笠冈，他的身体趴在桌上，眼睛已经睁不开了，马上要睡着的样子。他面前的杯子里还剩下一半的液体。周围喝酒的客人们一片嘈杂，没人朝我们这边看。

我从口袋里拿出毒药，打开纸包，眼前是好像阿司匹林般的白色粉末，小小的一堆。我拿起笠冈的酒杯，隐藏在桌子下方，用手指将纸对折，把药粉全部倒入。细腻的白色粉末可爱地落入黄色的液体中，悠然地在其中漫舞。我心里一点儿也不激动。我把杯子放回桌上，迅速地加满啤酒。啤酒冒着白沫，混入其中的白色粉末已经消失不见。

"笠冈先生！"我大声叫他，拍拍他肩膀。

"哦。"他半睁着通红的双眼，抬起头来。

"再干一杯！来吧。"我把自己的杯子也加满啤酒高高举起。他的喉咙里发出含糊不清的声音，拿起眼前的酒杯。他将杯子拿到嘴边，微微皱眉。我屏住呼吸，却并不担心。只见他喉咙一动，一饮而尽，然后好像履行完义务一样，又俯下脸趴在桌上。从现在开始到毒发，大概需要一分钟。我穿上鞋，装出一副到外面透透气的样子，从店里出来，接着就甩开大步离开了。再过四五分钟他就会丧命。我没觉得发生了什么大事，甚至觉得很没劲。路上的行人有说有笑，边走边聊，于我，却毫无瓜葛，万般无情。我又变回一个无人知晓的外来客。

看了一下时钟，已经夜里十一点三分。我记得时刻表上有一班夜里十一点三十五分开往大阪的车。回到旅馆准备一下，完全来得及赶上。正好有出租车开过，我顺手拦下，打开门坐上车，很有气势地说了句："去神田。"

车子迅速将我带离"现场"。现在这个时候，笠冈应该已经断气了吧？这就是隐忍七年后终于了结的感觉吗？但这感觉未免太过轻盈，一点都没有实感。我吹着车窗边的夜风，有些茫然。我告诉自己，一定还需要些时间，才能感受到那切实的重量。

尊敬的

现在是时候填入这收信人的名字了。但我的决心似乎还不够，我还得再写几笔。

我坐在返回乡下的夜行列车上，反复回忆着有没有哪里出现纰漏。经过细致推敲，我觉得我没失误。总体上我对自己的表现很满意，但似乎哪里还是留下了一条缝儿。那条"缝儿"让我心神不宁，对应有的满足感产生了虽然微小却顽固的抗拒感。

列车的左侧是大海，一片漆黑，看不见海水也望不到渔火。看着那一片黑暗，我突然想起那条"缝儿"是什么了。就是喝酒的时候那个小酒馆里女服务员的眼睛。当时我就觉得哪里不舒服，现在则成了一种挥之不去的不祥预感。我摇摇头对自己说不要担心，是自己太神经质，没必要紧张。我反复告诉自己要镇定，镇定。

我现在绝对身处安全地带。我和笠冈勇市的关系早已完全切断。无论警方的侦查人员如何梳理人物关系，我都绝不可能出现在侦查圈内。七年前就已经离开同一职场的男人，能和他扯上什么关系？即使是那些被请去做作证的人，估计连黑井的"黑"字都想不起来吧。因为不是打劫，警方肯定会从情杀或仇杀着手，但光子的事没有别人知道，我已经从所有人的记忆中消失。虽然在喝酒的地方被人看到了脸，却完全不用担心——那么多人，谁会在意一个第一次进店的新客人呢？就算有人能正确地想起我的模样，我也不过是个游客，而且已经离开东京。警方不可能仅仅根据他们所描述的样貌就把我找出来，因为我不存在于任何人的记忆中。

历经那么漫长的时间，定制了那么细致的部署，现在，我获得了一种安全感，所有的痛苦和忍耐都是为了获得这种安全感而付出的代价。

重村又给我来信了，说笠冈分行长不知道被谁用氰化钾毒死了，警方对于凶手是谁还没头绪，正在追查。我想，应该没我什么事了。

然而，三周后的今天，我听说警视厅的侦查人员突然来了水泥公司，向总务科的人了解我的情况。据说他们着重询问了关于我请假的事情。总务科的朋友告诉我这消息的时候，我瞬间想到了小酒馆里那个女服务员的眼睛，那个让我觉得浑身不自在的不祥预感，眼看着就要应验了。我瞬间如梦初醒。

那时候，笠冈勇市和我都在唱《上海归来的莉璐》。之后，他还发了一通感慨："那时候刚开始流行这首歌，真的挺让人怀念的，对吧？"女服务员肯定听到了这句话。之后她的视线就转向了我，接着她也哼唱起《上海归来的莉璐》。在接受调查的时候，她肯定对警方说起过这段。笠冈是那家店的常客，女服务员多少都会留意到熟客带来的客人吧。

警方一定是推测出我与被害人在《上海归来的莉璐》这首歌开始流行的时候，也就是昭和二十五年左右关系密切，然后缩小了侦查圈。查到这份上，后面的事情就简单了。女服务员所目睹的和笠冈一起喝酒之人的长相，再结合昭和二十五年××银行的在职人员，两项条件相加所得，就是我了。

缜密细致的计算，整整七年的忍耐，现在却儿戏般地瞬间崩坏。我一个人放声大笑起来。光子的"莉璐"居然成了我的死穴。我说就嘛，那首歌太吵！

再写下去就太累了。但我想说，虽然失败了，我却一点都不后悔。侦查人员马上就要来敲我的门了，逮捕令一定就在他们的口袋里。

这篇文章该写给谁看？警官还是律师？或者直接作为自己的遗书？我又犹豫了几分钟，然而直到此时此刻，我依然难以作出决定。

# 小官僚之死

# 一

昭和二十×年早春的某一天，警视厅搜查二科的科长被指名接听一通外线电话。对方虽然指名叫他接电话，但却没有报上姓名。这是一个嘶哑低沉的声音。科长把听话筒靠在耳边，仔细去听这通电话的背景声音。没有列车或汽车的噪声，也没有音乐声，直觉告诉他这是从家里打来的。对方说了很久，列举了很多数字，内容很详实，感觉可信度很高。科长问了好几次他叫什么名字，他却回答现在不方便说。那个嘶哑的声音很礼貌地寒暄道别后，挂断了电话，听上去他平时应该是个讲究礼数的人。

他在电话中举报的贪污受贿事件刚在报纸上公开的时候，大家都把警方当成神，惊叹他们的触角之敏锐。人们都觉得不可思议，不知道警方是如何察觉到这一事件的。大部分人归功于警方们的专业技能，并没有太多其他方面的怀疑。然而，那些认为警方专业、本领高强而感到安心的人，其实是被骗了。

贪污受贿事件中没有直接的受害者。送钱的和拿钱的都是得利的受益者。如果用官方的说法，受害者是国家，是人民大众。然而，这说法太大、太空，并不会给民众个人以受害的感觉。

只要个人不觉得受害，就无法提起诉讼。但贪污受贿事件中不存在个人的受害者。即使只存在受益者，贪污受贿也能成立。

受益者们为了维护互相的安全，都会彼此保密，因为如果对方暴露了，自己也会受到牵连，没有比这更坚固的同盟了。他们都很小心，再加上官僚的贪得无厌和商人的老奸巨猾，使得保密的方式得以无限升级。没人知道警方究竟是如何察觉到这隐藏在两重、三重保护层之中的秘密的。人们都感叹警方的特异功能，心想也许他们有着不同于常人的特别触觉。因为技术总和职业相关，普通人把理由归结于专业，一般不会起疑，就像外行人总把行家看得很神秘一样。

然而，贪污受贿事件的被发现，其实大多都是因为有人告密。如果把这层面纱揭开，那么所谓的调查技术也就不再神秘。大部分的事情只要一揭秘，就会变得很单纯。说到昭和二十×年春天发生的那起砂糖贪污受贿事件，最初为调查提供**线索**的，就是那通没有自报姓名、声音沙哑的电话。

告密的是内部人员吗？如果认定贪污的成立只存在利益的享受者，那么原本不应该出现告发者。

难道是外部人员吗？但官商间的保密程度，犹如盔甲般坚固，外部不可能窥探到，更不可能知道得那么详细。告密的内容虽然只是一部分，但都有正确数据，具体性和可信度足以让警方展开调查。光靠模棱两可的推测，不可能说出那种事实。所以怎么看都像是内部的告密者。

但是内部，也就是受益者，为什么会变成破坏者？这意味着受益者没能将获利状态保持到最后，以至于受益者变成了受害者。越是被坚守的秘密，内部就越复杂，利益的安全性也就越难以保障。只要一有疏忽，受益者就可能会变成受害者。在这种情况下，受害的感觉反而会异常强烈，那种愤恨必须找一个出口。换句话说，就是必须破坏加害者。

那个打电话来的声音嘶哑之人，应该就是白川健策的手下，这已经成为警方的定论。白川健策原本是一个受益者，现在却变成了受害者。白川曾是 ×× 党的掌权者，甚至当过两次内阁大臣。那起贪污受贿事件，就是在他担任大臣期间所管辖的 ×× 省 [①] 内发生的。那个省归他管，相当于他的老巢，他理所当然本该是受益者。但因为别人的介入，性质发生了转变，结果白川遭到了损失。

---

① 此处的"省"相当于国家行政机构中的"部"。

而且那时候正临近总选举，白川健策极需用钱，且越多越好，所以被害的程度是双重的。

"告诉你们一件事儿，日本××共同联合会理事长冲村喜六将六百万日元公款作为政治捐款，向××省前局长、现任××党国会议员冈村亮三等议员行贿。时间是今年一月末。目的是为了让他们放宽对粗糖的分配。希望警方予以调查。"

简单来说，那个嘶哑声音在电话里告密的内容就是这些。之后警方发现，这六百万中的大部分原本说好是要献给白川健策的，但被冈村亮三等几名议员在中间截胡了。事实上，白川在总选举中的失败已经让他在政界变得没落。这么看来，是白川健策指使声音嘶哑的手下来告密的。这种想法应该没错。

因为百分之九十六的粗糖都靠进口，而分配的权限就捏在××省手里。日本有好几家工厂都在做把粗糖加工成砂糖的生意，事实上，大正时代以来，常常会发生和砂糖有关的行贿受贿案件。于是砂糖成了历代内阁重要的资金来源，其中的操作手法好像变魔术般巧妙至极，如果没有充分的调查，根本无从指证。

接到告密电话后，警方有理由确信这是一条有价值的线索，因为日本××共同联合会是小企业集团，并非大公司。一般大公司不容易露出马脚，但同样的操作，小企业的做法会拙劣很多。一旦突破那些小企业，顺藤摸瓜，就有可能揪出与大企业相关的更大的贪污受贿案。从小企业着手，但目标锁定的是大企业，带着这样的期待，警方燃起了昂扬的斗志。

警方开始暗中调查日本××共同联合会，查明了账簿中确有一笔款项用途不明，于是警方先以挪用公款的嫌疑逮捕了理事长冲村喜六。

警方并不认为冲村喜六和议员冈村亮三之间只是单纯的金钱交易。冈村以前在××省做过局长，肯定和自己以前的手下有联系。冈村收的钱是所谓的"斡旋受贿"，是关于粗糖分配的斡旋。冲村和冈村之间肯定还存着在另一名官员。

比起直接找那些局长、部长级的大官，不如让下面的小官先开口，然后再向上攻克，这是调查过程中的常用手段。由小及大的法则在这个案件中也适用。××省业务部第三科副主任濑川幸雄被作为证人叫来问话，也是这个道理。

濑川副主任承认自己和三名科员一起被冲村喜六请去打麻将，并收受了对方赠与的七八千日元作为麻将本金。但七八千日元也太少了吧。警方告诉濑川，其实他们已经掌握了一个事实，打麻将的地点在赤坂的高级料亭，当晚是设宴款待的，而且还叫了歌妓作陪。濑川一听警方已经知道了那么多，立马脸色惨白，终于承认不止拿了麻将本金，但他同时强调："收钱的不止我一个。"

<h1 style="text-align:center">二</h1>

濑川副主任用有气无力的声音吐出了一个名字，业务部第三科科长唐津淳平。唐津并没参与冲村喜六的招待，但冲村曾盯着濑川询问唐津淳平的兴趣爱好和家庭情况。后来，唐津科长也曾心事重重对濑川漏出过一句："做砂糖生意的那些人真的很会来事儿。"濑川副主任说，冲村和唐津之间肯定发生过什么。濑川这么说，不只是一心想得救自保，还因为上面的人经常比自己得到更多的利益，所以一直心存嫉妒。

冲村喜六很快招认了曾动用联合会将近一千万的公款，目的是为联合会牟利，钱款则给了冈村亮三等六名议员作为政治捐款。这六名议员包括白川健策，都是在 ×× 省有实权、有影响力的议员。虽然做法有欠考虑，但冲村喜六一直相信，钱是送到了重量级人物白川健策手里的，他并不知道冈村并没把钱给白川。

冈村议员虽然仗着前任局长的影响力拿了钱，但仅属于"斡旋受贿"，不算犯罪。而且仅凭冲村的交代，不足以追究冈村的责任。但如果冲村和议员们之间还存在另一个官员作为中介，那就有办法收拾他们了。"政治捐款"事件中如果存在作为中介的官员，那么那名官员就违反了国家公务员法，而议员们就可以被归为"共犯"而被追究责任。而且，警方在调查这一事件的过程中，认为这种可能性非常大，所以也铆足了劲头追查这条线索。

然而，冲村喜六却对第三科长唐津淳平的事情矢口否认，说自己与他完全没有金钱往来。

不过，警方的调查如同毛细管一样，具有渗透入微的功能，他们其实已经掌握了一些情况。唐津科长曾收到过三万日元的百货店兑换券，他妻子也收到过高档马海毛大衣。送礼方是冲村喜六，他很幼稚地委托百货店直接把东西送到唐津家。

但也许这反而表明了一种光明正大。冲村喜六说，那只是为了向平日里关照自己的政府官员表示感谢，送些"年货"而已。原来如此，冲村一定要这么说也无可厚非，毕竟只是三万日元的兑换券和四万左右的大衣。然而，警方觉得这只是表面的事实，后面肯定还隐藏着更大的内幕。

警方开始悄悄调查唐津淳平这个人。他今年四十三岁，是个挺本分的人，在政府部门工作，很卖力，很能干。但他不是东大毕业的，只是某个私立大学毕业的，所以按照政府部门不成文的规矩，他的仕途注定不可能光明灿烂。和他同期入职的人里，那些东大毕业的，现在有人已经做到局长或部长了。这种学历导致的不幸在这个社会里已经被大家习以为常。唐津喜欢喝酒，对人和善，很喜欢照顾人。他没什么特别的兴趣爱好，相对来说，属于比较老实本分的性格。

他妻子叫幸子，娘家在京都经商。今年三十八岁，身材高大，五官立体。她话很多，听说她天生就喜欢、同时也最喜欢的就是漂亮衣服。因为家里只有一个孩子，所以生活还挺宽裕。她穿的那件新的马海毛外套，大家都看到了，而唐津的月薪到手才四万三千日元。这些都是周围那些主妇们传的。

在调查唐津淳平的过程中，警方确信唐津身上一定有事可查，于是决定将之前被当做证人请来问话的濑川变成犯罪嫌疑人予以逮捕。除了麻将本金的七八千日元，濑川很有可能在商户宴请的时候收受了贿赂。然而，最终决定把他从证人变成嫌疑人，是为了对当事人进行心理上的压迫，他越是残喘于绝望与焦躁，越是会趁着尚未完全土崩瓦解之前努力求救。之前把他当作证人时，警方表现得还很宽容，现在这种这种宽容没有了，濑川的意识一定会随之改变，表情会变成哀求、阿谀，会苦闷得垂下肩膀，然后就会吐出最后的线索。警方就是这么打算的。

东京 T 会馆的地下有家茶室，装潢很好、气氛奢华，经常看到很多外国客人。唐津科长经常和冲村喜六在这里悠然小聚。濑川副主任供述说，他好几次听到他们打电话约在那里见面。不仅如此，濑川还追加了一个猜测——两人见面的时候，议员也在，金钱的往来就在那里进行，唐津科长也许就是中间人。这番猜测让警方相信已经到了足以目测事件核心的距离，调查正沿着既定的轨道进行，不久之后就能大有斩获。

然而，现在这个阶段还不能将唐津科长予以拘捕，因为缺乏抓人的充足理由，需要进一步收集证据。要拘捕一个政府部门的科长，必须先清除所有可能的借口，让他无处可逃，用冰海一样的证据将他镇住，把他的周围都填埋严实。日本××共同联合会方面，除了作为理事长的冲村喜六，警方又新找来两个理事做证人，但没有问出关于唐津淳平的任何信息。

不过，对于唐津科长的动静，警方并没有丝毫放松。这段时间里，准确地说是从二月二十七日起的四天，唐津要出差去冈山县的食品工厂考察。看上去没什么特别，因为每到结算年度的末尾时，为了把当年的预算都用完，政府部门总会安排类似的考察旅行，唐津科长的出差多半也属于这种情况。所以警方并没把他的出差当回事，很放心地认为，万一有什么事也可以等他出差回来再说。

警方传唤了联合会的两个理事，确认了一千万政治捐款的事实。但这些钱的使用都是交给理事长冲村喜六一个人负责的，这两个理事碰都没碰。最重要的冲村喜六依然咬紧牙关不松口。他坚称是自己在业务上的挪用，希望只以这个理由被起诉。××省业务部第三科科长以下的几个小官就算拿了钱、赴了宴，总额也不超过十万日元。冲村喜六平时算是个正经男人，不玩女人，也无不良嗜好，所以他说其他九百多万是自己花掉了，那肯定是撒谎。他还说自己不知道这些钱去哪里了，还说是炒股票亏掉了，却完全找不到他买卖股票的记录。再追问他的时候，他就一口咬定是自己"忘记了"。

不过，这阵子冲村喜六的脸色非常憔悴，有时候说话也不利索了，精神上的损耗非常明显。审讯室又小又脏，一箱箱装着文件的箱子乱糟糟地堆在一边，全是灰尘。这些灰尘似乎已经无情地落到冲村喜六心里去了，支撑他的精神支柱已经渐渐失去强韧性，眼看着就要崩溃。

终于，他支撑不下去，开始一点一点招认，而这正好发生在唐津科长出差期间。他招认的内容和警方预估的细节都很符合。为了在分配粗糖的时候占到便宜，他送给××省相关的议员们九百七十万日元，送给前任局长冈村亮三议员的数额特别大。交款地点就在 T 会馆的地下茶室，中间人是唐津科长。金钱的交付是在冲村喜六和议员之间直接进行的，科长在一旁抽烟旁观，并没有碰钱。

不出警方所料，**公务员是中间人**，商人向议员行贿。这次，议员没法再以惯用的"政治捐款"来逃脱罪名了，因为他们是"共犯"。至此，日本××共同联合会的砂糖事件清清楚楚地带上了贪污受贿的色彩。

剩下的就是等唐津科长出差回来了。然而事后警方非常后悔没去唐津的出差地直接抓他回来，因为当时警方放松了警惕，以为那不过是一次很休闲的年末出差，而这种心理反射事实上阻碍了现实的进程。同时，报社也闻到了案件的气味。

根据政府的出差安排，唐津科长本该三月二日回到东京。然而，就在预计回来的三月二日当天，唐津淳平在热海的旅馆"春蝶阁"里自缢身亡了。

三

"春蝶阁"在热海属于二流旅馆，地处来宫，建在一个很清静的地方。有一栋主楼，还有一栋辅楼，两楼以长廊相连。辅楼据说主要用来供同行人员住宿，每个房间都是独门独户，入口处有格子移门，可以上锁。

唐津淳平科长的尸体是隔壁房间的客人在三月二日早上八点

左右发现的，当时还引起了一阵骚动。那个客人认识唐津科长，说自己本来早上去叫他起床，却不想发现了房梁上吊着的尸体，然后去叫旅馆的人，又拜托他们去找医生。旅馆方面同时联系了医生和警方。

那位客人一发现尸体，就马上把唐津从房梁上放下来平放在榻榻米上。他说他以为也许科长还活着，也许能因此得救，放下尸体之后他才去找旅馆的人。**旅馆的人并没有见到房梁上吊着的尸体，旅馆的人赶到房间时，尸体已经平躺在榻榻米上。**

医生给尸体做了检查，推定死亡事件是三小时前，也就是在天还没亮的五点左右，唐津科长断了气。他的颈部有勒痕，法医很明确地断定是缢死，在场的当地警方将其作为自杀处理。

警方听取了尸体发现者的口供。那人名叫篠田正彦，是唐津科长的朋友。二月二十八日的晚上，他碰巧在这家热海的旅馆遇到了从冈山出差回来的唐津，次日，也就是三月一日，从早上开始一直到晚上十点，他们一起在篠田的房间打麻将。一起打麻将的另外两人分别是篠田的情妇稻木良子，还有一个是篠田在当地的熟人。打完麻将后大家各自回房。篠田和稻木良子睡一间房，唐津回隔壁房。唐津打完麻将后还叫了上门按摩的服务，按摩结束后，十二点左右才就寝。之后的早上八点左右，篠田去了唐津房间。没人知道从前一天夜里十二点到第二天早上八点的这段时间里发生了什么。唐津之前也无任何异常的举动，和篠田他们一起还开心地聊家常，麻将打得也很愉快。篠田说他完全没想到唐津会自杀。

警方在整理遗物时并没有发现遗书。唐津的包里只有出差的相关资料、洗漱用品和杂志。还有一包应该是打算带回家的土特产，是大阪的板栗糕。从包装纸可以判断是在大阪道顿崛的商店买的，而并非在车站买的那种。警方推测唐津在从冈山回东京的途中，曾在大阪下了车。

发现死者的篠田也证实了警方的推测。篠田说他曾在东京的家里接到唐津的电话，那是二月二十七日晚上十点左右，是唐津从大阪的酒店里打来的。唐津说想见面，于是相约去热海泡温泉打麻将。他们还约定了具体的碰头时间和地点。第二天，篠田就带着稻木良子先到了热海。唐津随后在晚上八点半左右如约来到旅馆。根据篠田的叙述，唐津说他自己是坐快车"浪速号"到的。

警方完成尸检后，篠田给唐津科长家里和××省打电话告知此事。为了把遗骨带回东京，××省派出单位用车送唐津妻子到车站，之后她坐火车到了热海。在旅馆看到天人两隔的丈夫，她哭着说实在想不出有什么理由丈夫会自杀。妻子说，她这么想是有依据的，因为二月二十七日十一点左右，丈夫曾从大阪打电话回家说："我会按计划一两天后就到家，给孩子买点礼物就回去，乖乖在家等我哦。"说这话的时候，丈夫的声音听上去精神很好，所以根本无法想象会变成现在这样。

这时，唐津的妻子见到了篠田。"您就是篠田先生吗？"她看着篠田，好像是第一次见面。唐津妻子向篠田道谢："我听我先生提起过老师您的名字，一直给您添麻烦，谢谢您。"听这语气，完全是初次见面的问候。

为什么会尊称篠田"老师"呢？篠田向警方递上他的名片，上面写着他是律师 ①。

之后，唐津淳平的死被当做温泉胜地常发的自杀事件被草草处理，只在报纸地方版的一小块版面上登出一篇报道。

东京警方是在遗体已经火化成骨灰之后才得知唐津科长已死的消息。之前还优哉游哉地等着科长回来的警方这才回过神来，惊愕不已，居然让如此重要的证人就那么死了。毕竟唐津淳平是这次砂糖事件中所有线索交会的中心人物。

警方原本还以为，唐津科长是小官僚，应该又谨慎又胆小。商人或政治家要么财大，要么气粗，一般都不会轻易投降，但小官僚

---

① 日语中"老师"和"律师"是同一个词。

相对就很脆弱，只要一拉一拽，马上就会滔滔不绝全部交代。那些小官僚们，在政府部门工作的时候，在看上去很有威严的办公桌前一坐的时候，虽然会显得很伟岸，但是只要让他们坐到凄凄冷冷的审讯室里，就会因犯罪意识而颤栗，很容易将秘密一吐而尽。警方原本正是想从唐津嘴里问出官商勾结的关键证据。

得知唐津自杀后，警方感觉被对手摆了一道。其实之前的贿赂案件中，已经出现过好几次掌握真相的科长级人物自杀了。比如某一个案子里，副科长在接受审讯时，突然从四楼窗户跳下去直接摔破头。又比如另一个案子里，贪污犯罪嫌疑人在拘留所里用别人送来的慰问品里的剃须刀自刎。还有一个案子里，公共事业法人的科长，在即将被送去拘留前跑到事务所里喝下毒药，在办公桌前吐血身亡。他们都是接触实际业务的"熟练工"，同时也掌握着事件真相的关键。因为他们的死，警方无法继续调查案件，一切都变得烟消云散。

警方得知唐津科长自杀后不仅感到后悔，而且感到绝望，这次的事件恐怕也要重蹈覆辙了。单凭冲村喜六的供述完全不够。收钱的一方如果坚称那些钱只是"政治捐款"，就根本无法立案。警方曾努力想把方向转到"公务员做中介"这条思路上来，如果这条路走通了，马上就能以"共犯"名义下令逮捕那些议员。警方原本还希望能钓到"大鱼"。"三白景气"①时代，做砂糖生意的都赚了，商人们都在挖空心思把利润"做"得看上去很低，这就需要政治家的帮助。而政治家也不可能放过这杯"糖水"，所以砂糖企业从以前开始就一直是政党的隐秘金库。

警方很吃惊唐津科长居然会自杀，不过也因此又多出一条线索，那就是发现尸体的篠田正彦。这个名字，警方并非初次耳闻。

要说篠田正彦这个名字，警方并不陌生。篠田正彦虽然对外声称担任着一间公司的重要职务，但那并非一家很出名的公司，而且他还自称是律师。其实没人知道他究竟是做什么的。之前他曾因诈骗案件或违反统一制度而被检察院传讯过很几次。警方明白，这个人在政界和官场都很吃得开。这个人就是因贪污而引发骚乱的"东阳棉纺事件"的幕后老大。

篠田认识很多政界要人。唐津科长在热海的旅馆和他碰面后的第二天早上就自杀了。不难想象，也许是篠田正彦向唐津灌输了某种"因果关系"后才导致唐津自杀的。这并非没有先例。在"全××事件"中，一名代理科长在自杀前夜，和自己的上司一起在家里住了一晚；第二天早上去上班，上司在中途下车，只有代理科

---

① 日本曾将羊毛、棉花和盐称作"三白"，与钢铁、煤炭等"黑色"产业对应。

长一个人进了公司，之后科长就服毒自杀了。上司辩解说，那个自杀的代理科长是神经衰弱，早就担心他会自杀，所以才住到他家去安慰他。但警方推测，其中必然包含某种"因果关系"，那名上司口口声声的"安抚"，也许就是叫他去死的一种恐吓。

唐津科长和篠田正彦从二月二十七日到三月二日为止，他们之间的关系看上去完全和上述事件如出一辙。

## 四

警方从东京飞奔到热海。当地警署说并不知道自杀的那个人居然有着这样的背景，所以之前才没和东京的警视厅联系，现在听他们这么一说真的大为吃惊。但尸体已经作为自杀者火葬处理完毕，只剩下骨灰。现场的照片和医生鉴定书可以借来看，之所以要说"借"，是因为东京的警方出于管辖范围的约束，理论上并没有调查权，看材料只能"借"助当地警方的善意。

医生的死亡鉴定书上明确地写明是缢亡、死后三小时、无其他疑点，故无需解剖。再看死者照片，确实在颈部皮肤上有黑色凸起的环状勒痕。尸体的姿势是仰卧，但也有尸体背部朝上的照片。颈后部没有环状勒痕，表皮也未见脱落。当然，尸体之所以躺在榻榻米上，是因为案发后，第一**发现者**篠田正彦不小心把本来挂在房梁上的尸体放了下来。

警方向旅店"春蝶阁"的工作人员了解情况，他们的说法是这样的：二月二十八日上午十一点左右，篠田打电话给旅馆，说今晚会有三个人入住，想订两个房间。篠田正彦曾在这家旅馆住过三四次，和他一起来的稻木良子也是熟人。稻木的娘家在来宫经营果树园，篠田来热海时一般会住稻木娘家；但如果稻木娘家不方便的时候，两人就会住"春蝶阁"。篠田来电话订房的时候，正好有两间他想要的相邻空房。

篠田和良子下午六点左右到达旅馆，两人入住后泡澡、吃晚饭。那时候篠田说还有一个客人会晚些到，让女侍领着先看了一下隔壁的空房。当时篠田还曾对身后的稻木良子说，"这个房间也不错嘛。"

唐津晚上八点半左右到达旅馆。

女侍听到唐津对篠田说，"篠田老师，我坐'浪速号'刚到。"唐津称呼篠田为老师，非常尊重，而篠田对唐津说话的语气则比较随便。

之后他们开始在篠田的房间喝酒，十点不到的时候，稻木良子来到玄关，对旅馆工作人员说："我现在回一趟家，最晚十二点前会回来。"

此后房间里的两个男人再也没有叫女侍进屋，所以也没人知道他们说了什么。良子十二点前回到旅店，女侍跟着她一起进到屋内，唐津就此告辞离开，回到隔壁自己的房间。

当时女侍问他们："各位明天早上需要早起吗？"

唐津科长回答说："要的，我们打算十点开始打麻将，早上九点叫早吧。"说这话的时候，他看上去心情不错。

第二天早上，正如昨天唐津所说，他们十点开始在篠田正彦的房里打麻将。在那之前，还来了一个叫"内山"的中年男人，先拜会了一下篠田，然后就四个人凑成了一桌。把内山带到篠田房间的时候，女侍感觉内山和唐津是初次见面。

麻将一直打到晚上将近十一点。打完麻将后，篠田送内山到玄关，然后内山就自己回去了。女侍曾对篠田说："这么晚了让人回去，会不会不太好啊"。篠田却说："有什么关系，他是本地人，没事的"。不过，旅馆的人对那个叫内山的男人，完全没有他是当地人的印象。

唐津先是和篠田还有良子一起喝着茶聊了一会儿，之后对女侍说："请帮我叫个按摩师傅。"说完就起身离座，等泡完澡回到房间后，按摩师傅已经到了。做完一个小时的按摩后，按摩师傅就走了。

之后女侍进房准备取暖的炭火等。女侍问："明天您需要早起吗?"唐津说："要的。我明天白天必须回到东京，所以还是九点叫早吧。"之后他又询问了列车时刻表，女侍说有一班十点五十二分从热海发车的普快，唐津当时喃喃自语说："要不就坐这趟车回去吧。"女侍道了晚安后离开了唐津房间。那是活着的唐津最后一次被人看到。

听完这番陈述，警方若有所失地回到东京。地方警署已经认定是自杀且处理完毕，尸体也已变成灰烬，所以现在真的已经束手无策。地方警署没有联系东京方面，其实也不算失误。而东京警方也确实没料到唐津科长就这么死了。

由于唐津科长已死，警方只能放弃对这一事件的进一步追查，因为眼前已看不到任何可能性。话虽如此，警方仍有一丝不甘心。不为别的，只因为出现在唐津死亡现场的第一人是篠田正彦。如果不是篠田正彦，也许警方还不会太介意。但篠田是出了名的传闻在政界和官场都能呼风唤雨的幕后老大，所以警方觉得这事儿和他脱不了干系。

警方请来篠田正彦，当然不是传唤，而是请他来说明一下唐津科长死亡前后的情况。

警察先询问了有关他和唐津约在热海见面的情况。对此，篠田先是简单地说了一句，约在热海是因为自己原先在那里工作过，接着他又详细地娓娓道来——

"唐津科长是二月二十七日晚上从大阪打电话到我家的。我和他之前就认识，时不时会一起吃吃饭。我知道他这次是去冈山出差，就问他怎么从大阪打电话来。他说正好回来的路上经过大阪。然后他问我有没有看到关于砂糖贪污案的报道，我说看过，问他怎么了。唐津说因为这件事，想在回东京前和我见上一面，拜托我能不能找个地方和他见面聊聊，然后我就说那就去热海吧。其实，我女人娘家就在来宫，我把她家的详细地址告诉了唐津。不过第二天早上，我女人问了家里，家里说来客人了，不方便在她家见面。唐津之前告诉我说他住在大阪车站酒店，于是我马上打电话到酒店，告诉他见面的地方换到'春蝶阁'。唐津说他会乘中午的快车出发。我和我女人，哦，那个女人叫稻木良子，我们先到了热海住进'春蝶阁'，在那里等唐津来。他是九点左右到的，说自己是坐快车刚到。然后我们一起喝了会儿酒，良子说她要回趟家，就出去了，就剩我和唐津两个人。我问唐津：'是不是在担心砂糖事件，难道和你也有关？'他说没有太大关系，只不过是从企业那里收了点'压岁钱'的程度。但他在大阪买了份报纸，看到之前作为证人被请去警局的主任现在却变成犯罪嫌疑人遭到逮捕。他当时一副很无

109

助的样子，说自己的手下被逮捕，那么自己可能也快了吧。我对他说，就拿了那么点小钱，即使被叫去警局，只要说明一下情况，很快就会没事的，不用太担心。但唐津却抱怨说，如果被叫去接受调查，那在单位里跌打滚爬一路辛苦坐到的位子就难保了，**好不容易看到的希望**也会化为泡影。我安慰他，叫他别发愁，万一被叫去问话，我会和××次长打招呼的，让他放宽心，别担心。唐津听了我的话后很高兴。之后我提出明天可以打几圈麻将散散心，唐津也赞成。良子的朋友内山是当地人，所以把他也叫来了。第二天我们从早上开始打麻将。唐津的心情好了很多，高高兴兴地一直打到晚上十一点。打完麻将，内山就回去了，唐津也回到隔壁房间。之后的事情我就不知道了。那天早上，我想找他一起去附近的梅林散散步，就去他房间找他。没听到动静，我还以为他还睡着，进门一看，却发现正面房梁上唐津穿着睡衣吊在那里。当时我是真的吓到了，但突然想到，可能他还有口气，所以我**一个人**把他从房梁上放了下来。我当时的想法是，如果一直那么吊着，可能原本还有救的也没了。然后我去叫了女侍和医生。听说已经死了三小时，那就是清晨五点左右自杀的吧，我当然还在熟睡中，完全不知道发生了什么。就算醒着，以隔壁房间那种构造，也根本听不到什么动静。和我一起的良子也说什么都不知道。我真不明白唐津为什么要寻短见。前一天晚上听了我的安慰后，他看上去很安心，之后还那么开心地一起打了麻将，玩得可愉快呢。实在没想到，真的太可怜了。"

# 五

砂糖事件彻底没戏了。唐津淳平死后，警方这才意识到他在这起事件中有多重要，之前就不该那么笃定地等他出差回来，而是应该尽早逮捕他，现在真是捶胸顿足也追悔莫及。即便抓了濑川副主任，企业向议员行贿的决定性事实还是无法得到确认。在中间起到中介作用的公务员一死，受贿方的议员们就不可能再被当成"共犯"了。

虽然把篠田正彦请来了解情况，但只能像听"故事"一样，只能听他把话讲完，却拿他没办法。二月二十八日晚上，在那个旅馆的房间里，就他们两个，也许篠田说的是真的，但没人能证明，也没人能猜到哪些部分是真的，哪些部分是假的，或者全部都是编出来的。唯一可以肯定的是，那只是他的一家之言。

只有一处与篠田正彦的"故事"有所不符，警方在调查唐津淳平的动静时发现了这样一个事实——

唐津科长住在目黑区上目黑，平时上班他都是先坐大巴到涩谷后再转地铁。但从二月十五日开始，他每天都会搭局长的车。局长家离唐津家里大概两公里。工作日，单位会派车到局长家。那车也会经过唐津科长家附近，唐津就站在路边等。车子先去接局长，然后再接唐津科长。

二月二十四日早上，局长的车经过老地方，却没有见到之前一直在那里等车的唐津科长。司机只好就此开过。

但事实上，当天唐津是老时间八点出家门的。他并没在路边等局长的车，也没有按时到单位上班，那天他是下午四点才到公司的。之前从来没发生过类似的事情，他一直都是按时上班的。

第二天，也就是二月二十五日，也发生了同样的情况。局长的车开过老地方，并没看到唐津的身影。当天他是下午四点半左右、也就是五点下班前三十分钟才到的。那天他心神不定地把堆在桌上的文件一个个敲完章，半小时后就回家了。根据科员们的回忆，那天唐津科长进进出出的时候一直都是一副心神不定的样子。而且那天，也就是二月二十五日，他也是一早就出门的。连续两天，从早上离开家，到下午到达单位之间的八小时里，没人知道他去了哪里，做了什么。

其实警方还了解到其他情况。之后的二月二十六日，正是已经定好了要去冈山县出差的日子。他一早就带着行李出了家门。妻子送他到门口，唐津答应会给孩子买礼物。那天他也没有去单位。是为了赶早班车吗？非也。唐津到达冈山站的时候是二月二十七日早上十点三十七分，他坐的是名为"安艺号"的快车，这趟车是前一晚八点四十五分从东京站发车的。所以，二月二十六日，唐津原本有足够的时间可以去上班。事实上，以前他每次出差，只要是坐当天晚班火车，他白天都会正常去上班，向科员们交代一下自己出差期间的注意事项，并向部长或局长问候寒暄，这才是他的一贯作风。然而这一次，他完全没去单位露脸，简直让人觉得不可思议。因为是晚上八点四十五分的列车，即使五点下班回到家里吃好晚饭，再去车站也完全来得及。但他那天是早上八点出门，距离发车时间还有大约十二个小时，他到底去了哪里？做了什么？没人知道唐津在二十四、二十五、二十六日三天的行踪。

那阵子警方已经开始对砂糖事件展开调查，日本××共同联合会理事长冲村喜六因挪用公款罪而被逮捕，濑川幸雄副主任和两个科员作为证人也被警方传唤接受调查。唐津身上最可疑的就是这三天的行踪，既没去上班，又行踪不明。警方推测他一定是去哪里见了谁，而且他所见的那个人必须是最能给予他支持和力量的人。

这个推测基本无误。同时，关于篠田，警方也渐渐掌握了一些确切的信息。如果要问篠田正彦究竟是怎样一个人，还真没人确切地知道。但从仅有的已知信息来看，他出生在北陆，曾就读于私立大学，但中途退学。在战后物资匮乏时期，他令人难以置信地居然有本事获取大量物资。据说那时候，他靠赠送物资，在政界和官场如鱼得水。之后没人知道他究竟在做什么，但大家都猜测他靠自己的人脉在官商之间做中介。这些都可以作为"欺诈事件"和"锦线事件"的相关背书。说他是公司高管也行，律师也行，但都模棱两可，让人不由得去揣测围绕在他身边的那种暧昧不明的气息。

篠田正彦曾在老家做过议员候选人，但两次都落选了。因为在政界吃得开，他在这方面的意愿一直很强烈。现在他的老婆孩子都在老家，他自己在东京品川和情妇一起住。他的情妇稻木良子在赤坂经营茶馆，但她原本只是赤坂的一个艺妓。由此可知，篠田的收入有多惊人。

虽然竞选失败，但他在政界和官场说话还是很有分量。安慰唐津的时候，他曾说过："我会去和××次长打招呼的，你就放心吧。"那并非虚张声势，而是确有实力。

唐津淳平称呼篠田正彦为"老师"，把他当靠山，很想借助篠田的势力。四十三岁的唐津其实很焦躁，和自己同年进单位的那些东大毕业生们，有的已经当上了局长，再拖拖拉拉不求出路的话，自己可能这辈子就只能做到科长了。他也许就是想通过在政界和官场上都能呼风唤雨的篠田正彦，为自己的将来铺一条光明大道，毕竟对于在政府部门做事的人来说，出人头地是唯一的生存之道。

　　唐津淳平行踪不明的三天里，也许就是去见了篠田正彦，讨论贪污受贿的事。但也可能有另一种猜测，篠田正彦才是官商间真正的中介，毕竟他的老本行就是做中间人。为了促成这次的买卖，篠田需要××省业务部第三科室的唐津淳平。也许就是篠田指使唐津的。也许是篠田对唐津说过："如果你替那些议员们把事情办成了，他们都会记着你的好，对你的将来一定有好处。"这种话对唐津很管用，于是篠田说什么他就做什么，同时幻想着自己的锦绣前程。

　　唐津在T会馆的地下茶室里把冲村喜六介绍给几个议员，见证了金钱的赠与过程，但他不过是个小科长，能有什么本事请得动那些议员们。遇到这个疑点时，把篠田正彦这个关键人物放进去，问题就迎刃而解了。唐津科长带着冲村喜六去T会馆之前，肯定还有一个三方见面的时间，由篠田正彦作为中介，把唐津淳平介绍给议员们，然后唐津才能以熟人的身份把议员们介绍给冲村喜六。

　　得知唐津科长自杀后，冲村喜六向警方供述："我之前一直忍着不想提唐津先生的名字，但他现在已经死了，我什么都招了。指使我给议员们送钱的就是唐津。他说只要给议员送钱，后面什么都好说。所以并不是我想要送钱给议员，都是唐津教的。"

唐津"教"冲村？这种可能性太低了，肯定主要还是篠田正彦在幕后指使。

这下又得回到前面的问题。篠田正彦在热海的第一个晚上，唐津找他去商量事情，他自己说是他问唐津："你也和那件事情有关？"现在想来，这话怎么听都是假的。篠田正彦才是整个事件的策划者。稻木良子回家后，两个男人的实际对话内容和篠田正彦向警方陈述的内容之间肯定存在着巨大差异。

不过现在已经没有任何证明了，留在这个世上的，只剩下篠田正彦的舌头。

由一个嘶哑声音而展开的贪污受贿事件，现在就像一只被踩扁的薄纸箱。刚开始的时候，警方还曾期待抓捕大人物，而现在，那道彩虹般的希望已经消失。

# 六

我本人对几年前发生的那桩悬案很感兴趣。

最近好几起贪污受贿事件中政府部门副科长级别的人物都自杀了。那是一种怎样的心理呢？为了不连累上级？还是因为害怕将要失去来之不易工作和生活而感到绝望？相比较之下，我觉得前者的比重应该更多。

他们是为了不给上级添麻烦而选择自杀的。我对于这种心理很不以为然。如果上级本身是清正廉洁的，那么不给上级添麻烦的想法倒还可以理解。但如果是为了不让上级的罪行曝光而选择自杀，那又何苦呢？

说到底那些在政府部门做副科长的人大多毕业于普通大学，工龄较长，四十岁以上，肯做实事，业务熟练。这些人一般性格都比较老实，更愿意选择勤勤恳恳做到退休，靠退休金安享晚年。换句话说，他们是已经断了"出人头地"念头的人。虽然对于那种给自己俸禄、让自己能吃到老的恩惠心存感谢，但不至于会为了那些亏待自己的政府部门或上司而牺牲掉自己的性命。

然而，在贪污受贿事件中，掌握上级秘密的往往就是这些做实事的人。做领导的，也必须在一定程度上让一些做实事的人变成"自己人"，副科长们就是很好的人选，他们做什么都很能干，业务上也都很熟悉。这种时候，上级就会摆出一副很懂他的样子接近他，关注他。

于是，看到之前高高在上的领导竟然会如此亲和友善地接近自己，误以为被上级"看好"的副科长们就会对上级的"知遇之恩"心存感激。之前已经自暴自弃、在太阳照不到的阴冷角落里暗自萎靡的男人，会因此突然变得头脑发热。早已经放弃了的"出人头地"的想法，也会再次回春般地在心头燃起。他们甚至会以为，只有自己才是被上级看中的特别的人，在同事中会觉得很自豪，还会产生一种要和同时进单位的同事们一争高下的斗志。当他们收钱又收礼、被请去高级料亭享受饕餮美食、陶醉于之前从未尝过的甜头和乐子中时，他们就会对上级的所谓义气特别感恩。

那种不能给上级添麻烦的道义之心一定就是这种时候滋生出来的。而当自己承受不了这种道义恩情的时候，他们就会选择自己了结生命。这一段心路历程其实不难理解，走到那一步，需要考虑的，只剩下一些包括家人生活在内的后事了。

据说那些被警察请去了解情况的副科长们，一旦回到单位，会被上级一脸严肃地反复追问被叫去问了什么、怎么回答的。那种追问就像拷问，让人招架不住。随着事态发展，这种拷问也会愈演愈烈。此时，副科长们就必须同时经受警方的调查和上级的追问，精神上特别受折磨。他们原本就是活得很小心的人，这样一来完全有可能被逼疯。上级还会不断地对其"循循善诱"，让他们记住不能忘恩，不能给单位添麻烦。或者上级会婉转地叫他们不要担心家里，都已经替他们安排妥当。归根结底，与其说是"开导安慰"，不如说是趁他们头脑混乱的时候强行植入一种"因果"关系。我一直觉得，在贪污受贿事件中，那些科长们的自杀其实是一种精神上的他杀。如果没有外在的压力，他们不可能自发地想去寻死。

虽然我称其为一种精神上的他杀，但客观上毕竟还是自杀。那些从高楼窗户跳下来的或是喝农药的，无论在谁看来都是明显的自杀。精神上的他杀，只是一种比喻。

不过，对于几年前砂糖事件中发生的自杀事件，我倒是有一个不解之处。

我对这个事件产生兴趣的契机，是一位在冈山县食品工厂工作的朋友来找我，碰巧说起了唐津科长自杀的事情。当年就是他去冈山站接了唐津科长，一直关照到他回东京为止。

"唐津科长来县里的工厂视察，是很早以前就定好的事情。"我朋友说，"之前定的是二月二十七日到三月二日，一共四天，视察县内六家工厂。第一天视察的就是我们工厂。我接到通知说他坐快车'安艺号'来，所以去车站接他。他是乘十点三十七分的列车抵达的，就他一个人，没别人同行。他又矮又胖，可能因为前额的秃发，老得感觉已经有四十七八岁了。他一脸疲惫，我觉得可能是因为他在车上没睡觉。我们一起坐上停在车站外的汽车，唐津说自己今天必须回东京，问我能不能帮他买下午回东京的快车票。我当时很吃惊，明明原定是四天的出差，现在却一晚不住，当天来当天就走。我问他是不是出了什么急事。他'嗯'了一下，说东京有件事

119

必须明天做完，说的时候一脸抱歉。我把唐津送到工厂，马上又回车站，买了去东京'萨摩号'特二等的车票。唐津科长当天只视察了两家工厂。当时我还在想这些当官的真是自说自话，那些做好准备等着他去视察的工厂也都怒了，但没有正面提出抗议。唐津科长应该就是坐了那班下午四点三十七分的'萨摩号'回东京的。明明预定四天出差，结果只用了六个小时就草草了事。我们送行之后都还在抱怨当官的做事太敷衍。之后过了四天，我们才听说唐津科长在热海自杀了。据说是在他回东京的途中？我们都很吃惊。真要去寻死的话，至于那么着急当天回去吗？他当时看上去肯定不是要去死的样子。虽然看上去很累，但说话还很精神，还和我们说笑话套近乎呢。在站台送行的时候，他还把手伸出车窗一直朝我们挥手呢。"

计划四天出差的人，却当天到当天就走，这究竟是为什么？唐津淳平从东京站出发之前应该不是这个打算。一定是到了冈山之后或者是在去冈山的车上作出了这番决定。

唐津可能是在车上买了报纸看到了什么报道，也可能是他坐的"安艺号"于九点五分到达姬①路站后，他在站台买了份晨报。一

---

① 兵库县内仅次于神户市内的第二大城市，著名港口。

定是他看到了之前就很在意的事件报道。也许是报道中提到，之前作为证人被传唤的濑川由于受贿嫌疑越来越大，被逮捕是迟早的事情。唐津可能因此意识到自己不能再犹豫不决，不能把四天都耗在冈山优哉游哉地浪费时间，必须马上回东京。所以他才会一到冈山站，就提出当天下午就回去。

不过，唐津淳平并没有直接回东京，而是在大阪中途下了车。那么着急说要回东京的人为什么会在大阪下车？在大阪有那么重要的事吗？似乎他在大阪并没有和任何人见面。只不过在大阪的车站酒店打了电话给自己东京的家里，以及打电话给筱田正彦。

对了，唐津淳平为了能在大阪打电话给筱田正彦，甚至浪费了直达东京的特二等车票。根据筱田的证词，唐津在电话中说自己"在报纸上看到了"。虽说筱田说的话不太能当真，但这部分也许是事实。唐津说自己看到的，也许就是那篇晚报上的报道，称濑川作为嫌疑犯终于被逮捕了。

从冈山发车的"萨摩号"于晚六点零一分到达姬路站。唐津淳平也许是在姬路站的车站上买了报纸，然后得知濑川被抓了。

所以他等不及在车上睡一晚再回到东京，他一秒都不想耽误，于是马上联系了筱田，商量对策。他之所以下决心在大阪下车，一定就是这个原因：他想打电话给筱田。

住进酒店后，他用酒店的电话打给篠田。篠田正彦在电话里指定去热海进行面谈。不仅如此，篠田正彦在电话里一定还提到了其他更具实质性的内容。

之后唐津淳平打电话回自己家，告诉妻子会按计划一两天后给孩子买了礼物就回家。唐津是先给篠田正彦打电话然后再给妻子打的，这一点很值得注意。他之所以会在电话里对妻子那样说，是因为之前和篠田的通话已经让他变得没那么担心了。换句话说，到那个时候为止，唐津完全没有自杀的念头。

第二天，也就是二月二十八日，唐津淳平接到篠田正彦的电话，被告知见面地点变更为热海的旅馆而不是稻木良子的家里。于是他上午在大阪市内逛了逛，给孩子买了大阪特产板栗糕，然后搭乘中午十二点五十分发车的"浪速号"。

# 七

唐津淳平于晚上八点十分到达热海，坐出租车来到"春蝶阁"的时候是八点半左右。见到等他的篠田，唐津说："老师，我坐'浪速号'刚到的。"

之后他泡了个澡，接着又去篠田屋里一起喝酒。篠田的情妇稻木良子当时也在场。良子十点多的时候暂时离开，回了趟在附近经营果树园的娘家。之后就只剩下篠田正彦和唐津淳平两个人。

到稻木良子回旅馆为止的一个半小时内，两个人之间究竟谈了什么？篠田正彦说是他安慰了唐津："不用那么担心，别发愁了。我会去和××次长打招呼的。"这肯定是假话。

在这一个半小时内，篠田正彦肯定向唐津淳平灌输了某种"因果关系"。大部分自杀的副科长也都是如此，外人恐怕无法想象他们到底是怎样被洗脑的。

"如果你被抓了，全都坦白可就惨了哦。之前施恩于你的所有人都会遭殃。政府部门也会受牵连。你自己也会大吃苦头。你仔细想一下：如果你能妥善解决，那你的上级和前辈们都会对你感激不尽，我们也会努力让你的妻子和孩子最大程度地过上好日子。"领导们可能就是这样温柔开导的吧？乍一听可能觉得是一种安慰，但其实是裹挟着糖衣的威吓。原本就蔫了的男人们，一定会感到顶头上司那种巨大的压迫感。而且他们也害怕会丧失现有的一切。"恩义"这种老朽的道德，可以将自我牺牲转变成一种美德。把那些副科长们在心理上逼成自杀者的，事实上是一种集结周围所有压力施加到其精神上的他杀行为。

不过，唐泽淳平的情况可能有所不同。虽然不知道篠田正彦是否向他灌输过所谓的"因果关系"，但也许那根本没奏效。并非所有科长级别的人都是一个模子里刻出来的，也并非所有人都能轻而易举地接受自杀心理。唐津淳平也许对篠田正彦反抗了，并强烈地表现出自己不想死的意志。如果是这样的话，篠田正彦会怎么做？他肯定心里盘算这样下去不行。老奸巨猾的他，肯定先转换话题，比如他可能会突然笑着说："那我再想想办法。以后的事情先别管，明天打几圈麻将再回去。没事，别担心，我会尽力的，我去找××次长疏通一下。"唐津淳平一定是听了这话才上钩的，听完后可能还露出了放心的微笑。两个人在那一个半小时内的对话也许就是这样的内容。

我这么猜想，其实是有事实证明的。如果是那天晚上的对话让唐津淳平产生了自杀的念头，那么第二天他就不可能还有心思打麻将玩。女侍们也都说当时看到唐津的神情相当愉悦。另外，如果真是要寻死的人，为什么还叫按摩师傅捏肩膀呢？他或许确实是累了，但寻死之人本不需要这样种放松享受。

另外，唐津淳平如果是因为篠田正彦说了什么才想寻死的话，那么应该在两个人单独聊天的二月二十八日晚上到第二天的三月一日的早上这段时间内付诸行动，这样才合乎逻辑。为什么会在打了那么久麻将之后的三月二日天色未明之时才动手呢？

我还有另一个理由。按摩师傅回去后，女侍曾问过唐津淳平：

"明天您要早起吗?"他当时回答说:"我明天白天必须回到东京。"女侍向他告知十点五十二分发车去东京的普快信息,他曾说打算坐那班车。医生报告中也提到自杀死亡时间是第二天清晨五点左右,那至少五点之前,唐泽淳平应该完全没有自杀的念头。

还有一点,现场没有遗书。这种情况下寻死的人,居然不给妻子或者谁留封遗书,真的太不可思议了。毕竟自己的死不是为了别的,而是一种出于自我牺牲美德的自我升华。如果是带着这种意识选择去死的话,一定会想把自己的心意表达出来。比如"全××事件"中的自杀者,在服毒后意识完全丧失之前,还一直伏案写遗书。

最重要的一点是,遗体发现者只有篠田正彦**一个人**。虽然他说唐津淳平是吊在房梁上的,但女侍们来的时候尸体却躺在榻榻米上。看到唐津"吊在房梁上"的只有篠田正彦。姑且相信法医的鉴定是正确的。根据现场照片,颈部前半有勒痕,但后半没有,所以明显不是绞死,而是缢亡。但是**使人缢亡**的方法有很多。

比如杀人者可以将意识不清的唐津抱起,再吊到房梁上,把他的头伸进垂下的绳圈内,但这样的事情靠一个人的力气恐怕完成不了。然而,并没有人别人看到死者吊在房梁上的样子,说看到的,只有篠田正彦一个人。

为了使他缢亡，其实也不必抱上房梁。自杀者中也有人把绳子拴到衣橱把手上，然后把绳圈套在自己脖子上，身体向前弯腰，使自己缢亡。重要的是，只要下体的重心不稳，重力全都施加在颈部，然后绳子勒紧气管施加压迫，就能达到缢亡的目的。能让唐津淳平缢亡的所在，未必只有房梁。

我推测，那天早上八点，篠田正彦去唐津淳平的房间，肯定是带着目的去的。他自己说是为了邀请唐津去梅林散步，可那时候热海的赏梅季节早已过了。但这不重要。八点这个时间点，是篠田特地选好的，他要在赶在女侍前面先进入唐津的房间。如果女侍先看到尸体，也许就不会有"吊在房梁上"的说法了。

篠田正彦突然把见面地点换到"春蝶阁"，并不是因为稻木良子娘家不方便那么简单。他以前在这家旅馆住过很多次，对于房间的结构都很了解。辅楼的每个房间都是独门独户的，所以即使有一点小声响，隔壁房间的人也不会听到。他从东京特地打电话来订这两个相邻的辅楼房间，是因为比起情妇的娘家，这里更适合他动手。篠田正彦在唐津淳平到达之前，还特地去检查过隔壁房间，他曾对稻木良子说过："这个房间也不错嘛。"但篠田正彦从东京打电话到"春蝶阁"预约这两个相邻房间的时候，有一个未解之谜：篠田也许已经预感到唐津淳平**没有自杀的意愿**，但他是通过唐津平日的性格推测出的吗？还是前一天晚上接到唐津从大阪车站酒店打来电话交谈中发现的吗？答案肯定是两者之一。

## 八

我搜集了不少有关这个案子的信息，对这个案件愈发感兴趣，于是我特地去热海住了一晚"春蝶阁"。当然，我特地要了辅楼的房间。

旅馆地处来宫有坡度的地带，可以俯瞰大海和热海的灯火，很安静很舒服。我虽然提出要住辅楼的房间，却没有指定说要"几年前有人自杀过的房间"。旅馆方面肯定是会极力掩饰这种事情。我觉得辅楼的房间构造应该都差不多，所以就按照旅馆方面的安排进了房间。打开设计成玄关进口处的格子移门，我看到一块四平方米左右铺着铁平石的狭窄土间，里面是七平方米多的次卧和十平方米左右的主卧，房间外有两米宽的走廊，面朝庭院，标配般摆放着接待用的成套家具。浴室、卫生间在次卧后方。主卧和走廊的上方横着一根柏木做的房梁，距离下方有两米高。

"您看这间房还满意吗？"女侍看我一直站着打量房间，特地问了一声。

"不错。所有的辅楼房间都这个样子吗？"

"所有房间的构造都差不多。"

我点点头，在黑檀木书桌前坐下。女侍出去准备茶水，趁着没别人，我开始在房间里四处找寻哪里可以拴绳子。我发现壁龛处挂着一幅富冈铁斋①的仿作。壁龛的粗立柱用的是珍贵木材，散发着黑色光泽。要拴绳子的话，这里就可以，正好，柱子上的木节可以将绕在上面的绳子固定住。把绕在上面的绳子做成一个环，把头伸进去，身体前倾，就能勒住脖子。臀部离开地面一尺左右，重心就能完全落在勒着绳子的脖子上，完成"缢亡"过程。而绕在柱子上的绳子会紧卡在突起的木节上，就算人体的重量向下施力，绳环也不会向下滑落。

我站起身，仔细观察壁龛的柱子，却并没有发现有绳子摩擦过的痕迹。也许这种摩擦本来就不会留下痕迹，又或许已经被修补过了，或者根本就不是这个房间。

这时，女侍端着茶水进来，我佯装翻开报纸。

晚饭的时候，我问女侍："这附近的旅馆有人自杀或殉情吗？"

我的旁敲侧击，其实是一种侦查。但年轻的女侍只是笑，没什么特别的反应。

---

① 日本文人画画家。

"你在这做了很久吗?"

"没有,我一年半前才来的。"

我有些失望。不过她接着又说:"热海本身就是个自杀殉情的胜地,没什么稀奇的。"

女侍走后,我反复琢磨着她的话。自杀胜地、毫不稀奇!当地警方一定也是这么想的,所以唐津淳平才会都被当做众多自杀者中的一个,简单地验尸,简单地处理,没有解剖,也没有确认胃部有没有安眠药的成分。

所以,篠田正彦指定在热海和唐津淳平见面,应该不是偶然。他特意选择很多人自杀的地方,利用了警方的盲点。他完全是计划好的。

女侍收拾完餐具,帮我铺床,告辞前还特意嘱咐我:"您记得从里面把门锁上哦。"我仔细一看,门上是插扣式的门锁。

锁!对啊!那天晚上,唐津淳平肯定是从房间里面把门锁上的。这是常识,谁都会锁。特别是为人谨慎的唐津淳平,不可能不锁。

三月二日早上八点左右,篠田正彦如何进入上了锁的唐津淳平的房间?从里面可以把门打开的只有唐津本人,但当时他已经变成冷冰冰的尸体。那么到底是谁从里面把门打开了?

不可能是别人，打开门的只可能是唐津淳平，但不是在变成尸体后的八点，而是他还活着的五点以前。

篠田正彦说自己是八点去叫唐津淳平起床，但其实早在五点左右他就已经去过了。那时候他是在门外把唐津叫醒的，唐津从里面把锁打开，让篠田正彦进去。篠田也许借口说自己醒了睡不着，想找唐津喝酒，顺势拿出威士忌，而那威士忌里有安眠药。唐津淳平在不知情的情况下喝下睡着后，篠田就开始行动。所以打从一开始就不需要房梁。为了看上去像是"吊在房梁上"的样子，篠田在八点的时候第二次来到唐津房间。这一次，屋内没有上锁，他很容易就进了房间。

我一边抽烟一边思考，觉得自己的这种推理非常合乎逻辑，而且现在还在冒出更奇怪的想法。

总之，和其他的贪污受贿事件一样，一个小官僚因此惨遭杀害，调查也因此中断。得救的是那些更为上层的官僚们和收了钱的议员们。××省业务部第三科的科长唐津淳平为他们做了好事，连遗书都不留就死了。

然而，受恩于唐津淳平最多的还是篠田正彦。因为他，唐津"自杀"事件平息，**得救**的议员和官员们会越来越给他面子，他也因此会得到越来越多的好处。

有人报告说唐津的太太过上了比以前更加富足的生活。其实大家都懂，这就是议员和"上面的人"支付的变相"抚恤金"。这也不由让人感慨篠田的势力之大。

我有时会去想象篠田正彦的面容，他可能是一个肉嘟嘟的圆脸、看上去很有派头、面颊发红的男人，也可能是一个颧骨突出、面容消瘦、走起路来颤颤巍巍的男人。事实上，他到底是怎样一个男人？

贪污受贿事件一直以来层出不穷，今后也会源源不断。每次被拿来充当牺牲品的，都是政府部门里那些不分白天黑夜埋头苦干实干的小官僚们。他们也有自己小小的、想要出人头地的梦想，但当他们自以为机会来临之时，往往也是他们沦为官商勾结的囚徒之日。这种压力让他们无处可逃，"恩义"与屈从的义务感将他们牢牢捆绑。

他们，是弱不禁风的小草。

俳句刊登在卷首的女人

一

　　完成俳句杂志《蒲之穗》四月号的校对之后，主编石本麦人与俳句同人山尾梨郊、藤田青沙、西冈静子边喝茶边聊天。他们还是在老地方——本职做医生的麦人家聚会。

　　"石本医生，志村幸这个月也没投稿吧?"开二手书店的山尾梨郊说。

　　"嗯，她终究还是没投。"麦人一边看着样稿一边说。

　　"已经连着三期没看到她的作品了，她是不是病得很重啊?"在贸易公司上班的藤田青沙对麦人说。在这些编委中，属青沙年轻最轻，今年二十八，单身。

　　"可能吧，据说是胃溃疡。"

　　"胃溃疡算大病吗? 不是做个手术就能好的吗?"

　　"如果在一般医院是可以，但她在那种地方，谁会马上给她做手术啊?"麦人侧头惋惜。他口中的"那种地方"是在隔壁县 H 市一家免费救助伤病的慈善医院，名叫"爱光园"。他们所提到的志村幸是一名女性投稿者，从去年开始一直寄作品给《蒲之穗》，她的俳句曾在麦人负责选稿的杂咏类别中被选中刊登在卷首。杂志上登出她名字时，会在上面加上"爱光园"三个小字，好像特意昭告她的住所一样。换句话说，她是一个住在那家慈善医院里的病人。

"不马上动手术，是因为没钱吗？"这次换梨郊发问。

"缺钱是肯定的。但我也不清楚是不是据此来决定是否做手术。唉，在那种医院，肯定没法好好接受治疗。"麦人把自己的医院经营得很好。他戴着眼镜，转脸去看另外三个人，镜片闪了几次光。

"太可怜了。"西冈静子说。她老公在公司里做科长，有两个孩子。她身上似乎有种不愁吃喝的光环。

"她没有亲人吗？"

"都住进慈善医院了，应该没有吧？"麦人叼起一根烟。

"她到底几岁了？"梨郊问。

"我收到过她寄来的信，就在我们把她的作品刊登在卷首之后，她寄来过一封感谢信。以她的来信看，应该三十二三岁吧。"麦人回答。

西冈静子转动眼珠，好像在默默计算幸自己与她的年龄差距。

"她结婚了吗？"

"这我不知道，我没问过她的私事。"麦人稍稍眯起眼，看看梨郊，"不过说真的，我觉得有必要再给她写封信，她已经连续三个月没寄稿子了。"

"再给她写一封？"

"嗯！不瞒你们说，上个月我写过一封信问候她，顺便鼓励她多投稿。虽然她只交过两次会费，但我告诉她以后都不用交了，因为我觉得她的作品在众多投稿者中特别出挑。"

"确实如此。"西冈静子也有同感，"我也一直在关注她，之前登在卷首的那篇俳句就非常棒。"

"她回信了吗？"青沙问。

"完全没有。她之前明明那么热心参与并坚持投稿，所以我才更担心，她也许是病情加重了。"麦人的嘴里吐着白烟。

"石本医生，"青沙说，"请您再写一封信给她吧。告诉她，就算病情加重无法再投稿也没关系，请您多多鼓励她。"

"嗯，我也是这么想的。"

"我突然想起了她写的一首俳句——'形单影只时，手掌之中蓑衣虫，翻转赏玩乐'。可见她真的是孤身一人，寂寞到只能和虫玩吧。"

"蓑衣虫那首啊？好像是吧。"麦人拿着香烟，手肘支在书桌边，抬起头回味起那首俳句。其他三人也同样若有所思。

一个月后，为了五月份的杂志，四个人又聚到麦人家中。

"石本医生，她还是没投稿吗?"藤田青沙问。

"谁? 哦! 你说志村幸?"

"对。我把这期的来稿翻了一遍，还是没看到她的。"

"是啊，她还是没投稿。我的信她也没回。其实她完全可以请人帮忙回信的。"麦人的语气稍稍有些不满。

"不知道究竟出了什么事。"西冈静子喃喃自语。

"不会已经死了吧?"梨郊伸长了脖子对麦人说。

"如果死了，慈善医院会来通知的。但如果活着，她就应该回信啊。"

"会不会是爱光园疏忽了?"

"嗯……"麦人露出某种眼神，似乎同意这种说法。

静子却插嘴说:"我觉得她还活着。如果死了，爱光园肯定会通知我们的。好歹我们写过信给她，还每月都寄去杂志。"

"我同意静子的说法。"青沙说，"她可能病得太严重了。读信可以拜托别人，但要回信，可能她连口述的力气都没了。"

"也有道理，"麦人的眼神表明他已经改变了之前的想法，"确实有这种可能。要不去见一下爱光园的负责人问个清楚?"

"对了，石本医生，您记得吗?"青沙说，"下个月月初，A分部有场俳句会吧？您会出席吧？A分部离H市很近，坐火车只要四十分钟。您可以在会前或会后去一趟爱光园，怎么样？见到您本人，她一定会高兴又荣幸的。那天正好是星期天，我可以陪您一起去。"

"你可真够热心的。"麦人看着青沙，镜片后的眼睛笑成了一条线。他爱抽烟，一笑就露出满口黑牙："你这主意很好啊。A分部离H市确实很近。你如果愿意陪我，那就一起顺路去一趟吧。"

"我也拜托您去看看她。"静子微微低头拜托。

"她举目无亲，真的很可怜。"梨郊说，如果那天生意不忙也想一起去。

去爱光园这件事就这么定了。

# 二

五月的一个晴朗的周日，麦人和青沙前往《蒲之穗》A分部参加俳句会。A分部虽说地处东京，但其实是个紧挨着邻县的乡下地方。原本说好可能会来的梨郊因为要参加二手书交易会，所以没来。

俳句会三点结束。分部的人多次挽留，但麦人推辞说还另有安排。会后，麦人与青沙一起坐上了前往H市的火车。下了火车，距离"爱光园"还有六公里远，他们又坐上一辆巴士，一路上可以看见麦田、油菜花田和远处泛着微光的大片沼泽，这一带也被称作水乡。

"爱光园"建在树林深处，三幢木结构的建筑物又旧又脏，看着有些阴森瘆人。好在玄关前的花坛里扑坛而出的杜鹃花开得张扬又放肆。

两人来到积满灰尘的接待室，一个护士打开一扇小窗探出头来。

"我们来看志村小姐，志村幸小姐。"青沙说。

"志村幸？"透过窗户，两人看到一个长着瓜子脸的护士侧头回忆，"哦，她已经出院了。"说完，护士打量起两人。

"出院？什么时候？"

"我想想，差不多三个月前吧。"

麦人和青沙面面相觑。

"她的病已经好了？"

"呃，这我就不知道了。"护士的表情有些敷衍。

"那您知道她现在的住址吗？她出院以后住在哪里？"

"这个啊……"

麦人赶紧递上名片："这是我的名片。请问贵院的院长先生在吗？我想向他请教一下志村小姐的事。"

护士仔细地看了看名片，上面有麦人的真实姓名和医学博士的头衔。

"您稍等一下。"说完，护士那张尖脸就从接待室的窗户里消失了。两人等了很久，足够抽完一支烟，终于，之前的护士再次现身，把两人带到了简陋的会客室。

院长年过五十，身材肥胖，容光焕发，显得和整幢建筑物格格不入。他手里拿着一份病历。

"真抱歉，百忙之中打扰您了。我们是来看志村小姐的，但听说她已经出院了？"麦人说。

"对，二月十日出院的。"院长看着病历回答。

"她已经痊愈了吗？"

"请您看一下这个。"院长递上病历。

麦人摘下眼镜，眼睛眯成细线，仔细察看了好一会儿，"原来如此。"麦人看完抬起头，又戴上眼镜，"她本人不知道病情吧？"

"她不知道，我们只告诉她是胃溃疡。"院长回答。

之后麦人和院长又聊了两三个问题，还夹带着德语的医学术语，弄得一旁的青沙完全听不懂他们在说什么。

"谢谢您。"麦人说，"我们没见过志村小姐，但她经常会给我们杂志投稿，所以我们原本想来探望她一下。"

"这么一说，志村小姐的枕边确实经常摆着俳句杂志。"院长说。

"她以前写俳句的热情很高，但最近几个月我们一直没收到她的投稿，所以有点担心不知道她怎么样了。"麦人说。

"志村小姐是三个月前出院的，停止投稿正好就在那段时间吧？"

"可是她那种身体竟然可以出院？她想干什么？有人来接她吗？"

"有。"院长点点头，"她的结婚对象。"

"结婚？"麦人和青沙都满脸吃惊地看着院长。

"对。事情比较突然，我来详细说明一下吧。"院长笑着说起了事情的来龙去脉。

志村幸本名志村幸子，无亲无故。她的出生地和户籍所在地都是四国岛 M 市。去年年末的时候，按照每年惯例，"爱光园"为不幸的患者们举办了慈善募捐活动，报纸上也有报道。一个住在东京中野名叫岩本英太郎的先生寄来了五千日元和一封信，信上说他自己是四国岛 M 市人，如果院内有他的老乡，他希望把这笔钱捐赠给老乡作为慰问金。经院方调查，院内只有志村一人符合条件，于是就把五千日元都给了她，并将这一结果告知岩本。志村也给岩本寄了封感谢信。

之后，岩本又回信表示慰问，志村也再次回了信。就这样书信往来三四次后的某一天，岩本英太郎本人来到"爱光园"探望志村。他年纪大约三十五六岁，仪表堂堂。探望志村的时候，他又赠给了志村三千日元，还亲切地安慰了这个生病的老乡，然后才回东京。

自那以后，岩本又来过两次。缘分这东西谁也说不清，总之，岩本与志村之间似乎产生了感情。今年一月底，他来见院长，说要和志村结婚，想接她出院，用自己的方式帮她调理身体。

"倒也不是不可以，但您知道志村小姐得的是什么病吗？"当时院长向他说了实情，"其实她得的不是胃溃疡，虽然我们对她本人是这么说的，但实际上她得的是胃癌。就算和您结婚，她最多只能再活半年。"

岩本听完似乎很受打击，表情凝重，想了许久，但终究还是下定决心。他说知道实情后觉得志村更加可怜，说自己不想让她死在这里，不管是三个月还是半年，都希望她人生的最后一程走得幸福完满，就算死也想让她死在自己家里。他心情沉痛地向院长再三请求。院长听了他的话，深受感动，所以同意志村出院。

"原来如此。她身边居然还有这么一个人，志村小姐的人生虽然短暂，但至少最后是幸福的吧。"听院长说完后，麦人接着说，"那您知道岩本先生的住址吗？"

"知道，我当时抄下来了。"

院长叫护士来，这次是另一个年轻护士，拿来了院长吩咐的一本记事本。

院长翻开记事本用手指逐条寻找，"中野区××町×号。"

麦人把住址抄在自己的记事本上。

"对了，之前我们曾寄过两封信给志村小姐，是不是贵院帮忙转寄到这个地址了？"麦人问。

院长向护士确认，护士说那两封信都贴上转寄地址投进了邮筒。

院长特地强调："凡是寄给出院患者的信件，我都交代过她们，一定要转寄出去。"

## 三

"这就有点奇怪了，我们一直没收到她的回信。"麦人侧头，若有所思，"她至今都没有回信，难道是因为发生了最坏的事情？"

"呃，这个很难说啊。按照她二月出院时的身体情况看来，能再多活四个月已经算是奇迹了。"院长说。

麦人一言不语地抽着烟。一旁的青沙也神情凝重。这时天色已晚，三人头顶上方的灯都亮了。

离开"爱光园"后，麦人看到白色暮霭在麦田间随风缥缈。

"志村幸已经死了吗？"两人在田边小路上等大巴的时候，青沙问身旁的麦人。

"也许吧。院长刚才给我看过她的病历，确定是癌症，而且恶化得很厉害。"麦人蜷起身子，肉实的后背显得更加圆鼓鼓的，"今天是五月十日吧？刚才院长说她是二月十日出院的，到今天刚好三个月，还真有可能。"

"真的已经死了吗？实在太可怜了！"青沙像在自言自语。

"嗯，不过所幸她身边有个好男人，也算无憾了吧。在那种慈善医院，很多病人都是孤零零地离开人世的。从某种意义上来说，志村幸算是幸福的，临死前还享受到爱情的甜蜜。"

两人回到东京的时候已是深夜。第二天一大早，麦人还没起床，青沙就突然造访。

"你怎么来那么早？"

"我过会儿还要去上班。石本医生，我昨晚回去后，把杂志上志村幸的俳句都重读了一遍。"青沙说这话的时候，年轻的双眸闪闪发光。

"我发现那段时间她果然在恋爱。这是她最后一次在杂志上刊登出的作品——'念君如盼春，斯人不知何时来，揉捏被角愁'。这首说的应该就是她在不堪的病床上苦苦等待岩本时的心境吧。"

"原来如此。"麦人揉揉惺忪的睡眼，"所以最后的那段日子她应该是幸福的吧。"

"石本医生，"青沙上前一步，"我很想知道她现在过得怎么样。就算已经死了，我也想给她上炷香。您有她新家的地址吧？请告诉我，我想下班后过去看看。"

"也好。"麦人站起身，从西装口袋里拿出记事本，戴上眼镜，"找到了。"

青沙拿出自己的记事本记下地址。麦人看着青沙，点起一根烟："你昨天回家后一直想着她的事情吗？"

"是我们把她的作品选出来登在杂志上的，所以我对她有一种莫名的亲切感。"青沙把记事本还给麦人。

"确实如此。"麦人也有同感，他点了点头，"她的作品曾经刊登在我们杂志的卷首，这也真的是一种难得的缘分。好，你就去看看吧。"

青沙欠身告辞后，麦人前去洗漱。

麦人结束了身为院长的一整天的工作，泡了个澡。晚上八点左右，他正喝着小酒，青沙又来了，一脸难过。

"去过了?"

"嗯，去过了。"

"辛苦你了，来喝一杯吧?"

麦人递上杯子，青沙却没有马上伸手去接。

"怎么样?"

"她已经死了。"青沙声音低沉。

"果然还是死了。刚才看你进门时的脸色我就猜到了。真可怜啊。"麦人也觉得难过，"你给她上过香了?"

"没，他们已经搬走了，听说一个月前就搬走了。"青沙拿起酒杯。

"搬走了? 那是谁告诉你她已经死了的?"

"附近邻居说的。事情是这样的。"青沙向麦人讲述起今天的经历——

青沙下班后，照着记事本上的地址，六点左右来到中野一带。他从车站出来步行了二十分钟，地址有点难找，但总算找到了。这一带都是住宅区，岩本家是座老宅，在住宅区的深处。青沙敲门后才发现这里已经住了别人，据说之前的租客岩本先生一个月前在妻子死后没过不久就搬走了。

接着青沙又去找房东，想再多打听一些消息。房东说岩本是去年十一月开始在这里租房的，据说他在丸之内附近的公司上班，当时单身。岩本经常出差，一个月里大概有二十天都不在家，大部分时间都是铁将军把门。邻居们还曾议论过，说他花那么多钱租这房子实在太不合算。但只要他在家，人们就能从墙外看到他打扫屋子的身影。不过这种情形并不常见。

今年二月，他家里突然多出一个妻子。他妻子从不出门，听说一直卧病在床。有个看上去很面生的医生每周两次上门看诊。岩本依旧出差很多，也许是因为忙不过来，所以请了一个保姆模样的女人帮忙照顾家里，那个保姆也很少出门。听说住在东京山手附近的人向来如此，邻居之间没什么交情，所以也没人知道他们家的具体情况。

四月初的一天夜里，岩本家门口好几次传出汽车的引擎声。第二天早上，他家门口就贴出了"忌中"①的告示，邻居们这才知道是他妻子死了。傍晚时分，开来一辆灵车，举行了一场简单的葬礼。岩本好像没什么亲朋好友，就他一个人坐上灵车，跟去了火葬场。邻居们看在眼里，都说没见过这么可怜又凄凉的葬礼。三天之

---

① 意为"有丧之家"。

后，来过两三个像是他家亲戚的人。

可能岩本觉得那样的葬礼实在有点不像样，也可能是因为妻子死了，他也不想再住下去了，总之，没过多久，岩本就向房东提出退租，没人知道他搬去了哪里。

"房东也说岩本先生是个可怜人。石本医生，志村幸真的已经死了，岩本把她接回去没过两个月就死了。"青沙一脸沉痛。

"果然还是没挺住啊。"麦人喃喃自语。

"石本医生，得胃癌的人会死得那么快吗？"

"得了癌症的都一样。'爱光园'的院长二月时曾告诉岩本，志村最多再活半年，还特地强调是'最多'。结果她只活了两个月。唉，真的好可怜。志村幸的幸福居然如此短暂。下一期杂志的后记里，你记得加上一句'我们为幸女士祈求冥福'吧。"

"好的。话说那个岩本先生也真的很可怜。"

"是啊。"

十点过后，青沙微醉着告辞离开。麦人又去泡了个澡。

麦人的身体泡进热水，脑子里却还在想着志村的死，和她短暂即逝的幸福。虽说她未能风光大葬，但至少有岩本送她最后一程，她应该是带着满足离开人世的吧。

麦人一边想一边抬头望着满是蒸气的天花板。突然，他似乎意识到一个重要的问题，眼神一下子变得犀利起来。

# 四

第二天，麦人打电话到青沙公司，请他下班后来家里一趟。青沙答应了。

晚上七点左右，青沙来了："您找我有事吗？"

"关于志村幸的事。"麦人说。

"原来石本医生您也很在意她的死啊！我也一样，昨晚一直觉得哪里不舒服。"青沙摸摸自己的脸。

"你能帮我去打听几件事吗？房东说志村幸葬礼后的第三天，有几个亲戚模样的人去过岩本家，对吗？"麦人问。

"是的。"

"志村幸孑然一身，所以那些应该是岩本的亲戚吧？但葬礼已经过去三天，亲戚才来奔丧，似乎有点不合常理吧？"

"但如果亲戚住在乡下，也许的确需要点时间才能赶到。"

"也有道理。岩本老家在四国岛，如果从四国岛赶来，也算合理。不过，她和岩本住在一起才短短两个月的时间，估计还没办结婚手续吧？住在乡下的岩本亲戚可能是从信上得知两人结婚的消息，但他们肯定没见过志村幸，对她也不会有多深的感情。如果是这样，岩本的亲戚会因为她的过世而大老远地从乡下跑来东京吗？"

"也是。但她好歹做了岩本两个月的妻子，如果接到她过世的电报，还是会想来的吧。毕竟乡下人更讲究礼数。"

"是吗？"麦人一边抽烟，一边思索，"另外，房东提到志村幸去世的那天晚上，有人听见好几次汽车的声音吧。"

"是的。"

"我想知道得更具体些。比如是几点听到汽车声的？听到了几次？这次你不要问房东，去问邻居，说不定他们知道得更多。还有，顺便问一下大家，知不知道岩本本人会开车吗？"

"什么意思？石本医生，难道您对她的死有所怀疑？"青沙瞪大双眼。

"不，还谈不上有怀疑，只是想弄清楚一些事情。"麦人的表情让人捉摸不透。

"是吗？反正您吩咐的，我照办就是了。"

"哎，你别不高兴哦。对了，还有一件事情，你去打听一下那个上门为志村幸看病的医生具体是在哪里行医。房东说过觉得那个医生很面生，但也许周围有人认识，你顺便也一起确认一下。还有——"

"您稍等，我拿笔记一下。"青沙从口袋里掏出小本子记下要点，平时记事、记俳句他用的都是这本。

麦人接着说："还有殡仪馆。请你也去打听一下，志村幸的丧事是哪家殡仪馆办的？另外还有一件最重要的事情，志村幸搬进岩本家后，岩本请的保姆是通过哪家保姆公司找来的？这一点也请你务必打听清楚。"

"好的。就这些，对吗？我记下了。"青沙原本还想多问几句，但最终还是选择话不多说直接回家。

两天后的傍晚，青沙再次来到："抱歉，我来晚了。"

"不会，你辛苦了。都打听清楚了吗？"麦人凑近了问。

"说实话，不算太清楚。"青沙有些愁眉苦脸，"我去找了岩本当时的隔壁邻居，因为平时都没来往，所以对岩本家里的事，他们也不太清楚。不过，隔壁邻居家有个大儿子正在读大学，他说志村幸过世的那天晚上他正在挑灯夜读，听到过好几次汽车声。"青沙拿出记事本，边看边汇报，"第一次是在十一点左右，他听到有车子开到岩本家后就停在他家门口。他说他还听到岩本家的开门声，还有人走动的脚步声，所以他觉得是有人下车进了岩本家。另外，他还听到有女人的说话声。"

"什么？有女人的说话声？是保姆的声音吗？"

"他说不是。他说他以前听到过保姆的声音，所以很确定那晚的女人声音不是保姆的。大概一个小时之后，停在岩本家门口的汽车发动引擎开走了。这次他没有听到人声。后来他看完书打算去睡觉，临睡前去洗手间的时候，又听见有汽车停在岩本家门口的声音，当时是凌晨两点左右。"

"等一下。"麦人拿出笔开始做笔记，"天亮以后，那辆汽车仍停在岩本家门口吗？"

"没有，那辆汽车在早上六点左右开走了。当时，隔壁邻居家的太太已经醒了，正好听到。另外，他们说岩本会开车，邻居曾经见过岩本开车回家，好像是一辆挂着白色车牌的雷诺，但并不确定，也可能是别的牌子。"

"好的，我先把这些线索整理一下。"麦人拿出一张纸，列出以下重点：

汽车（来）晚上十一点左右

（去）十二点左右

（来）第二天凌晨两点左右

（去）第二天清晨六点左右

"就是这样的，对吧？那个上门看诊的医生呢？"

"附近的人果然都不认识那个医生。听说那个医生看上去已经上了年纪，每周来两次。"

"殡仪馆呢?"

"邻居也都说不知道。我没办法，只好自己跑了附近的两三家殡仪馆，请他们查一下登记簿，结果谁都没找到岩本家办过丧事的记录。"

"辛苦你跑了那么多地方。保姆呢?"

"也没查到。那保姆从不和邻居说话。邻居们说她是个美人，大概三十岁左右，看上去挺强势的。"

"哦，是吗?"麦人闭目思索，手里拿着烟，任其燃成灰烬。

"您觉得哪里不对劲吗?"青沙喝了口茶，看着麦人。

"嗯，但仍说不清楚到底是哪里不对劲。"麦人睁开眼，笑着对青沙说，"不过算了。对不住你啊，辛苦你跑了那么多地方，真的谢谢你。"

青沙微微一笑:"看来您也是着了志村幸的魔。"

## 五

第二天上午，麦人做完手头的事情，提前离开了自己的医院。

他先来到了中野区民政局，但工作人员告诉他，四月份里，民政局未曾发出过名叫"志村幸"或"岩本幸"的入葬许可证。接着，他又跑了四五家地处中野区的殡仪馆，依然毫无线索。

之后，麦人又来到医师协会的事务所，拜托他们帮助调查。两天后，麦人得到了调查结果。去岩本家上门看诊并开出死亡证明的是在池袋行医的Y医生。

麦人打电话给Y医生。"请问患者的名字是'岩本幸'或'志村幸'吗？"

电话那头的Y医生好一边翻病历一边回答："不，她叫'草壁泰子'，今年三十七岁，是'草壁俊介'的妻子。"

"'草壁俊介'的妻子？名字叫'泰子'？"麦人逐一记下，手里握着铅笔，兴奋得有些颤抖，"那您上门看诊的人家是姓'岩本'吗？"

电话那头的Y医生回答："应该是吧，门牌上写的是岩本。我当时也觉得有点奇怪，还问过草壁先生，但他说自己是住在朋友家。"

"原来如此。那患者得的是什么病？"

"Magenkrebs①。其实我第一次看诊时就知道她快不行了，但我

---

① 德文：胃癌。

还是连续出诊了一个多月。我以前从没去过中野一带出诊，所以他们提出找我看病的时候，我觉得蛮意外的。"

"死亡时间是几点？"

"四月十日晚十点三十分。这是草壁先生自己说的。他打电话给我，说他妻子死了，让我去一下。放下电话我就马上出发了。我到的时候推测死亡时间是一个多小时前，从遗体情况来看，与草壁先生所述基本吻合，于是我就据此出具了死亡证明。"

"您到他家的时候，还有其他人吗？"

"只有草壁先生和一个好像保姆的女人，就他们俩。两个人都哭得很伤心。"

"谢谢您。"麦人挂断电话，久久无法动弹。之后，他让人备车前往警局。


一周后，一个名叫草壁俊介的三十八岁男子因涉嫌杀妻在品川附近遭到逮捕，他的情妇，就是那个伪装成保姆的女人，也一并落网。

草壁俊介弑妻有两个目的，一是嫌妻子碍事，二是为了两百万日元的保险金。他情妇有个朋友在"爱光园"做护士，情妇从护士口中得知慈善医院里有个病人叫志村幸，无亲无故，命不久矣，而且志村幸和草壁妻子年龄相仿。听情妇说了这件事后，俊介就制定了这个杀人计划。他先把志村幸接出医院，等她死了后再以他真正妻子的名义申请死亡证明。听护士说志村幸老家在四国岛 M 市，俊介就以捐款给老乡的名义接近志村幸。他几次去医院探望，假装爱上了志村幸。原本就对爱情极度渴望的志村幸很快就深陷俊介的情网，欣然接受了他的求婚，跟他一起回到租在中野的房子。租下中野的房子其实也是草壁俊介杀人计划的一部分。

志村幸并不知道自己得的是癌症，还一直以为只是胃溃疡。俊介愿意把她接回家静养，甚至花钱为她请保姆，让她感动到哭。但她根本没想到，所谓的保姆其实就是俊介的情妇，也是草壁这个杀人凶手的同谋。

草壁俊介真正的家位于世田谷，他真正的妻子就住在那里。他总以出差为由，偶尔来到中野的住处，因为他必须大部分时间待在世田谷的家里。他小心谨慎地按计划行事，一心等着志村幸断气。

志村幸死于四月十日晚十点多。临死前，她似乎发现了保姆的真实身份，却已束手无策。志村幸一死，等在一旁的俊介马上开车回世田谷去接自己真正的妻子，听说那辆车是他向附近朋友借的。他随便找了一个理由，把妻子带到中野的住处。妻子下车时说过一些话，隔壁邻居家的大儿子听到的女人说话声就是草壁妻子的声音。

　　妻子一走进屋内，俊介立刻从后面扑倒她并将其勒死。听说情妇还曾帮忙捂住她的嘴巴、按住她的手。妻子一死，两人连忙把尸体藏到暗处。接着，俊介再到附近的公共电话亭打电话叫 Y 医生来。

　　Y 医生验的是志村幸的遗体，所以俊介很顺利地拿到了医生出具的死亡证明。只不过，死亡证明上的名字写的是"草壁泰子"。他找志村幸下手的其中一个原因就是因为志村与泰子年龄相仿，很容易在医生那里蒙混过关。

　　Y 医生一走，俊介马上把草壁泰子的尸体装进预先买好的棺材里，还盖上了盖子。因为担心半夜里敲钉子可能会惊动到邻居，所以他是等到天亮以后才给棺木钉上钉子。而病死的志村幸则被俊介抬进停在门口的汽车里。大约深夜十二点左右，由俊介开车出去。邻居家大儿子听到的第二次汽车声音就是这时的声响。

　　俊介开着载有志村幸尸体的汽车疾驶在深夜的甲州街道上，最后开到人烟稀少的北多摩郡的乡下，把志村幸的尸体丢弃在田野小路边，然后又开车回到中野。来回用了大约两个小时，他开车回到中野住处时的声音也被隔壁的大学生听见了。他不在的这两个小时内，情妇就无所顾忌地待在被勒死的草壁妻子尸体旁边等他回来。

因为车子是向朋友借的，不能那么一直停在中野的住处，必须还给朋友。于是，第二天早上六点，俊介又把车子开出去还给朋友。邻居家的太太醒来时听到的就是这时的声音。

按照俊介的计划，遗弃在小路边的志村幸的遗体应该会被当做无名尸处理。他还刻意给志村幸的尸体换上了破旧的衣服。事实上，志村幸的确被当作了病死在路旁的女乞丐，由当地政府部门草草掩埋了。

之后，俊介把妻子去世的消息告诉了远在北海道的妻子的亲戚们。妻子的亲戚们来到他在中野的住处，祭拜了放在佛坛上的骨灰。由于彼此不太熟络，每年也就通两三次信，所以北海道的亲戚们还以为俊介一家搬到了中野。

之前麦人和青沙都没查到殡仪馆的信息，因为他们都是用"岩本"这个姓氏去打听。中野的殡仪馆是拿着"草泰壁子"的下葬许可书用灵车将尸体运到火葬场的。殡仪馆的工作人员对警方说，当时他们也觉得有些奇怪，接到联系到达现场时，尸体已经被摆进棺材里，连棺材盖都钉好了。当时他们还很惊讶，居然有人会操办得那么利落。

保险金到手后，草壁俊介就卖掉了世田谷的房子，和情妇一起搬入品川的一间公寓。也就是在那里，警方将两人一举抓获。

报纸上报道了这起案件后，青沙来到麦人家中："您是什么时候发现志村幸之死有疑点的？"

"一开始是听你说亲戚在葬礼过后三天后才赶来，我当时就觉得有点不对劲。后来，让我确定事有蹊跷的，是她去世那晚邻居听到汽车声音的次数。"

麦人边说边翻开之前记的笔记，汽车的"来"和"去"各有两次。

青沙也凑上前来："可是这些汽车声并不足以构成疑问吧？您还记得吗？那位 Y 医生说过，他十一点半左右也曾开车到达草壁家并出具了死亡证明，但并没人提到这段时间前后听到汽车声响啊。"

麦人看看青沙，淡淡一笑："他们的房子地处住宅区的最深处，路很窄，我去实地调查过。那位 Y 医生开的是大车，没法开到草壁家门口，只能停在外面大马路上。而草壁借来的是雷诺小车。你忘记啦，是你自己告诉我的，邻居曾看见过他把车子开到自家门口的。"

麦人最后又说："新一期杂志编辑后记里那篇志村幸的悼文，让我来写。"

驿　路

# 一

这年秋末，小塚贞一失踪了。

他出门的时候只带了简单的旅行用品，并无异样。他今年春天刚退休，之前在银行担任总行营业部长一职。这次出发前，他只对家里人说，想暂时离开东京去旅行，就当给自己放大假。他以前就很喜欢旅行，所以家里人也没多想。他并没说自己会去哪里，也没说何时回来，这是他一贯的作风。

小塚和妻子百合子生了两个儿子。长子在政府部门做公务员，去年刚结婚，小两口有自己的家。还有个今年刚刚大学毕业、在贸易公司就职的次子。小塚离家三十天后，百合子报警说小塚失踪了。虽然小塚以前也不会事先告知回来的时间，但按惯例，他一般出去两周左右就会回来。然而这一次，他已经走了一个月，却音信全无。小塚在银行里勤勤恳恳二十五年，精明能干，很受器重。甚至在退休前，上司还邀请他去银行的关联企业担任要职，他却婉言谢绝，说再换别的工作太麻烦，趁还有时间，自己想好好玩一玩。

在普通人看来，他拒绝掉的可是个肥差。

听周围人说，小塚贞一性格很朴实，工作上雷厉风行，卓有成效，但多少有些孤僻，兴趣爱好只有拍照、旅行和看书。通常情况下，越是这样看上去老实的人，越容易在外面有女人，但小塚却不然。哪怕偶尔赴宴，通常都是吃完就走人，有时也会陪大家换个地方继续喝，但花天酒地的场所从来不去，工作上的交际应酬也只是偶尔打打高尔夫，却也不是很起劲。

他并没有因为自己是上司眼里的红人就和同事们交恶，相反，他对同事们的事也都很尽心，待人接物很有分寸，所以大家眼中的他可谓是有口皆碑。

大家都说小塚能晋升到这样高的职位是因为他吃得起苦，又拼得了命。他其实并不属于这家银行里占主流地位的学阀派系。他的学历只是乡下高等商业学校毕业，一般来说，这种学历出身的人，能当个小地方的分行长就算到头了。但小塚在退休前却能受邀去银行关联企业担任要职，这足以说明上司对他的克己与努力相当赏识。年轻的时候，大家都叫他工作狂。他本身就有才，但在这个世界上，仅仅有才，未必就能出人头地。所以说到底，将他推上事业巅峰的，还是他异于常人的努力。

他没理由离家出走。家里也都好好的，没什么家庭问题。他与百合子是在他担任地方的代理分行长时，经人介绍相亲结婚的。夫妻关系肯定不会差，因为一到节假日，人们常常能看到他俩一起在银座附近的餐厅用餐。

小塚贞一谢绝银行关联企业的要职时，曾对领导说过这样一番话："承蒙领导关照，让我有幸在这里工作了那么长时间。现在房子有了，衣食也无忧了，两个儿子一个结了婚，一个大学毕业也找到了工作，作为父亲，我自认已经鞠躬尽瘁。我累了，退休后只想安安静静养养老。非常感谢领导一直想着我，要是我以后改变主意，想出来做事了，到时候还请领导多多关照。"

小塚贞一的身子骨确实没那么结实。他个子很高，但很瘦。特别是在退休前夕，他身上总有一种孤寂的感觉，但那并不是即将退休人员身上所常见的因失落而导致的寂寞，相反，那是一种完全的满足感，是对长年累月的工作做出了结后，卸下包袱、无事一身轻的感觉。

据说小塚曾经对同事说过："从今往后，我要做我自己喜欢做的事。我要去旅行，去好好享受人生。"

## 二

警方接到百合子报案后，派了呼野和北尾，一老一少两名刑警前往小塚家进行调查。

小塚的家一看就是那种中产阶级脱俗不凡的住宅。两名刑警来到客厅，发现面积虽不大，却布置得简洁又舒适。接待两位刑警的正是小塚的夫人百合子，年纪大约四十六七岁，前额很宽，个子很高。刑警们向她详细询问了小塚贞一离家时的情形。百合子之前已经在寻人申请表中填写过小塚离家时的穿着，根据表上所写的内容，他只带了一个行李箱，里面装着秋天穿的西服和一些随身用品。走的时候，小塚看上去就是单纯地出发去旅行。

小塚夫人给呼野的印象是"很聪明"，但同时又有些高冷。自己丈夫失踪了，却看不出她有一丝慌乱，无论警方问她什么，她都能冷静且有条不紊地一一作答。

如果是小塚自己有意而为的失踪，一定会留下蛛丝马迹，比如事先在哪里藏好一封遗书；或者平时交谈时故意话中有话；或者对家人以外的朋友们故意说漏嘴，让他们在事后回想的时候觉得煞有介事。对此小塚夫人却悉数否认。没有遗书，没有异于常日的态度，也没有在出门时说起让人特别在意的事情，而且亲朋好友也已经确认过，没人觉得小塚之前的言行举止有哪里不对劲。

"这么问也许有些失礼，您别见怪。请问家里有没有让小塚先生烦恼的事？"

面对刑警的质疑，小塚夫人笑着作答："没有，我们家没有您说的那种事。虽然我听说别人家有时会有各种剪不断理还乱的家务事……"

小塚夫人口中的"家务事"其实有特殊含义，指的是丈夫有外遇或夫妻不和，而这些往往就是丈夫离家出走的原因。

小塚夫人继续说明："我们家绝对没那种事，所以我丈夫肯定不是主动失踪。只不过，他一向都不告诉我们旅行的目的地，他总是随性而游，所以我现在担心的是他在外面遇到什么意外。"

刑警问："您丈夫出去时身上带了多少现金？"

"我当时以为他只带了旅行用的钱，但后来发现他这次出门带的有点多。"

"您说的'多'，具体是多少？"

"大约八十万日元。"

"这数目确实有点多啊。您丈夫之前出去旅行时有过类似的情况吗？"

"没有。所以我才更担心，但愿不要因为这笔钱而出什么事情。"

"您之前并不知道小塚先生带了那么多钱？"

"我不知道。我不太在意那些事情。"

"您能想到您丈夫带那么多钱可能会用在哪里吗?"

"我不知道。"小塚夫人摇摇头。

呼野问:"小塚先生退休后,好像说过他不想再工作替别人打工,只想好好休养生息。那他有没有自己当老板做生意的意向?"

"他是说过那样的话,但我觉得他没有自己做老板的念头。不过,我丈夫倒是瞒着我买过股票,所以我觉得那笔钱可能会用在那方面。"

"但是出门旅行身上带这么多钱,还是有点奇怪吧?"

接着,刑警们了解了一下小塚贞一的基本履历。小塚原本是地方分行的小职员,一路摸爬滚打,终于得以晋升。在进入总行之前,他曾先后出任广岛分行和名古屋分行的分行长,先是十年前在广岛分行干了两年,然后去名古屋分行又干了两年,之后就一直在东京总行,从调查部长一路升到营业部长。

小塚的兴趣爱好是摄影和旅行,而且喜欢独自出游,走到哪儿玩到哪儿。

呼野问小塚旅行都去过哪些地方,小塚夫人说正好有好东西请他们看,然后从里屋搬出三本大相册。

翻开相册,里面贴满了各地的风景照片,都是小塚旅行时拍摄的。年轻的北尾刑警自己也喜欢摄影,所以一看就懂,小塚是真的喜欢摄影，每张照片的构图都很有想法，拍摄技巧也绝非等闲。

这三本相册记录了小塚曾经去过的地方，有福井县的东寻坊和永平寺，岐阜县的下吕温泉附近和犬山附近，长野县的木曾福岛，京都和奈良，和歌山县的串本，爱知县的蒋郡等，处处皆是美景。他在每个地方都拍了大约二十几张照片，每张照片都见证了他一个人漫游四方时的恣意与快乐。

每张照片的空白处都写着拍摄时的年月日，可见小塚贞一是个注重细节的人。呼野把这些日期一一抄到记事本上。

# 三

小塚没有理由自杀。

他家庭和睦，孩子们也都长大成人，一个已成家立业，另一个也已大学毕业。小塚的人生旅途已经走完大半，接下去，他可以随心所欲地过属于自己的日子。呼野不明白，这样的人怎么可能主动失踪？呼野自己今年四十八岁，做了那么多年的刑警，差不多也到了该担心退休以后怎么办的时候。在他看来，退休后的小塚贞一能拒做高管，心如止水，简直就是他羡慕不已的理想人生。

但如果小塚真是自己下决心离家出走，那就一定和女人有关。同样，如果小塚的失踪与犯罪有关，也一定和女人脱不了关系。

刑警们又调查了小塚的人际关系，发现在小塚的生活圈里，一个个都是有头有脸的大人物，比如银行的高层或社会名流。

这些人对小塚的失踪也十分担心，所以对警方的调查都全力配合。但当被问及小塚可能离家出走的原因时，他们都没能提供有价值的线索。警方进行了深入的调查，却发现小塚身边完全没有女人的影子。大家都说他是一个正直又安分的好男人。

那位之前打算给小塚安排新职位的高管也说："怎么形容好呢，就好像一下子泄了气，退休后的小塚显得异常平静。我常听他自己说，现在家里也好、孩子也好，都不用他操心了。我对他说，这是你那么多年辛苦打拼应得的，我是真的替他高兴。毕竟我们这群人里，像小塚那样家庭和睦的，真的不多了。我问过他，你什么工作都不做了，打算干吗。他当时笑着说，以后就悠闲自在地钓钓鱼，或者弄个小果园。总之，退休对他来说有种得到解放的感觉。"

如果小塚真的是他们所说的这种心态，那他完全没有任何理由选择主动失踪。

至于小塚外面是否有女人，在刑警们不厌其烦地再三追问下，终于有一名银行职员提起了一件事："如果一定要说可能有什么的话，我记得有个叫大村的女人经常打电话来找小塚。"

银行的客户里有很多叫大村的，但打电话给小塚的大村似乎并非银行的客户。每次接听大村的来电时，小塚都会很小心，似乎在提防着周围人的耳目。

刑警追问这是不是最近的事情，那名职员说不是，几年前就开始了，而且一直打来。所以，当被问及小塚是否有可能存在不正当的男女关系时，只有那个"大村的电话"稍有可疑，其他人都回答不知道小塚外面是否有女人。一般而言，银行里的每个人都会有秘密，而且大部分秘密其实都不是秘密，但唯独小塚似乎是个例外。

了解到电话事件后，谨慎起见，呼野特地再次上门拜访了小塚夫人。

"大村女士？"小塚夫人想了想，"这么说来，很久以前好像接到过两三次那样的电话。而且这次我丈夫出门前也打来过一次。以前有一次他正好不在家，是我接的电话，我问有什么事我可以转告，对方却说没什么事，以后会再打来，然后就挂了。等我丈夫回来，我问过他。他说对方是朋友的太太，打电话来是回复之前拜托过朋友的事。"

"您说您先生这次出门前也接到过大村打来的电话？"

"是的，当时是我先接的，但我丈夫马上就接过电话。他并没

171

回答对方什么具体内容，只是简单应了一句就挂了。如果那就是大村打来的电话，应该有过几次吧。"小塚夫人依然平静且沉着地回答了刑警问题。

呼野起身告辞，突然瞥见了客厅墙上挂着的画，是用强烈的色彩描绘南太平洋小岛上土著女子的三张复制品。

"是高更的画吧？"呼野问。

"是的，我丈夫喜欢。"小塚夫人说。

## 四

警方马上在全国发布告示，寻找失踪的小塚贞一。

这并非单纯的出走事件，小塚身上携带着八十万日元巨款，警方担心他会因此遭遇不测，于是重点在福井县、岐阜县、爱知县、长野县、京都府、奈良县和三重县的温泉旅馆附近排查是否有人横死街头、或是否有疑似小塚的人物出现。警方认为这些都是小塚曾经旅行去过的地方。小塚退休后选择外出旅行时，很可能会故地重游。然而，这些地方都没有传来任何消息。有人提出一种假设，小塚这次旅行的目的就是自杀。虽说在内在外，他看上去都没有任何烦恼，但根据他退休后不同一般的言行举止以及平日的性格来看，小塚很可能会自寻短见。

小塚的性格很顶真，什么事情都想得很透彻，这样的人反而更容易深陷一种厌世情绪。事实上，他之所以拒绝退休后待遇优厚的肥差，也许就是因为他把死当作一路辛苦走来、人生最后的归宿。这种想法固然有些玄乎，但以小塚的性格来说，也未必不可能。

不过呼野并不这么认为。他坚信小塚还活着。于是他直接向上司请示并说明了自己的想法，然后动身前往广岛。

呼野带着北尾一起西下赶去广岛。两人坐夜车从东京站出发，在车上，年轻的北尾问呼野："我们这次去广岛是要调查小塚十年前在广岛分行担任分行长时期的事情吗？"

老前辈呼野回答说是的。

"您为什么在意那段时间的事情？小塚在广岛完成任期之后在名古屋也当过分行长吧，如果说这次失踪与他之前的任职有关，那也是名古屋时期离现在更近、更有关系吧？我们不用去名古屋吗？直接去广岛？您能告诉我理由吗？"

"你在小塚家里也看过那几本相册吧？他夫人说那些照片都是在他工作换到东京之后一个人去各地旅行时拍的。但你仔细想想照片上的那些地方，东寻坊、永平寺、下吕、蒲郡、城崎、诹访、琵琶湖、犬山、木曾福岛、奈良、串本，都是这种地方哦。你发现了吗？照片上拍的都是知名旅游景点，光看照片就觉得很美，而且这些景点附近一般都会有温泉或名胜景区。你知道这意味着什么吗？"

年轻的北尾歪着头一脸不解。

"按性格来说，他应该是一个人去旅行的。但他这种人会喜欢去那种名胜景区吗？你不觉无名乡间更符合他的性格吗？"

"对哦！"北尾点点头。

"所以我认为他不是一个人去旅行的，肯定有人陪着。小塚的性格那么孤僻，一般来说，他应该不喜欢去那些景区。我认为小塚出门时虽然是一个人，但旅行时却并非一个人，一定有人陪着。"

"有人陪着？"年轻的刑警一脸惊讶。

"这样才符合逻辑啊。而且陪他的不是男人，肯定是女人。"

"可是……"

"我知道你想说什么，你想说大家都说小塚在外面没女人，对吧？但他们说的是在东京的小塚。我们不知道他以前的情况，换句话说，名古屋或广岛时期的小塚还是个谜。"

"但为什么我们跳过名古屋先去广岛？"

"你仔细想想，小塚以往的旅行目的地都在东京以西、广岛以东，对吧？按照这个规律，我猜想小塚从东京出发，对方从广岛出发，一年两次，约在两地的中间相会。"

"啊，对哦。"

"当然，假设女方从名古屋出发，两人也可以在诹访或蒲郡见面，但在这种情况下，奈良和串本位于名古屋以西，不符合两地之间见面的规律。而且如果他们选在蒲郡或下吕见面，那就离名古屋太近，不利于两人秘密出游。所以我觉得，还是女方从广岛出发的假设更符合逻辑。"

"可是小塚在广岛工作是十年前的事情了，情人关系能保持这么长时间？"

"这确实是个问题。但从小塚在东京完全没绯闻这个事实来看，也并非不可能。毕竟两人一年见面两次。你也知道有个叫大村的常常给小塚打电话吧。电话里是个女人的声音，而且是从东京都内打的，所以打电话的人并非陪小塚一起旅行的人。我猜打电话的其实是小塚与情人之间的联络人。这种事肯定不能让家里或外人知道，所以小塚与情人之间并无直接书信往来。我估计，打电话的女人正是帮他俩传信的联络人。"

"谁会是联络人？"

"应该是对双方都比较熟悉的人吧，比如女方的闺蜜，或者小塚的好哥们，两者必有其一。"

"这么说来，小塚这次出门其实是去见情人了？"

"我觉得是。与其说他是退休了觉得可以松一口气，倒不如说他是认准了时机已经成熟。家里的小孩都养大了，一个个踏上社会了，只要不乱来，自己留下的钱足够他们过上好日子。我猜测，接下去，他一定想为自己多考虑，去实现属于自己的梦想。也许这是小塚很久以前就计划好的。"

　　"所以小塚现在很有可能正与广岛时期好上的女人一起在某个地方归隐山林，过着神仙眷侣的生活？"

　　"我觉得很有可能。你也见过挂在小塚客厅墙壁上的高更的画吧？高更当年为了追求自己的第二次人生，曾不顾一切远涉重洋到达南太平洋的一个小岛。人都是一样的，历经了长期艰苦奋斗，来到接近人生终点的驿路之时，会想起要找回自己失去已久的自由。小塚已经完成了对家庭的责任与义务，现在他所想的，就是放肆地好好为自己活一场。我看到小塚家的画后，特意去读了高更的传记，这位画家曾说过——人这一生，总是在为后代牺牲自我，而后代又会为他们的后代继续牺牲自我。这种愚蠢的事情周而复始，永不停息。如果所有的人都为后代牺牲了自我，那艺术与美好的人生该由谁来创造？——原话我记不清了，但大致意思如此。高更有他爱的画，而小塚，有他爱的人。"

# 五

清晨时分，呼野二人到达广岛。两人直奔小塚工作过的分行，见到了刚来上班的分行长，秘密地进行了一番调查。

"情况就是这样。现在银行里有没有十年前小塚任职期间熟悉他的人？"

分行长说有很多。呼野二人与他们逐一见面了解情况。

根据这些人的回忆，当时小塚是单身一人在广岛工作的，因为伙食和住房问题，他的家人留在东京。据说当时小塚夫人是因为担心广岛原子弹的辐射影响而不愿随行。听到这里，呼野又想起了小塚夫人那副高冷的形象。

据说在广岛的那两年里，小塚也和在东京一样，没有任何绯闻，是一位作风正派的分行长。

这家银行名气很大，分行的办公室很宽敞，工作人员也很多，其中女职员的人数相当可观。呼野看着她们，眼睛一亮，突然想到了什么："请问现在的女职员中有没有曾在小塚任职期间工作过的？"

"没有了，"分行长回答，"毕竟已经十年了，十年前的女职员几乎都走了，一般是因为结婚之类的理由而辞职的。"

"有没有可能联系到当时工作过的女职员？"

"有点困难。"分行长苦笑，"没人知道她们去哪儿了，辞职后就没联系了。哦，对了！我想起来了，有个女职员的辞职特别可惜，是一年前刚辞的。她好像是从小塚先生任期一开始就一直在这里做的，也许她了解得更多。"

"您说的这位女职员今年多大？"

"差不多三十五六岁吧。"

"她也是因为结婚而辞职的？"

"不是，她自己声称是家里有事。但也说不定就是因为结婚才辞职的，毕竟大龄女士结婚还是会有点难为情吧，所以故意不说。"

"您能给我们看一下她所有的考勤记录吗？我们想尽可能查阅一下当年的记录，越久远越好。"

分行长有些不悦，心想这两个刑警真麻烦，但还是吩咐总务科予以配合。

总务科的科员在仓库里找了很久，终于挽着衬衣袖子抱出五六本陈旧的出勤记录簿。

"谢谢你们的配合。"呼野说着开始翻阅出勤记录簿。分行长刚才提到的女职员名叫福村庆子，出勤记录簿里"福村"的姓名章敲得工整又端正。

"这是什么？"呼野用手指着空白栏内敲了蓝色"休假章"的地方。

"这个是休年假。我们银行的职员有二十天年假的福利。但一般不让职员一次连休二十天，怕忙不过来，所以职员们都会按自己的需要把二十天分两次休，大部分人都会选春秋两季天气好的时候休年假。"

呼野一边听分行长的说明，一边继续查看记录。出勤记录每半年订成一本，六本就是三年。他把福村休年假的具体日期都抄在自己的记事本上。

"您知道这位福村庆子现在在哪里吗?"

"不知道。我也不知道她现在在做什么。"分行长回答，"但我听说她住在一个叫可部的小镇上。从广岛搭乘'可部线'，一个小时就能到达。对了，也许可以查到她的住址。我让总务科去查一下，应该能查到当时的地址通讯录。"

分行长没记错，福村庆子来自可部镇，呼野记下福村的地址。如果她还没嫁人，应该还住在老地方。

之后呼野二人来到广岛站，换乘"可部线"。

"果然不出我所料吧。"呼野和北尾在火车上面对面坐着，"这下可以确定小塚的情人就是福村庆子。我记事本上有小塚相册里照

179

片上的日期。"呼野说着拿出记事本，"照片上的日期和刚才我们看到出勤记录簿上福村请年假的日期完全一致。也就是说，小塚是在得知福村的年假日期后，再自己请假，然后两人一起出去游山玩水。小塚当过广岛的分行长，大家都认识他们，所以他们肯定不方便在广岛见面。于是他们就去了那些谁都不认识的地方，相亲相爱，悠然度日。他们在一起欢愉的时候肯定结下过山盟海誓，诸如执子之手与子偕老之类的。"

"呼野前辈真是料事如神啊。"北尾佩服地说，"那我们现在就去见识一下他们的爱巢吧。"

# 六

坐了一个多小时的火车，两人终于来到了可部这个小小的古镇。一条名叫大田川的河流穿过小镇中央，向下流入广岛。小镇明明有山有水，却因遍地的旧屋老宅而笼罩着一种压抑颓废的气氛。

在可以看见一座长桥的地方，两人找到了福村庆子的住所。据说这宅子以前是用来做织布生意的，地方很大，福村庆子长租了其中一间屋。呼野两人见到了房东，是个五十来岁的妇人。

一听呼野他们说想见福村，房东瞬间露出了吃惊的表情，接着又面露难色："福村小姐已经病死了。"房东的表情好像在可怜他们不知情大老远白跑一趟。

这下轮到呼野他们大吃一惊："死了？什么时候的事情？"

"差不多三个月前吧。"

呼野和北尾面面相觑。三个月前？比小塚离家出走的时间还要早一个月。呼野之前一直深信小塚正和福村庆子双宿双飞，现在却彻底傻眼了。

小塚出门的时候难道不知道福村已经死了？这不可能。两个人一直通过东京的联络人保持联系。但如果女方已死，小塚又为何还要离家出走？

呼野向房东描述了一下小塚贞一的相貌，并询问在福村生前，是否有这样的人来过。

房东摇头："没，从没见过您说的那个人。俺和福村小姐在这儿一起住了那么多年，一次也没见过。"

呼野的直觉告诉自己，一年前福村辞去银行工作时，已经开始为与小塚在一起而做准备了。一年前正是小塚开始退休倒计时的时候。他俩的感情一直没变，福村已经做好准备，随时迎接小塚的到来，却不料突发急病，撒手人寰。

问题是她的死亡日期和小塚离家日期之间整整差了一个月。很难想象小塚在不知情人已死的情况下还会选择离家出走，他出门前还曾接到过联络人"大村"打来的电话。

"福村小姐有亲人吗?"

"福村一直都是一个人过,没结过婚呢。"

"她的父母呢?有兄弟姐妹吗?"

"据说家里人早死了。"

"她的丧事是谁操办的?"

"她有个表妹,特地老远从东京赶来,全靠她一个人张罗。"

呼野两眼放光:"什么?从东京来的表妹?"

"嗯,好像福村和她表妹一直有书信往来。"

"您知道她表妹的名字和住址吗?"

"两位稍等。她表妹给我寄过贺年片,我去找找。"

房东走进里屋,过了一会儿,拿出一张陈旧的贺年片,寄信人是——东京都大田区 ×× 町 ×× 番地　福村良子。呼野马上抄下来。

"还有个问题,有没有人从东京给福村小姐汇过钱?"

"一直都有汇钱,汇款单上汇款人的名字就是她表妹。"

呼野听罢,赶紧告辞,冲出房门。

"北尾,大事不好!"呼野边说边朝当地警局奔去。

"怎么了?"北尾一头雾水。

"得马上和东京警视厅联系一下，尽快抓捕福村良子。"

"……"

"小塚贞一已经不在人世。"

# 七

警方在东京逮捕了福村良子和她的情夫山崎。两个月后，根据犯人的招认，警方在长野县的深山里发现了被勒死的小塚贞一的尸体。

两名罪犯的供述如下——

福村良子受在广岛的表姐福村庆子所托，为庆子与小塚担当联络员传递信件。庆子和小塚没有直接的信件往来，通信必经良子之手，所有信件都用良子的名字予以投递。而小塚每月给庆子寄钱，用的也是良子的名义。

小塚与庆子每次利用假期在各地相会，也是通过良子进行联系。小塚贞一不想让庆子租房的地方知道自己的名字，庆子也不可能直接寄信给小塚。一收到庆子寄给小塚的信，良子就会打电话给小塚，叫小塚去她那里取信。

小塚其实早已下定决心退休之后离家出走。庆子也明白小塚的心意。但就在小塚出发前一个月，庆子不幸暴病离世。然而，良子并没有把这个消息告诉小塚。

良子的目的是钱。庆子一直单身，没什么开销，除了每个月自己的薪水和奖金，还有小塚每个月的汇款，生前存了不少钱，原本是为了以后和小塚一起过日子而准备的。其实小塚也有此意，所以才会每个月都寄很多钱。

福村良子接到房东发来的电报，得知庆子已死，便马上赶到广岛，操办完庆子的丧事后，把庆子存在银行里的钱全部取出，占为己有。

原本福村庆子死后，她的存款可能会被上缴国库，其中当然包括了小塚的汇款。良子觉得不拿白不拿，于是做出了见利忘义的事情。

良子的情夫山崎更是贪得无厌，提出小塚如果离家出走必定身携巨款，不如将其杀害，夺其钱财。这也是良子对小塚隐瞒庆子死讯的原因。

福村电话通知小塚，谎称庆子想在长野县某地与他见面。小塚信以为真，于是就按良子说的日子出发了。

到了电话里约定的长野县，小塚见到的是良子。她告诉小塚庆子已经到了，花言巧语把小塚骗到杳无人烟的深山里。在那里，小塚见到的不是情人庆子，而是良子的情夫山崎。

两人将小塚杀害后，抢走了他身上带着的八十万日元。


以上就是犯人的供述。

结案后，呼野叫上年轻的北尾去小酒馆喝一杯。

"我至今都还没弄明白。"北尾说，"小塚什么都不缺，家庭美满，退休后还有机会轻松干活，坐着数钱，本该太太平平地安享晚年吧，何必要自讨苦吃离家出走，去和情人一起度过别样的人生？他到底是怎么想的啊？"

"因为你还没结婚。"年近五十的呼野说，"小塚会那么想，一点也不奇怪。高更不是说过吗，如果所有人都为了后代牺牲自我，长此以往循环往复，那么全新的艺术将从何而来？人类的创造又能来自何方？也许艺术的世界另当别论，但其实普通人的世界亦是如此。当漫长又平凡的人生行至驿路之时，谁都会想要彻底解放长期以来的隐忍与克己，重新踏上放肆且自由的旅程吧。虽然不能一概而论，但对男人来说，家庭通常就是一个忍气吞声的地方。对于小塚的那种想法，我倒是很有共鸣的。"

"呼野前辈也和小塚一样？"北尾瞪大了眼一脸错愕。

"想法差不多，但我不像他，离家出走之后还能留下大笔钱财，让家人不为生活所困。从这个意义上来说，我很羡慕小塚。你还记得吗，我以前说过的，高更有他爱的画，小塚虽然没有画，但有他爱的女人。而我呢？我一无所有。正因为一无所有，所以我的余生别无选择，只能继续忍耐。就是我忍、我忍、我一直忍。"

看着眼前一脸寂寞苦笑着的呼野前辈，年轻的北尾并非完全不懂其中滋味，只是尚未能切身体会。

偶　数

一

城野光夫在这家公司担任调查科副科长一职。

调查科并非公司里的重要部门。公司本身是一流的大企业，但调查科其实就是个闲职部门，做做统计，收集收集资料。和其他部门不同，调查科做的事情与公司业务并无太大关系。所谓的收集资料，其实也就是些普通的印刷品，都是些公司不要的东西。公司需要的是更高端的、最好是涉及行业秘密的资料，而这种资料轮不到调查科去收集，会有更高层的部门去做。

城野光夫在这家公司已经做了十五年。刚毕业的时候，他工作还算顺利，但越做越没有出人头地的希望，原因之一就是他不擅长交际。他天生就性格孤僻，一直刻意地与他人保持距离。

读书的时候，他脑子很好，也肯用功，但那个时候就开始没什么朋友。他总对别人做的事情冷嘲热讽，一副瞧不起别人的样子。

这种性格进了公司后影响就大了，同事们明明在拼命，他却一脸冷笑，倒也不见他自己全身心投入做什么事。和他一起进公司的同事们一个个早就飞黄腾达了，他却被上司敬而远之，到头来就混了这么个不起眼的小官做。

但最近，年近四十的他突然有些着急。这是家一流的大公司，薪水很高，想进来必须经过严格的考试和筛选，进来了之后竞争也很激烈，所以在旁人看来，能在这家公司做到副科长，已经很让人羡慕了。他自己虽然做得无趣又憋屈，却没有离职的勇气。

公司最近这四五年都没什么人事变动。因为大家都觉得公司好，所以没人离职，几乎都是做到退休。把城野光夫放在副科长的位子上，其中一个理由是因为上头觉得他还有用。

在这个世界上，城野光夫最讨厌的人就是营业部部长黑原健一。黑原和城野以前曾在同一个部门共职过，当时黑原担任生产科科长，是城野的直属上司。

城野被弄到调查科，全拜黑原所赐。黑原讨厌城野，把他从生产科踢了出去。

之后黑原升官发达，做到了营业部长一职，这算得上是公司重要部门的重要职务。所以只要黑原还在公司里一天，城野再怎么奋发图强，也不可能有出头之日，只能每天浑浑噩噩地在副科长的位子上混到退休。

黑原健一比城野年长五岁，今年四十三岁，工作上很能干，上头也很信任他。他做部长还不到五年，暂时不可能有机会再升官，因为对黑原来说，他的上面也还有人"挡"在那里，要想再次荣升，不是那么容易的事情。

城野光夫觉得，如果公司里没有黑原健一这个人该多好啊。冷酷地阻挡了自己发达之路的人，就是黑原健一。黑原健一最近在公司里很得势，只要他仍在当营业部部长，他就能打压城野，让城野没有出头之日。

事实上，调查科的科长曾去找过黑原，想推荐城野调到别的部门当科长，但黑原二话不说就否决了。

城野听到此事后并不奇怪，他认为黑原就是做得出这种事的人。

城野光夫越来越觉得，只要黑原不存在，自己的发达之路就会一马平川。不仅如此，从性格上来说，黑原也是他最讨厌的类型。

他开始动真格地思考起来，有什么办法可以让黑原落马丢官？如果黑原不做营业部部长了，那公司内部就会进行人员调整，城野自己的位子就可能随之发生改变。他已经做了七年副科长，放眼全公司，已经是年纪最大的副科长了。

在这种职位上做太久，一点也不光荣，反而显得自己很无能。因为长年待在这种无聊的科室里，别的同事都打心底里瞧不起自己，城野对此并非全然无感。

城野曾经多次幻想过黑原健一因病或遭遇交通意外而死。但黑原的身体一直棒，最近两三年里，一次缺勤都没有。至于交通事故，只能寄希望于偶然发生，其实概率很小。

然而，最近城野光夫偶然得知了黑原金屋藏娇的事情，让他不由得心中雀跃。经过多方打听，他了解到黑原的女人以前曾在酒吧做过小姐，今年二十六七岁，黑原悄悄地把那个女人包养在郊外的一处公寓内。

公司里的人大部分还不知道这件事，是碰巧住在那间公寓附近的调查科的一个科员悄悄告诉城野："我在家附近看见一个人长得很像营业部部长，应该就是他本人。我觉得很意外，但还没对别人说起过。"

城野光夫听完心头大喜，但同时告诫还不太懂事的年轻科员，让他千万别告诉别人。

接着，城野就开始秘密地进行调查。

城野做了很多"功课"，他发现科员说的没错。黑原健一每周一到两次肯定会去那个女人那里。不仅如此，他大多都是晚上九点左右到女人那里，待两个小时后，十一点过后再出来。

城野打算利用此事让黑原健一落马。不过，金屋藏娇这种事情还不足以让他丢官，这种事情即便公开，大家也只会觉得这是他的个人生活问题，反正他赚了那么多钱，养个女人也正常，最多只能让他觉得不痛快，却不会影响到他的仕途。而城野的目的是要让黑原丢官失位。

就算把这事告诉他老婆也没用，因为如果只是他的家庭内部发生矛盾，这种报仇对自己没有任何好处。也许精神上可能会有短暂的舒服，但现实中，自己的地位不会因此而发生任何改变。

城野光夫每天都在想黑原在郊外公寓包养情妇的事情。他一直在动脑筋如何让这件事变得对自己有利。

经过长时间的思索，他终于想出了一个计划，可以让这件事成为他升官发财的跳板。这是他看了报纸上的一则报道后得到的启发。报道中，某公司科长的情妇被科长仇家所杀，但大家想当然地认为科长有杀人嫌疑，为了确保企业形象不受损，公司只能辞退了那个科长。

城野所在的公司是一流的大企业，如果报上大肆报道黑原健一有杀人嫌疑，那么公司一定会为了维护企业形象而逼黑原离职。

城野光夫因此而确定了方向。

## 二

城野光夫想了很多杀死黑原情妇的方法。首先要确保自己的安全，因为一不留神，自己可能比黑原更早垮台。

他想过下药或其他方法，但觉得都不太容易。最后，他还是觉得直接下手最方便，那些幼稚的小动作反而容易露出破绽。

根据城野的调查，那个女人平时一个人住在公寓的三楼，有两个铺着榻榻米的日式房间，一间十平方米左右，另一间六平方米多，屋内有浴室和厨房。公寓里所有房间的构造都基本相同。楼梯将同一楼层一分为二，那个女人的公寓就在走上楼梯后的右手第一间，楼梯左边则是放打扫工具的杂物间。不同于其他两边都有住户，那个女人的房间只有一边有住户，所以更方便动手。而且到了晚上，楼梯左边的杂物间里肯定不会有人。

城野还考虑到另一个条件，即必须在黑原健一去女人家的那天动手，否则杀人嫌疑就不会落到黑原头上。

城野花了整整三个月，总算大概摸清了黑原去女人那里的时间规律。黑原健一只要没有急事，一般一周会去一到两次，而且只在偶数日期去。城野不明白黑原为何只选偶数日期，但他花了三个月做秘密调查的结果就是如此，而且以晚上九点居多，黑原总是在这个点悄悄地叩响房门。

偶数日期与晚上九点——这就是计算黑原去那间公寓的可能性时得出的最大公约数。如果能在公司里观察到黑原健一具体哪天有可能去，那就更好了。

城野为此又制定了更详细的计划。首先，要在黑原到达那个女人家里之前，自己先到。那个女人不认识自己，也许不会马上请他进门。但城野对自己有信心，他会特地给那个女人看他外套上的公司徽章。公司里上至老板下到普通员工每个人都会佩戴这种徽章，那个女人一定也见过黑原佩戴同样的徽章。见到徽章后那女人应该就会放心。然后，城野打算骗她说自己是去替黑原传话的，那女人肯定不会怀疑，会让城野进屋。

接着，城野打算先和她闲聊一会儿，然后趁其不备突然袭击，将她勒死。绝对不能用刀，因为会溅到血迹，很多罪犯就是栽在这上面的，而且要用刀就得去买，而买刀的时候又可能留下事后警方能追查到的踪迹。

把那女人彻底勒死后，城野会立即离开。他判断黑原几乎不可能在九点之前到达女人家，所以他把自己去的时间定在晚八点左右，作案过程大约需要三十分钟，而黑原预计九点左右到达，所以时间会很充裕。

对于之后的事情，城野光夫也有打算，因为他知道黑原的性格。

黑原比任何人都爱面子，没人比他更喜欢炫耀自己了，而且他是个彻头彻尾的名利主义者。

当黑原打开房门进到屋内，意外见到已经与自己生死两隔的情人时，会怎么做？恐怕他一定会先惊愕，再感到困惑吧？他肯定会犹豫是先报警还是先逃走。对黑原健一来说，他最怕的就是世人和家人的目光了。如果他报警，作为第一个发现尸体的人，警方一定会让他彻底坦白自己与被害人的关系，这对于爱面子又好名利的黑原健一来说实在承受不了，他肯定不想被卷入杀人事件中去，逃跑是他的本能，所以他不会去报警。

但警方事后肯定会通过被害人的日常生活等线索很快查到黑原这个人。他会被专案组请去接受调查，如此一来，当天晚上黑原到过现场以及从杀人现场逃走的事实都会立即曝光，这会让黑原陷入被动，变成一个杀人嫌疑犯。

黑原逃离案发现场之后，自己肯定也会意识到这个问题。他也许苦恼一阵后，发现不能坐以待毙，也许他会主动去警局说明一切。

以上就是城野光夫的计划。

城野估计，按照黑原的性格，他肯定不会在案发现场当即报案，而是要经过相当长的一段时间之后再去警局。黑原的可疑举动会受到警方的关注，虽然最终会查明他是清白的，但在过程中他一定会被当成第一嫌疑人，遭到警方的严密调查。

报纸也会大肆报道。最近的媒体总喜欢把嫌疑犯写得好像就是真凶，报纸总希望自己的报道能掀起一种让读者既刺激又亢奋的社会效应。不需要警方把黑原当做真凶将其抓捕，只要他的丑态能大白于天下，公司将他辞退就行了。城野的目的不过如此。

退一步说，哪怕不黑原不辞职也可以。但到时候，黑原就不可能待在现在的位子上了，他肯定会被派去当闲差，那样也算是达成了城野的目的。

唯有一点必须当心：实施杀人计划时，城野自己不能被怀疑，他必须制造不在场证明。

城野已经确定了去黑原情人家的时间，所以不在场证明的时间可据此倒推，从晚七点半到八点之间开始就可以。再把坐出租车去那间屋子的来回时间算进去，至少需要准备一小时的不在场证明。城野觉得在这段时间内，与其一个人鬼鬼祟祟搞小动作，不如身处热闹的人群中反而显得自然。

另外，城野完全不认识那个女人，这一点对城野是有利的。也就是说，城野和那个女人之间没有交点。警方肯定会调查被害人的交友关系，而城野的名字绝对不会出现在其中。

城野与黑原只是同事，科室相同，工作上没关系，私底下也没交情。所以不会有人把黑原情人的死与城野光夫联系在一起。

# 三

十二日下午七点四十分，城野光夫来到那间公寓。

之所以选择这天，是因为当天是偶数日期，且城野不经意间从营业部的同事那里确认了黑原当晚没有什么安排。作为营业部部长，总有很多对外业务，比如开会、宴请或出差。有这些安排的时候，黑原不会去那间公寓。这也是城野长时间调查的结果。

这天晚上，城野来到公寓，换乘了三辆出租车。在车上的时候他尽量不说话，力求让司机对他没印象。特别是在最后一辆出租车上，他表现得特别谨慎。

出租车停在公寓前，城野下了车。虽说是在郊外，但周围有很多住宅区，可以看到很多路人，大部分都是下班回家的住户，毕竟正好是下班时间，有很多人也不足为奇。

这间公寓刚造好，共有六栋三层楼房，看上去是个挺大的小区。城野混入下班的人群中，因为越是人多的地方越不会被人注意。他双手插在大衣口袋里，低着头走上水泥的楼道。他曾和一些人擦身而过，但谁也没在意，大家以为他也是这里的住户，与其他很多上班族一样，下了班拖着疲惫的脚步低着头上楼。无论哪里的公寓其实都一样，住户之间没什么往来，没人关心他是谁，住在哪里。

城野来到目的地，三一一室，他窥视了一下前后，所幸没人，于是轻轻地敲门。

门里上有一扇镶着磨砂玻璃的小窗，透过玻璃可以看见屋内亮着灯，还有人影，说明那个女人在家。这时，门从里面打开一条缝，那个女人露出半张脸，她就是城野之前在暗处研究了很久的黑原情人。城野脱下外套，低头致意。

"请问您找谁？"女人问。

"您好。我是××公司的。"城野说出公司名字的同时特意向对方亮出了上衣前襟上的徽章，"我叫山田，我们部长让我来给您带句话。"城野用的是"我们部长"，因为不用指名道姓，对方应该知道说的就是黑原，而且城野还想用这个词骗对方相信自己是黑原的部下。

"啊，是这样啊。"那个女人有些犹豫，毕竟之前从未有人来传过话。虽然将信将疑，她还是对城野敞开了大门。"请进。"女人说话的语气有些害羞。

"打扰了，那我进去了。"城野表现得很殷勤，快步进入屋内。

一进门就是那个六平方米多的房间，更里面是十平方米的那间。那个女人把城野请到大房间。"您请坐。"

城野端坐在榻榻米上，双手置于膝盖，郑重其事地再次低头问候："我叫山田，我们部长一直很关照我。"这世界上叫山田的人简直多如牛毛。

但那个女人好像完全相信了城野。因为城野身上戴的徽章和她的情人黑原一样，而且城野的举手投足也有礼有节，所以那女人完全没有起疑。

"辛苦您了。"那个女人替她的情人黑原向城野寒暄致谢。

在明亮的灯光下，城野打量着这个的女人脸。虽然她说自己已经二十八了，但看上去比实际年龄至少小五岁，长得真漂亮，皮肤白皙，眼睛又圆又大，嘴唇薄薄的。之前暗中调查的时候，城野多次看到过她的侧脸，现在看到了正面，城野心想，难怪黑原会迷上她。

"您稍等。"这个女人穿着时髦的毛衣和裙子起身去厨房准备茶水。

"啊，您不用麻烦了。"城野赶紧谢绝。

城野不是客气，而是他觉得不能久坐，因为黑原不一会儿就要来了。虽然已经预留了足够多的时间，但还是不能掉以轻心。

城野原以为自己很镇定，却突然产生了错觉，以为外面有人要开门进来，他的心脏扑通扑通一阵乱跳。

那女人走进厨房，给灶台点上火，开始烧水。

城野不安地打量着屋内。衣橱、三面镜化妆台、缝纫机、留声机，看上去都是新的，也有可能是因为保养得好。城野心想，这些可都是好东西，黑原真舍得。他想到了自己家里的那些日用品，对比之下实在太寒碜。

总之必须快。他本想轻轻走去厨房偷袭，但还是忍住了。自己从这里走到厨房的过程中，那女人也许会有所怀疑。城野决定还是坐在原处等她过来。

他觉得这壶水烧了很久。终于，水开了，那女人端着一套茶具来到房间，有一个茶壶，两个茶杯。

"这么大老远跑来，真的辛苦您了。"她边说边将水壶里的开水倒入茶壶。她低着头，白色的水蒸气升腾到她的脸上。

然后，她从茶壶里倒了两杯茶。"您请喝。不是什么好茶，希望您别介意。"

那茶杯不知道是不是专门待客用的，一看就是高级货。青花瓷的杯身上画着南宗画风的兰花，旁边似乎还写着一行小字，像汉诗，又像赞文。城野也不知道自己为何会对这个茶杯特别在意。

女人手捧相同的杯子，静静地喝着茶。

城野也拿起茶杯放在嘴边，发出啜茶的声音。

茶壶的花纹也和茶杯配套。

那个女人见城野一直没说黑原让他带的话，看城野的眼神稍稍开始有些怀疑。

城野意识到不能再拖了，离黑原来到这里的时间越来越近了。他又随便找了两三个话题闲聊了几句，其实都是无聊的废话，一边聊一边等待时机。

终于，机会来了。

正好那个女人的杯子里好像落进了脏东西，她稍稍皱眉，起身打算去厨房把这杯水倒掉。这时是城野的机会。

趁着女人拿起茶杯转过身去的时候，城野突然起身张开双臂从后面一下子将女人扑倒。

之后的事情，可能因为当时太忘我，城野不记得了。总之，扑倒那个女人之后，城野用力压在她身上，拿出事先准备好的绳子，在女人脖子上绕了三四圈后，发力将其勒死。

作案过程中曾发出很大的声响，城野吓了一跳，但好在并没有邻居前来打探究竟。

女人的手脚一开始还在榻榻米上垂死挣扎发出响声，但没过多久就静止不动。她的脸上留下了淤血，很快就断气了。

生命离开肉身，实在发生得太随便。这个女人二十七或是二十八年的一生就此走到了尽头，原本她以后至少还有二十年甚至三十年的生命，但现在，就像被滴上了消字液，从此不见了踪影。

# 四

城野光夫一直呆呆地看着榻榻米上的女人尸体。到这一步为止，一切都算顺利。

他仔细地将绕在女人脖子上的麻绳解开。虽然这绳子很普通，但毕竟是家里带出来的东西，所以还是会担心，如果现场留下这种东西，说不定就成了破案的线索。

然后他戴上手套，打开衣橱的抽屉，把里面的东西弄得乱七八糟，做出好像是遭遇强盗的假象。接着，他又把之前那女人拿来给自己坐的坐垫收起来，不能让警方发现有人来过。还有两个茶杯和一个茶壶，这些也必须处理掉。

他想起曾经在某篇报道中看到过警方通过茶杯摆放的状态抓到了犯人。被害人拿出两个茶杯，这说明犯人与被害人是认识的，可以推测出有客来访。城野一把抓起自己用过的茶杯往裤袋里一塞。这个茶杯上有自己的指纹，还有唾液。城野心中暗惊，好险，太危险了。

城野花了不到三分钟就做完了这些善后工作。其实是很短暂的几分钟，城野却感觉已经过去了很久。他急忙跑到门口穿上鞋子，披上外套，戴着手套转动门把手。

他进屋的时候也戴着手套，坐到屋内才摘下的。因为现在是冬天，戴手套也不足为奇。所以房间里应该不会有他的指纹。只是喝茶的时候，茶杯上留下了指纹，但那个杯子现在已经在自己的口袋里，万无一失了。他快速打开门四处张望，所幸走廊两端都没有人影。

他快步走向与来时相反的走廊，特地绕远路从另一个楼梯下去。如果从来时的楼梯下去说不定就会撞见黑原。

虽然下楼的时候遇见了这里的住户，但对方似乎并没在意他。这是一间大公寓，一栋楼里住着三十户人家，但彼此通常都不会有来往。而且除了住户，还有其他外来的访客。所以，不会有人关心他是谁。更何况，在那么昏暗的楼道里低着头走路，根本看不清长相。

城野离开公寓向外面走去，步伐显得很镇定。

黑原健一再过一会儿就该到那间房间了吧？城野完全可以想象黑原仰天震惊的模样。而且城野觉得之后黑原的反应一定也会如他所料。

离开公寓后没走多远，城野看见一辆亮着空车灯的出租车。这里是郊外，很少有空车经过，才出门就能拦到空车，实属幸运。

见城野招手，出租车停到了城野面前。司机一言不发打开车门，城野也默默地坐进车内，伸出一只手，咚地一声关上了车门。

"去××。"他朝背对着自己的司机说要去市中心的一条商业街。他计划的不在场证明就是在那一带闲逛一小时。

出租车马上发车，载着城野离公寓渐行渐远，一路上时不时会被对面开来的汽车大前灯照到，每次城野都转过脸去，因为他不知道那些与他逆向的、开往公寓的车里，会不会有一辆正载着黑原。

他点了一支烟，突然感到左边的裤腿绷得有点紧，他这才想起是从那个女人屋里带出来的茶杯把裤袋撑鼓了。必须马上处理掉这个茶杯。城野看看车窗外，一片漆黑，他曾想过直接将茶杯扔到车窗外，但觉得现在离公寓距离并不远，扔在这一带还是太危险。而且看到自己往窗户外扔东西，司机也会觉得可疑。想到这里，城野放弃了这个念头。

城野也想过等到了大街上再扔，比如扔到垃圾堆里，但还是担心会被追查到踪迹。最好的办法就是打破这个茶杯，让其不成原形，但城野一时想不到去哪里做这件事。虽说只是一个小茶杯，仔细想来，还真不好处理。

这时，汽车的大灯照到不远处有座桥。

就是这里！桥下有河，扔在这里最好。

"麻烦停车。"城野对司机说。

"就停这里吗？"司机边说边踩刹车。出租车停在了刚开过桥头的地方。

"不好意思，我下去方便一下。"城野打开车门。

夜色里，一条黑漆漆的河流好似一道界限，将星星点点的人家分隔在两岸。城野驻足的地方照不到灯光。他面向河流，解开衣扣。出租车就停在他身后。

城野一边瞥眼观察出租车司机，一边慢慢地从裤兜里拿出茶杯，偷偷地扔进了暗夜的河流之中。

听到一两秒后杯子落水的扑通声后，城野本想用解手的声音打一下掩护，但他没想到桥很高，这招完全没用。茶杯落入河水时的声音比他想象的还要大声。城野左看看，右瞧瞧，还好没有路人经过。此时，茶杯应该沉到河底变成碎片了吧。他终于放下心来。方便完，他觉得终于一切都搞定，证据也消灭了。

突然，他转念一想，不对，还忘了一件事。

他从另一个口袋里掏出绳子，把绳子也简单地绕了一下扔进了河里。这是从自家带出来的旧麻绳，必须扔掉。即使有人看到河上漂着这么一根绳子也不会觉得奇怪。而且，到了明天早上，这根绳子也许已经随着河水流入大海。

城野没想到这么快就找到好地方处理了绳子和茶杯。一开始他以为处理这些会很难，一直担心扔这些东西的时候会被人看到，所以变得很胆小。比如那茶杯，虽然看上去像随处可见的濑户烧陶器一样，敲碎了扔在一边应该没人会留意，但一想到不怕一万就怕万一，他还是觉得随手乱扔太危险。所以，能在这条河里处理掉一切，城野觉得实在太好了，仿佛心头一块大石落了地。

城野回到等候的出租车上。"抱歉啊，久等了。"他对司机说得很客气，然后关上了车门。车内没开灯，看不清司机的脸，但感觉司机是个年轻人，因为年轻，好像没兴趣和乘客套近乎，只是默默地开着车。其实不说话的司机对城野来说反而是安全的。如果司机是个话唠，一个劲儿地问东问西，说不定就会落下口实，因为自己是在那间公寓门口偶然搭上的车，所以必须更加小心。

车开了好一会儿，总算来到了相对热闹的地方，看到路上已经有很多其他出租车，城野选择了下车。

城野换了一辆出租车，这次的司机是个中年人，不停地和他聊家常。

# 五

这起事件上了报，占了很大的版面。

事情之后的进展完全如城野光夫计划的一样。女人被杀二十分钟后，黑原健一到达那间屋子。但黑原是在事件发生的第二天中午十一点左右才去专案组交代情况的。

获悉此事后，城野光夫情不自禁地拍手叫好。一切都在他预料之中，就好像军中参谋制定了缜密的作战计划，而战斗也如同计划的那样取得了胜利。可以说，他早就洞悉了黑原健一的本性，而且拿捏精准，分毫不差。

黑原健一晚上九点左右到达情人的房间，看到的却是她的尸体。惊慌失措的黑原匆忙逃走，当晚回了自己家。据说他去专案组交代情况的时候，脸色惨白，眼睛充血，应该是一宿没睡，辗转反侧，最后才下定决心去找警察的。

他去找警察的时候，其实警察已经知道黑原与死者的关系。当晚十点左右，与死者关系很好的邻居太太不经意地朝屋内张望时，偶然发现了死者尸体。当晚，警方就在管辖该地区的警署内设立了专案组，就死者的交友关系进行了一番调查取证。警方并没有花太多时间就查到了黑原健一这个名字，虽然他一直很低调地进出那间公寓。正当警方打算传唤他时，他自己跑去了专案组。

消息传到公司，大家都炸开了锅。公司的上层非常狼狈，忙着制定善后应对方案，而普通公司职员则一整天都在公司里窃窃私语，对黑原部长的犯罪事件议论纷纷。

要说这就是黑原部长干的也不奇怪。黑原说自己看到尸体后惊慌失措，所以逃了，回去后想了很久，直到第二天将近中午的时候才想通，于是去警局交代情况。但警方对此表示怀疑。死者的房间虽然被翻得很乱，但家里并没丢东西，所以可以断定凶手并非强盗，翻乱东西只是凶手的伪装。最后，专案组推定是黑原与情人因为情感纠葛发生冲突，黑原一时气急，将其勒死。

报纸对此事进行了大肆的报道。

城野光夫把各种报纸都拿来进行信息对比。报道中说——警方推断的作案时间是黑原健一到达情人家时的九点左右。这个时间点也符合死者的解剖结果。而死者房间内只有一只茶壶和一只茶杯，警方据此推断被害人正独自饮茶时，突然遭到袭击。而且房间里到处都是黑原的指纹，没有发现任何其他人的指纹。

那剩下的一个茶杯似乎更加证明了凶手就是黑原，因为黑原不是访客，来者若不是黑原，情人不可能放松心情地一个人喝茶。

读完了这些报道，城野光夫放声大笑。一边笑一边夸自己聪明，竟想到带走那一只茶杯。如果那只茶杯留在屋内，而上面没有黑原的指纹的话，就证明有第三个人先到过那里，并与那女人交谈过。正因为自己带走了那个茶杯，成功地混淆了视线，让人无法了解案发时的真实情况。

警察对公司里的其他职员也进行过调查，但只是蜻蜓点水似的问话，因为警方基本上已经认定黑原就是真凶，展开的侦查工作只是为了搜集更多的证据。

正如城野预料的那样，并没有警察去找他，也没人要他的指纹做比对，更没人问要他不在场证明。

三天后，公司的告示板上贴出了黑原健一的停职公告。

又过了一周，以接替黑原的新任营业部部长为中心，公司内部进行了大规模的人事调动，城野光夫因此当上了资料科的科长。

城野欢欣雀跃，没想到事情会如此顺利。因为黑原一个岗位的空缺，很多人都因此获得晋升，城野光夫也如愿升职。然而，得利的不止城野一人，所以这种受益完全是间接的，公司的人事变动本来就有这种蝴蝶效应。

又过了一周，黑原被释放了，却并非因为警方认为他是清白的，只是因为专案组没有足够的证据起诉他。换句话说，黑原的有些不清不楚。

公司给黑原健一安排了营业部长随从的闲职。

这时的城野光夫刚刚当上科长，每天都乐不可支。案件发生一个月后，报纸报道说警方的调查陷入迷宫，专案组就此解散。

城野好像事不关己地看着这篇报道。没有一个警察来找过他，甚至没有警察向别人打听过他，也就是说，警方认为他与案件完全无关。于是在城野的意识中，他渐渐觉得似乎并不是他自己在那间公寓里杀死了那个女人。

比起杀人案，城野光夫更关心的是黑原健一。因为丢了部长一职，变成了普通小职员，黑原日益憔悴。黑原之前那副自信满满的面孔与腔调，现在已经完全被城野夺去。公司没有为了维护企业形象而辞退黑原，完全是念旧情。现在的黑原已经到了见人就躲的地步，他的存在变得越来越渺小。他之前经过了那么长时间的审问，已经彻底憔悴，再也无法恢复。他的脸色越来越差，眼神看上去也有些神经质似的不停地东张西望。谁能想到他曾经是威风凛凛的营业部部长？黑原似乎已经完全被耻辱与挫败击溃。

城野光夫有时会偶遇黑原。之前黑原看城野的眼神总是昂然骄傲的，现在却变得不敢直视。哪怕是正面相遇，黑原也会立即把脸转开，好像要找东西一样，眼神乱飘，加快步伐从城野身边经过。

城野光夫高奏凯歌。城野很想对黑原说——你也有今天！我可是忍了你很久！现在你和我的地位互换了！你就那副怂样做到退休吧！

某一天的下班时间，城野光夫刚走到公司门口，突然被一个年轻男子叫住。"请问您是城野先生吧？"年轻人脸上带着微笑，看上去挺面善。

"我就是城野，你是？"

那个男子穿着干净整洁，但浑身上下没什么名牌。西装、领带、裤子都是便宜货，衬衫的领口看上去还带着浅浅的污垢。

"我叫小山。"

"小山？"

"您已经忘了吗？其实您忘了也很正常。但我就占用您十分钟，我们能在这附近稍微聊一会儿吗？"

城野光夫一脸嫌弃。对方说话的语气好像认识自己，但城野却完全不记得这个人。而且刚见面就说去聊一聊，这让城野觉得不太愉快。他本想开口拒绝，但对方却又说："您不用担心，真的就一小会儿。您一定好奇我是谁吧？只要稍微聊一两句，您马上就会明白的。说实话，其实我想和您说的事，与贵公司的黑原先生有关。"

"什么？你说黑原？"城野眼睛一亮。虽然原本可以拒绝，但对方一说与黑原有关，城野就变得放不下了。准确地说，是觉得哪里不痛快了。眼前的这个年轻人看上去就像在用黑原要挟自己。

"是吗？好吧，拿你没办法。我其实过会儿还有别的安排。真的就一小会儿哦。"城野答应得很心虚。如果不和他聊，自己肯定会觉得不踏实，不听他说清楚就没法释怀。

"谢谢您。那麻烦您了，真的就一小会儿。"年轻人说完，走在前面带路。

# 六

两人来到一家冷清的咖啡馆，年轻人把城野带到最里面一桌，坐在城野对面，依然面带微笑："城野先生，怎么样？您还没想起我是谁么？"

"想不起来。我们在哪里见过吗？"城野越发觉得不舒服，他猜不到这个年轻人到底要说与黑原有关的什么事情，但还是装得很平静。

"我可认识您哦。我们见过一次。"

"哦？在哪里？"城野故意歪着脑袋，"因为工作关系，我每天都会见很多人，但经常记不住，可得罪人呢。"

"这样啊。"年轻人点点头附和城野，"那我说件事情，也许您就能想起来了。哦，不，我还是先说黑原先生那件案子吧。那天晚上，就在被杀女人所住的公寓门口，我开车载过一个客人。"

"开车载客?"城野重新打量起眼前的年轻人，"啊，你是那个时候的司机啊!"城野脱口而出，却马上后悔，心想这下坏了，自己干吗说什么"那个时候"、什么"司机"，这分明就是不打自招，告诉对方那天晚上在公寓门口上车的人就是自己。

年轻人故意对城野的冲动反应视而不见，继续娓娓道来："是的。那天晚上我是先载着一位客人到公寓，客人付钱下车后我开了没一会儿，车前灯就照到路边站着的一个男人。城野先生，那个人就是您吧?"

"是吗?"城野的脑子突然飞转起来，一心想要挽回自己刚才的失言，"是那天晚上吗? 我怎么觉得好像不是。对了，我想起来了，应该是那起案件发生的两天前吧。"城野打算装傻。虽然司机说是案发当晚，但只要自己坚持说是案发前两天，就无从考证，双方各执一词，反正都没证据。

"您要是这么说的话，也有可能吧。但是，那天晚上您去 ×× 町的途中曾命令我停车，于是我们在 S 河的桥上停了车，让您下车方便，这些您还记得吗?"

"是吗?"

"是哦。您虽然不记得我长什么样，但我清楚地记得您的模样哦。我以前还在您公司附近载过您呢。"

"哦，是吗？"

"一般来说，乘客都不太在意司机，也不会记住司机长什么样。一般人可能想不到，其实司机会记住乘客的脸。特别见到是第二次坐自己车子的客人，司机会马上想起来：这是以前坐过自己车子的客人。城野先生也是一样。您在那间公寓门口招手拦车的时候，我马上就想起来您是这家公司的职员，因为以前您在公司门口也上过我的车呢。"

"所以你想说什么？"

"您别急啊，请听我接着说下去。您当时在桥上方便的时候，我默默地坐在驾驶座上抽烟等您。平时一直在拥挤的街上开车，难得车子停在桥上，我就想趁机看看夜色中的河面。同时我还看到了您的背影。您当时摆出解手的姿势，却从口袋里拿出了什么东西。虽然街灯离得很远，不是很清楚，但我还是看见了哦。"

城野意识到自己脸色变了。

"我当时好奇您在干什么，就一边抽烟一边看。您把从口袋里掏出的东西扔进了河里吧？我还听到了水声呢。那声音不是很响，我猜一定是个小东西。我当时以为您把什么垃圾扔进了河里。"

城野默不作声。

"接着我开车把您带到××町。您给了我车钱下车后，我就开走了。也就开出去一百米左右吧，马上又有新客人招手上车，这位客人让我调了个头往回开。于是，隔着电车轨道，我碰巧看见您拦下了另一辆出租车，坐了进去，朝着刚才我载您去的方向驶去。当时我就很好奇，您为什么要换一辆出租车呢？我突然想起了您丢到河里的东西。到底是什么理由让您往河里扔东西，又特地换了一辆出租车呢？"

城野继续无语。

"所幸，后来那位客人去的地方不远，我的车马上又变成空车。于是我回到桥那里。特地停了车下到河里。我们这种做出租车司机的一直随身带着手电筒，我就在您刚才扔东西的方位仔细寻找。您猜怎么着？原以为河水会很深，没想到可浅呢。而且难得那河水特别清澈，我一下就找到了您从桥上扔下去的东西。河里除了小石子之外，还有铁棒、碎瓶子之类的，只有一样东西看上去特别新，是只茶杯。幸运的是，因为河底都是泥沙，茶杯居然完好无损，稳稳地嵌在河底的泥沙里呢。我心想，就是它吧。因为河底的其他东西看上去都不像是您刚扔下去的。我可是把裤脚卷到膝盖以上、蹚进冰冷的河水才找到的哦。然后我就捡起了那只茶杯。我今天还带来了，您看一下吧，就是这个。"

年轻人小心翼翼地从一个大袋子里取出一个用姜黄色布包裹着的东西，好像献上什么宝贝似的，轻轻放在原本放着咖啡杯的桌子上。

城野看得眼珠都快弹出来了。出租车司机打开外面包着的布，看上去就像是电影里的特写镜头。黄色的布打开后，出现在两人眼前的就是那只杯身上画着兰花、写着像汉诗又像赞文小字的青花瓷茶杯。茶杯稳稳地立在桌上，看上去非常结实。

"虽然掉到过河里，但指纹还留着。因为沾到指纹的部分是脂性的，不溶于水。所以这上面有完整的指纹。我听说案发现场被害人的尸体旁边也有只和这个一模一样的茶杯吧。哎哟，城野先生，您怎么了？"

这只青花瓷茶杯在城野光夫的眼里变得越来越黑，他不由得倒吸一口冷气，抬头看看周围，却发现周围的一切与之前相比也变得越来越黑，他同时还感到出租车司机的声音也越来越模糊，离他的耳边越来越远。

报案之后，出租车司机挠着头对警察说："那天晚上，他在公寓门口招手拦车的时候，其实我并不知道那个人就是××公司的城野光夫。而且那起案件见报之后，我也浑然不知，傻乎乎的，完全没把案件和我载过的乘客联想到一起。毕竟那个公寓里住了那么多人，就算案发当晚同一时刻有人坐过我的车也不足为奇。

但也许是命运的捉弄吧，我后来居然搬到了那个被杀女人的屋子里。因为是发生过命案的房间，大家都很忌讳，没人愿意租。我本来就挣得不多，一听房东说这间房可以很便宜地租给我，马上就搬了进去。我之前住的地方很糟糕，对于我这种收入微薄的出租车司机来说，能住进那间公寓简直是天上掉馅饼，我才不管里面是否死过人呢。总之，我为了讨老婆开心就搬进去了。而且管理员说，原来住客用过的东西都可以送我。当然，那些高级的三面镜化妆台、衣橱、缝纫机、电视机等肯定不会给我，我拿到的只是些原来住客用过的小东西。据说原来住客的亲戚们都嫌麻烦，没带走，所以就留在屋内了。一些看着就恶心的东西都被我扔了，但还是留下不少我觉得有用的东西。

其中就有四个茶杯，就是和死者被杀前用过的一样的茶杯。我觉得那些茶杯烧制的成色非常漂亮，也很喜欢杯子上的图文。毕竟是不要钱白拿的，就像捡到一个大便宜。只要不对别人说这是从死人那里白拿的，客人们拿着这种看上去很高级的杯子喝茶，一定会感觉很有范儿。杯子上画着兰花，旁边写着难懂的汉诗，给人很高档的感觉，而且还有配套的茶壶，我觉得之前的住户肯定是整套买来的。

但我老婆却提出这套茶具少了一个杯子。我说我拿到的时候就是一个茶壶四个杯，不会有错。我老婆却说，这套茶具一看就是新买的，但如果是成套的，就肯定是五个杯子。我之前都不知道，原来西洋的茶具，也就是像咖啡壶配咖啡杯的那种全套，都是偶数杯子，但日本的茶具大多都是奇数杯子，不是三个，就是五个或七个。

　　可我拿到的确实只有四个杯子。我当时觉得毕竟是用过的旧东西，说不定之前不小心被谁打破了一个。但转念一想，之前的住户是一个女人，而且举手投足都很文雅细心，所以我又否定了这种猜测。突然，我的脑子里想到一个人，就是案发当晚坐我车的乘客。当时他在桥上方便，还偷偷摸摸从口袋里掏出过什么东西扔到河里。听落水声，肯定不是什么重东西，但也不是纸张或空烟盒那种。我被我自己的想法吓到了。无论是那个客人上车的地点还是时间，还有从桥上往河里扔东西的情节，都让我想到那个人就是犯人。他把自己喝过的茶杯带出公寓，为了消灭证据，把茶杯扔进了河里。

　　想到这一步，接下去我就开始努力找人了。我也想过先报案找警察，又觉得警察可能会笑话我异想天开。我经常因为超速被警察大人为难过很多次，所以总觉得和警察打交道挺难的。我想等我找到确凿证据后再报警。首先，我得去找那个被扔掉的茶杯。我在那条河里找了很久，完全没影儿，只能放弃。接着，我又努力回忆那晚乘客的脸。我在报上看到被杀女人的情人在××公司工作，我就想到也许凶手也和这家公司有关。我趁不当班的时候，选了上下班的时间站在他们公司门口观察了五六天。终于某一天，我看见了一个人，就是那晚坐过我车的人。于是我假装询问业务上的事情，搭讪了他们公司里的几个同事，他们告诉我那个人是资料科的科长城野光夫。

可是还是有一个问题。如果能找到当时他扔掉的茶杯就好了，但那茶杯可能早就被河水不知冲到哪里去了，也可能从桥上掉下去的时候就已经摔得粉碎，与河底的泥沙混在一起了，总之，那只茶杯已经不见踪影。不过我想起我老婆说过，日本的成套茶杯都是奇数，于是我绞尽脑汁抓破了头，终于想出这个钓鱼招数。既然我自己有一模一样的杯子，不妨拿出一个当道具，演一场好戏。我没想到居然那么管用，城野当时真的面色煞白，坐都坐不稳，眼珠一转就晕过去了，弄得我反而有点不知所措。哦，是吗？他自己已经全招了？真不好意思，给警察大人们添麻烦了。已经找到确凿证据了吗？什么？还真有啊。麻绳？哦！是他自己坦白了之后，警方特地去河里进行了地毯式的大范围搜索？为了一根小绳子，还出动了好几艘船？这么大阵势啊。绳子居然没被河流带进大海，而是挂在了木桩上？现在好了，就算没找到茶杯，至少找到凶器了，这下他绝对逃不掉了。"

陆行水行

# 一

　　列车从九州别府朝小仓方向行驶了约四十分钟，到达一个名叫宇佐的车站。这里有个小镇因宇佐神宫而闻名。

　　列车从宇佐站继续向北行驶三站，到达丰前善光寺站，再向南到达山岳地带后，开出一条支线前往名叫四日市的小镇。这附近群山环绕，继续向南可到达九重高原，又名"九州阿尔卑斯"。在四日市站下车后，坐大巴来到山顶，翻过山顶后出现一大片山谷，放眼望去皆为盆地。现在是早春时分，早晚都能见到盆地里云雾缭绕的美景，好似一幅水墨画。

　　这里的地名叫作"安心院"，准确来说是大分县宇佐郡安心院町。

　　刚过新年的一个下午，一名中年男子坐大巴来到安心院，一个人朝着与盆地接壤的西边山麓走去。这人穿得很寒碜，步履也并不矫健，时不时地在田边小憩。如果只是旅行者，应该不会来这里，但他也不像那种跑业务来和农民打交道卖农机用具或肥料的。这人一手提着包，一看就是用了很久的旧包，黝黑的脸上戴着眼镜，眼神看上去若有所思。

——这个人就是我。

我是东京某大学历史系的万年讲师，名叫川田修一。我只在不起眼的小杂志上偶尔发过文章，所以没什么人知道我。我不属于任何学阀，也不擅交际，所以只能一直做个小讲师。我自认研究欲望很强烈，却发不出能让学界认可的论文，硬要说我是学者的话，只能说我站在学术界的角落里，是个不起眼的存在。没办法，我就是这副没出息的样子。那些精明能干的教授们怎么可能像我这样颠了一路的慢车还要换乘大巴继续折腾？他们肯定会开着小车直接下榻到别府的高级酒店。不过我从别府出发后，走的虽然是条小路，但路还算好走。

我其实并非第一次来到此地。想当年我还在做助教的时候，那时还是战前，我曾来过这里。

如果我这个讲师能再稍有些名气的话，也许就能带上两三个学生做助手一起来做调查了。可我这个永远没法出人头地的小讲师就算开口，也不会有学生愿意跟来。我已经习惯了。我一直都是一个人跑去乡下的寺院、神社、老宅调查古籍文书。我的专业是古代史。我不想在这里详述我的研究课题，只想告诉各位，宇佐神宫在古代史方面仍有诸多未解之谜。

伊势神宫与皇室的关系大体上已经被研究得差不多了。然而在日本西部，宇佐势力集团曾拥有巨大的势力，我认为在这方面值得继续深挖研究。其中最有名的部分是和气清麻吕奉孝谦天皇敕令执掌宇佐神宫后，宇佐神宫开始变为重要的占卜之地。天皇在犹豫是否该让位于道镜之时，为何没去伊势神宫求问神意？当时天皇并没有去与皇室关系密切的伊势神宫，而是不远万里来到日本西部的宇佐神宫，个中理由至今无人知晓。

之后的圣武天皇在建造大佛殿时，曾将宇佐神宫内神灵依附的"神体"请至奈良（手向山八幡宫）；源赖朝也同样曾在镰仓（鹤冈八幡宫）对宇佐神宫至诚拜请；朝廷也曾将宇佐神宫的"神体"请至京都（男山八幡宫），而这些史实都无法用所谓"佛教加护"（比如建造大佛殿的例子）或"武术之神"（比如鹤冈八幡宫的例子）诸概念来解释清楚。

总而言之，一般的定论是，四世纪中叶至五世纪左右，日本建立了大和政权。如同《魏志·倭人传》中所记，四世纪中叶时，北九州存在过一个以邪马台国为中心的势力集团，暂时还无人知晓这个势力集团与宇佐神宫的祖先是否有关联。从地域上来说，提出"九州说"的学者们推定，邪马台国就是现在的九州福冈县山门郡附近，但也有学者反对，提出"大和说"，认为邪马台国在大和地区（现在的奈良）。

如果采信"九州说"，那么宇佐因为离得相当远，很难想象宇佐也属于邪马台的势力范围。宇佐神宫内的"神体"有三尊，应神天皇、玉依姬与神功皇后，这些在《延喜式神名帐》一书中被统称为"三所"，但这恐怕是奈良时代的牵强附会之说，与人物原型相差甚远。

这些晦涩的历史知识与接下去要讲的内容关系密切，各位读者可能已经看得不耐烦了吧？但请容我再唠叨几句。

《古事记》中"神武天皇记"里曾写道：神武从日向出发，通过速吸濑户（现在的丰予海峡），受"宇沙都比古"和"宇沙都比卖"向迎，来到"足一腾宫"后，接受宴请。

关于这段中提到的"足一腾宫"，本居宣长曾在《古事记传》中做出过令人啼笑皆非的解释，说它"建于河边断崖，由船上一步可登"。

请允许我再多说几句。平安朝时代，在宇佐附近——包括国东半岛、丰后臼杵市、大分市内，"磨崖佛"曾盛极一时。滨田耕作博士对此进行过研究，并发表了著作《关于丰后磨崖佛的研究》，但他并没有论及关于兴盛至边陲地带的佛教美学与宇佐古代文化圈相结合。

总而言之，可以推断，宇佐这片土地上曾经出现过古代国家，而且以某种形式对于日本古代社会的政治体制产生过重大影响。

然而，正如我之前所述，关于这方面的内容尚未得到充分研究，换句话来说，我个人认为"关于宇佐的研究"这一课题，在日本古代史中还处于空白状态。

所以，我这么个穷酸相的中年男人才会吭哧吭哧地来到安心院盆地。


盆地东南方的山麓附近有一个妻悬部落。几户农家分散在此地，还有一间妻垣神社。部落名中的"妻悬"是神社名中"妻垣"的谐音。妻垣神社非常古老，是一间建在较高位置的小神社，周围由被称作"玉垣"的栅栏包围，隔着树林可以见到保存至今的"神宫皇学馆"。所谓"皇学馆"，就是培养神道教神官的学校。提到"神宫皇学馆"，只有伊势神宫和这里才有（昭和二十一年已停用）。我非常崇拜的国文学者山田孝雄老师就曾担任过伊势神宫皇学馆的馆长，一想到这里，早已破旧不堪的皇学馆在我眼里立刻显得高大起来。

据有关宇佐宫缘起的说法，这里的"神体"是"比卖大神"，宇佐宫就是她的修行地。所谓"比卖大神"，指的就是之前所述女神"神体"中的一尊：玉依姬。

"妻垣"这个名字听上去很有古韵，让人想起很多古代歌谣，诸如"在妻笼之地 建造八重垣神社……"我边想边走，从农家来到山林间，爬上山坡，却不料山坡会如此陡峭，不断有小石头咕噜咕噜滚下来，非常难爬。树木繁茂，遮住了阴光，有好一阵子感觉仿佛在隧道里那般昏暗。

我一边爬坡一边想，像我这样一个不起眼的历史学者，别的不会，只剩下一种本事，就是不嫌路远从东京来来到这种乡下地方做调查，但这种调查究竟能给我带来什么科研成果呢？无论我做什么研究，都无法得到学术界认可，因为我不属于任何学阀，只能可悲地自始至终被整个学术界所无视。如果我发表一些不同于正统学说的研究成果，就会遭人白眼，被当做异类。

如此说来，我现在所做的也注定只是一场徒劳。不过我对自己说：这也无所谓。终有一天，一定会有人关注到我踏踏实实、一锹一锹挖掘着的未开垦之地，而现在，我只需耐心地等待那一天的到来。其实，我的人生亦是如此，无人问津、无人尊敬，一介讲师做到老死。我没其他那些教授有本事，我也不做那些随便写几个字杂志社就给钱的兼职。因为没有那些有名望教授的引荐，也没人请我去参加那些热门的历史讲座。

只要以后有人在做"关于宇佐神宫的研究"时能想起我，我就满足了。明明做的研究对这个世界来说非常珍贵有益，但成果却如同尘埃，被埋没入土，永不见天日。这种事情太常见了。

我的家庭生活也并不如意。我有两个孩子，都没什么大出息。我老婆完全不理解我的工作，一直忿忿不平自己嫁给了个穷书生。我不擅交际，也没什么朋友。也就是说，没人在上面拉我一把，也没人在我后面推我一下。只有在这项研究中，我才能找到自己生存的价值。我埋头于这种外人看来很土的研究之中，其实就是想打破我那平淡无味的人生。

我终于爬到了半山坡，来到一片稍稍开阔的梯田。在一个用原木胡乱搭出的栅栏圈内，我看到一块古老的石头孤零零地立在中央，石头上爬满了苔藓，看上既暗沉又阴郁。事实上，这就是神社的"神体"。由此也可以看出神社的古老——无需赘言，古代信仰的对象是山岳、巨石等自然物，即便到了现在，也能举出将"三轮山"作为"神体"的"奈良三轮神社"。眼前这间神社只有用于供奉的"拜殿"，没有被称为"本殿"的主殿。

我拿出自己破旧的相机，对着石头从各个角度进行拍摄。接着，我在附近找了个地方坐下抽烟。

透过树木可以看见安心院盆地，从这里望去好似辽阔的旷野。据说这种地形是古代人最为向往的生活之地。即使有人说《古事记》中的"神武传说"是杜撰的，我也无法认同说"足一腾宫"是临时搭建在断崖之上的说法。我只承认一种说法：即古代人逆流而上，发现了这片盆地后，在此安居乐业。

宇佐神宫的神官代代沿袭"宇佐"的姓氏，之后该姓氏变化为"大神"。现在姓"大神"的人遍布全国，但"大神"之根就在此处。

比如北九州有"宗像神社"，属于朝鲜族，即所谓的"海神系"。《仲哀记》中曾提到"宗像"姓氏的原形为"胸形"，之后变为"宗像"、"宗方"或"栋方"。日本东北地区有很多人姓"栋方"（比如版画家栋方志功就出生于青森县），就是随着北九州的对马暖流一路流向东北，形成了现在的姓氏分布情况。

宗像势力圈、邪马台国势力圈和宇佐势力圈三者之间的关系意味深长。宇佐地方现在已经有六七处出土了铜剑，而我希望通过今后的调查能弄清楚在北九州使用铜剑、铜矛的民族与宇佐势力圈有着怎样的关系。

正当我漫无边际地想着这些事情时，突然从下面传来了脚步声。

爬上山坡的是名三十五六岁的高个男子，他突然看到山路前方的我，也露出一脸惊讶。他朝我点头致意，眼神中却透出警惕和质疑。

那男人穿着一件灰蓬蓬的大衣，透过大衣的衣角，可以看到他下半身的裤子也是条便宜货，而他脚下那双红鞋的后跟已经快磨平了。

我自顾抽烟，尽量不去打扰他。那男人从口袋里拿出记事本，开始对着那块"神体"石头画素描。他画得很专注。我确定他不是当地人，因为如果是当地人，肯定已经对这一带了如指掌，无需特地上山素描这块石头。我猜他也许是九州某个高中的老师，或者是位乡土史研究者。

男人完成素描后，朝坐在一边的我再次欠身致意。"抱歉打扰一下，您也是远道而来的吗？"他看着我的着装，估计也暗自做了一番揣摩。

"我从东京来。"

"东京？"那男人一瞬间露出吃惊的表情看我，但我觉得那是一种自然流露的神情，毕竟他自己那副平凡的面相，怎么看都不像是大城市里的人。

"那您在这里有熟人吗？"能在山中偶遇也算一种缘分，他可能感觉我看上去挺随和的，就没再拘谨，开始问我各种问题。毕竟这里与其他地方不同，在这样的环境中，也许所有人都会这样反应。

"没有熟人。事实上我是来这一带做调查的。"

"啊？这么远从东京过来做调查？真厉害啊。"男人发出感叹，"您是哪个学校的老师吧？"

"这是我的名片。"我递上名片。虽然自己也觉得这举动有点唐突，原本没必要给他名片的，但能在这山中古迹萍水相逢，想要变得更熟络些，也算人之常情吧。

"哦哟！"他看了我名片上的头衔，突然向我微微低头表示敬意。像我这种在东京做小讲师的，在乡下人看来可是很了不起的学者呢。

"抱歉我刚才没有自报家门，这是我的名片。"他慌慌张张地把手伸进破旧的大衣，从上衣口袋里掏出一张名片，上门写着："爱媛县温泉郡吉野村书记　浜中浩三"。

我有些吃惊。刚才还以为他不是高中老师就是乡土史学者呢，没想到居然是四国岛的公务员。

"从四国到这里，交通不太方便吧。"

"是啊，我从松山附近过来的。"

从四国的松山出发，必须先坐船到冈山县或广岛县，然后再乘山阳线才能到达九州。我的脑海中瞬间浮现出他辗转多地旅行至此的画面。

"其实也还好。"这名村官笑道,"我先从松山到八幡浜,再从八幡浜坐船到别府,并不麻烦。"

我才意识到原来还有这种路线。换句话说,他是坐着小汽船渡过了很久以前被称作"速吸濑户海峡"的丰予海峡来到此处。

"你也是来调查这里的古迹吗?"我问他。看他刚才那么认真素描石头的样子,有这种推测也很正常。

"不是,我一个外行人,哪里做得来您那种调查古迹的大事情啊?我只是外行人看热闹,兴趣爱好而已。我连一些基础的历史知识都不知道呢。"男人皱皱鼻子笑了起来。他谦逊的态度看上去有些卑微,有种民间乡土学爱好者见到主流学者时不必要的低人一等。

"别这么说,我也只是个混日子的。"我之所以这么说,是因为包括我在内,真的有太多所谓混日子的学者。

"您别谦虚了。话说有件事不知当问不当问,您做的调查也和《魏志·倭人传》有关吗?"

《魏志·倭人传》?"我不懂他为何如此发问,这次轮到我好好端倪他的表情。但我马上就想明白了。众所周知,关于《魏志·倭人传》中提到的邪马台国所在何处，学术界分为两派，有人说在九州，有人说在"大和"。两派学者对《魏志·倭人传》中出现的古代地名究竟对应现在的哪个地方进行了激烈的争论，但至今都尚未得出定论，仍是一个悬而未解之谜。其中，有一种推论，称现在的大分地区就是《魏志·倭人传》中出现过的古代地名之一。

那些所谓的乡土史学家最多也就在自己住的小地方敲敲打打，做些小题目，而眼前这名男子居然敢正面挑战如此的巨大课题。男子初看像个农夫，长相平平，却有着与此不符的公职官衔，而他的提问更让我刮目相看，给我留下难以估量的伟岸印象。

## 二

在这干枯冬季的山林中偶然相遇的男人问我是不是在研究《魏志·倭人传》，我猜测这其实是他正在研究的内容。

这个世界上有很多乡土史研究者，眼前这个在四国松山地区担任村干部的中年男子滨中浩三，他所涉猎的是连正统学术界中的名家大家都尚未给出定论的重大课题。

"其实我做的也不是什么艰涩高深的学问。"我对他说，"只是因为奈良朝末期之前的宇佐神宫一直披着神秘的面纱，我对此较感兴趣，才做了一点小调查。"

"原来如此。"村官点点头，"您的视角非常独到，对此我也颇有同感。"他兴奋地说，"我自己在做研究的时候，一直就想找关于宇佐地方的研究成果，但都没发现有什么学者对此感兴趣并做出过相关论述。没想到今天遇到老师您，居然就是研究这个方向的，您真是太有慧眼了。"

突然被这个乡土史研究者尊称为"老师"，我稍稍有些不自在。但一想到自己毕竟在大学里做讲师的，他叫我"老师"其实也不为过。

"不愧是乡土史研究者，您也很博学啊。"我称赞他。事实上，一般人并不知道宇佐地方的研究仍是一块尚未开垦的处女地，且在古代史中，奈良末期之前的宇佐一直被视为神秘之地。

"你研究的是《魏志·倭人传》吗？"我问他。

他面露羞怯，但同时又浮现出一种自豪的表情说："让您见笑了，我是按自己的思路在做一点小调查。"他说的时候特地放低了声音，在我这个东京来的大学讲师面前，他还是有些露怯。但事实上，有很多先例已经证明，比起所谓的正统学者，反而是一些地方史的研究者们更能发现有价值的学术线索。

"那很了不起啊。特别是对宇佐地方的调查肯定很有意思。如果你不介意的话，可否告诉我一下你的研究概要呢？"我向他提议。

我觉得，他既然能来到这里，要么是已经预想了某种假说，要么是在进行其他领域研究时所发现的结果与宇佐的研究有关。我觉得能听听业余爱好者的想法也是一种乐趣，甚至有些期待，他的想法可能为我自己关于宇佐神宫的研究课题带来某种线索。

　　"能说给老师您听是我的荣幸。但真的是外行人说外行话，其实我做的东西挺拿不出手的。"他很谦虚，脸上却是跃跃欲试、急着想说的表情。

　　换句话说，这个乡下男人其实非常积极地想让我这个从东京来的大学老师听一听他的想法。如果换做是那些所谓的正统学者，他们在学会上正式发表论文之前，一般都会警惕性极高地竭力掩藏好自己的观点。一方面是因为观点尚未整理成文，没有扎实的佐证不敢妄言；另一方面则是因为他们害怕如果在论文正式发表前泄露了自己的观点，会遭到反驳或攻击。还有一个最大的原因，就是怕自己说出观点后遭到他人剽窃盗用，甚至抢在自己前面发表成文。

　　"那我就献丑发表拙见咯。"浜中浩三边说边挠头，"请容我先说句题外话，能在这里与老师您相见，真是缘分，您就当听着解闷吧。"

　　说着他从口袋里掏出一本脏兮兮的记事本。

　　后文全是乡土史研究者浜中浩三对我说的话，如果把我听到的直接写出来给各位读者看，恐怕有些读者会摸不着头脑甚至觉得索然无味。特别是对邪马台国大争论不感兴趣的读者们而言，接下去介绍的这些关于迄今为止学术界争论的长篇大论恐怕读起来会有点烦人，但如果不交代清楚这些内容，浜中浩三的故事就没法讲下去，所以很抱歉，请容我把现在学者间争论的要点尽可能简短地概述一番。

话说江户时代中期，九州博多湾附近有一个突出的半岛叫志贺岛。某一天，一个渔民在海边散步，发现沙子下面有个东西在发光，挖出来一看，是个金光闪闪的四方形印章，用的是阴文，刻的是看上去难懂的汉字。不知渔民是被汉字的威严感震撼，还是因为太老实，他们并没有把金印熔化了换钱，而是交给了当地的领主。当时筑前地方长官名叫黑田甲斐守。渔民捡到的正是古代中国的著名金印，上面刻的汉字是"汉委奴国王"。

这个金印是邪马台国大争论的重要物证。这个金印上所刻的"汉委奴国王"，意思是古代中国的汉朝皇帝对日本（委）奴国（据说是现在的博多地方）的国王（相当于地方联合体组织的首长）予以认可。当时中国的皇帝认为日本是自己的属国，而日本也向中国皇帝朝贡。

中国有本史书叫《魏志》，其中有一段，根据中国派到日本的使者报告，记录了从洛阳千里迢迢到达邪马台国的旅程。

"邪马台"的日语读音与"大和"相同，所以有人认为邪马台就是"大和"，但也有人认为邪马台是九州的山门郡地方，争论的双方各执一词，互不相让。但这并不是什么新鲜事，早在江户时代开始，学者们就已经开始关注《魏志·倭人传》中的记录，但当时认为邪马台国在大和地区的说法占据主流观点。

争论的焦点在于从朝鲜南部登陆日本之后到达邪马台国的旅程天数以及途经的地区及其地名。这里还有一个背景，"大和政权"成立的同时，据说在北九州还存在着一个"女王政权"。也就是，赞同邪马台国在大和地区的人认为当时的日本属于"大和政权"，而认为邪马台国在九州的支持者则认为当时是"女王政权"。

我来整理一下这个争论的重点，其实这个争论本身就像一部推理小说。国外有一个词叫"安乐椅侦探"，就是一种通过书面资料来揭秘历史的方式（比如约瑟芬·铁伊的《时间的女儿》等）。希望读者们在阅读以下争论概要时能像读推理小说那样津津有味。

《魏志·倭人传》中所记载的距离到底是怎么一回事呢？原文中的路线是从当时的带方郡（今属朝鲜黄海北道）出发，沿着朝鲜西海岸坐船南下，到达如今的韩国木浦地区，再经过对马国、壹歧国，之后在长崎县松浦郡的海岸登陆。到这里为止，所有学者都无异议，但问题是登陆后，是前往同在九州山门郡所在的女王国，还是从博多附近出发前往当时的大和地方，这是学者们争论的焦点所在。简单来说，《魏志·倭人传》中的路线如下：

狗邪韩国（朝鲜南部、现在的韩国木浦地区）—— 一千余里→对马国。一千余里→一支国（又称"壹歧国"）——一千余里→末卢国（以上水行）。

末卢国——五百里→伊都国。——百里→奴国。百里→不弥国。（以上陆行）。

不弥国——水行二十日→投马国。——水行十日、陆行一月→邪马台国。

邪马台国以南的部分就容我省略吧。《魏志·倭人传》中有句话是"自郡至女王国万二千余里"，也就是说，从带方郡到邪马台国的总里数是一万二千多里。

各位读者是否也发现了这个距离实在有点过长了吧？即从木浦到对马是一千余里，从对马到壹歧是一千余里，从壹歧到末卢（推测是现在的佐贺县东松浦郡）也是一千余里。

之后的行程也是参照这个标准而写，看起来就成了一段很长的距离。然而，这种"里数"是古代中国特有的计量单位，提出这份报告的使者的记录中肯定有讹误部分，并不能按照字面意思直接理解。

其中最有意思的部分是从不弥国到投马国记作"水行二十日"，而从投马国到邪马台国则需"水行十日、陆行一月"。对于这段话的理解，很大程度上决定了对实际距离的判断。

因为说起来有点复杂，我无法一一详述，但大体上来说，这个行程始终在朝南走。但其中，从奴国到不弥国是向东方向。方向问题可用下图来表示：

（摘自　榎一雄《耶马台国》）

其中，"伊都国"就是现在的福冈县系岛郡附近，而"奴国"则在博多附近，这种推论已经得到大家的公认。

有学者认为"不弥国"是现在福冈县太宰府附近的宇美町,但如此一来,从博多到宇美町记作"百里"就会很奇怪,因为现在两地间的实际距离最多八公里。如此算来,糸岛郡到博多最多也就十二三公里。也就是说,原文中的"百里"只能当作古代中国的一种推测式距离。

学者们争论的焦点集中在"不弥国南至投马国,水行二十日"以及"投马国南至邪马台国,水行十日、陆行一月"的部分。

如果完全按照原文距离来计算,这次的旅程肯定会从不弥国直接穿过九州跑到海里去。

这里需要注意一下地方史。有学者认为原文中的"南"其实是笔误,应该是"东"。也就说,是使者搞错了方向。如果按照这种推论进行修正后,"不弥国南至投马国水行二十日"和"投马国南至邪马台国水行十日、陆行一月"的部分就会变成从现在的濑户内海向东行驶,正好到达"大和"。这是支持"大和说"学者们的主张。

在当时中国的想象中,日本就是个在朝鲜以南、南北方向、下垂状的岛国,所以提出"南"字是笔误的主张也算有一定的道理。事实上,从古代地图来看,当时的日本并非是现在东北方向、形如弓,而是紧邻朝鲜的细长型甘薯状。因此,将"东"错写成"南"

的推论得到很多人的认同。

而且，当时的航海技术尚不成熟，前往大和地区最安全的路径就是经过濑户内海。那里有无数分散的岛屿，如果遇到暴风雨，可用以避难。另外，从汉镜的出土和古坟的分布情况来看，"大和说"（又称"畿内大和说"）的观点还是很站得住脚的。

然而，"九州说"的有力程度也丝毫不逊色于"大和说"。

如前文所述，如果完全按照《魏志》中所记载的路线，在现实中根本无法成行。支持"九州说"的学者中有人认为，当时使者走的是从伊都国开始向外呈"放射型"的路线。也就是说，榎一雄教授等的主张是，魏王朝的使者是以伊都国为据点，伊都国之后的路程距离都是指从伊都国到另一国的距离。另外，榎教授还认为"水行十日、陆行一月"的距离实在太远，所以应该理解成"如果水行需要十日，如果陆行则需要一个月"的意思。

"畿内大和说"学者们反对上述说法，他们指出应该忠于《倭人传》的原文，而不应该像榎教授那样做出"放射型"的解读。也有学者认为，就算理解成"如果陆行需要一个月"，也还是时间太长，可能是原文中"一日"错写成了"一月"，比如白鸟库吉等，就支持此种主张。

那么"九州说"中的"投马国"到底是现在的哪里呢？各个学

派对此推测的也都不一样，有说是九州的萨摩的，是日向都万的，是筑后上妻·下妻的，还有说是三潴的。

即使同样支持"畿内大和说"的学者之间也有分歧。有的人认为日本海岸线的航路不应包括濑户内海。这种想法认为当年的使者是随着对马暖流向东行驶的，当然，这种说法需要一个基础，即承认曾经存在过一个"出云国"联合体组织。在这种情况下，投马国就可以是"出云"或"但马"。

另外，《倭人传》中写到的汉字发音，是否就是当时日本地名的正确发音呢？这是一个古今语言的比较问题。而北九州又确实有神笼石（用一片山中腹地用石墙围起来的古代遗址，大部分学者认为是祭祀之地。山口县就有一例）。"大和"联合体组织和"九州"联合体组织之间的关系涉及考古学和文献学上的问题，"大和说"和"九州说"也分别用两种学科予以了佐证。

再写下去读者可能要觉得厌烦了，那就说到这里为止，主要介绍了一下"大和说"和"九州说"的概要。


来自四国岛的乡土史学研究者浜中浩三悠然地坐在草地上问我："您认为邪马台国在畿内还是在九州呢？"

"说实话，我倒还没认真考虑过这个问题。两种说法都有其道理。"我回答。

我俩一边抽烟一边继续聊。

"是啊。'畿内说'与'九州说'就像实力相当的相扑选手间的比赛。"浜中浩三说，"但我个人感觉，两种说法里都有太多先入为主的观点。"

"先入为主的观点？"

"换句话说，很久以前就存在对于这个问题的争论，而之后的学者都只是在前人的基础上加深、加强，在同一个观点的前提下进行更为细致的研究。但在我看来，他们就像在捣鼓餐盒里的米粒一样，是在一些没有意义的问题上钻牛角尖。"

"确实有这样的感觉。"

"我还留意到了这两种说法之外的一个盲点，关于邪马台国究竟在哪里？我有自己的结论。"

"哦？这么说来既不是'九州说'也不是'畿内说'？"

"当然从大范围来说，还是属于其中一种的。"浜中浩三笑着说，"您应该也注意到了，《魏志》中的里数以及'水行十日、陆行一月'这句话，都是非常模糊的表述，因此才导致了争论的混乱。对此，榎教授有一种独创的解读，他认为《倭人传》中的行程并非'连续型'而是'放射型'的，就像榎教授说的那样，当年魏王朝的使者留在了伊都国，伊都国之后的那些地名是使者据其他人的见闻落笔成文的，我觉得这种可能性非常高。但就像反对派提出的那样，我们还是应该做出忠于原文的解读。这种观点也确实让人很难驳斥。"

"确实如此。"

"但如果完全忠于原文，邪马台国就会从冲出九州的南部，一直跑到今天的奄美大岛或者冲绳附近。但这又绝对不可能。所以，原文中的'里数'肯定需要修正，'水行十日、陆行一月'也必须重读。那'陆行一月'是按照每天行走几里来计算的吗？'水行十日'是按每天坐船向前进多远来计算的吗？这部分依然逃不出暧昧不清的范畴。"

"是啊。"

"当时的航海技术刚刚起步，有人说'水行十日'必须把遭遇暴风雨、中途在小岛上停靠的日子也计算进去，但即使如此，得到的结果依然很模糊，不够确切。所以，我也同意当时魏王朝的使者是留在一个地方，作为据点，根据听来的他人叙述，再加上自己的想象写下了那些记录。但是，我的独到之处在于，我觉得使者的据点并非榎教授所说的'伊都国'，而是'不弥国'。"

"为什么？"

"您还要问为什么啊？您仔细想一下嘛。原文中，到'不弥国'为止的部分都清楚地记录下'里数'，但是从'不弥国'开始就变成'南至投马国，水行二十日'、'南至邪马台国、水行十日、陆行一月'。用'里数'表示距离的描述到'不弥国'为止，之后都是用'天数'来描述的。换句话说，用'里数'记录的是当年中国使者实际走过的距离，而用'天数'记录的则是他的听闻或想象。"

"你的这种观点很新颖啊。"我佩服地说。

# 三

我之所以对滨中的说法感到佩服，是因为他的着眼点的确前所未有。

确实如他所说，"末卢国→伊都国→奴国→不弥国"这一段记录用的都是"里数"，但之后从"不弥国"到"投马国"，再到"邪马台国"为止，记录用的不是"里属"而是"天数"。有学者指出，原文中既使用"里数"也使用"天数"，是写《魏志》的人故弄玄虚，故意用"天数"替换了"里数"，目的是取得"里数"与"天数"间的一种平衡。

"伊都国"就是现在的福冈县糸岛深江村附近，这一点已经得到大家的公认。有学者认为魏国使者是以"伊都国"为据点，从"伊都国"到其他各地的距离都是他从日本人那里听来的。然而，大家都未曾想到这个"据点"其实可能会在"不弥国"。把"伊都国"作为据点的理由是大家对于"伊都国"的现址已经有了统一的说法，并由此产生了一种安心感。正是由于学者们的这种心理陷阱，使得他们没去考虑"不弥国"作为据点的可能性。这名村官也说了，人在步行的时候，会切实地感到一种距离感，而"里数"就是这样一种表现个人步行感受的计量方法。

有人说《魏志》中的"天数"，是将"一天的里程"乘以"所需天数"所得的结果，但如果用"天数"计算，应该也包括临时投宿当地或遭遇风浪后避难等情况。学者中有人曾引用《土佐日记》，说明当时确实会出现停船暂泊的情况，所以无法用"天数"直接换算成"里数"。普通概念上所说的"所需天数"只是一种概念，不具备用"里数"表述的具体性。

浜中说，如果魏国使者当时是据别人的见闻做了"天数"部分的记录，那么这部分没有具体性也就符合逻辑了。

"您觉得如何？"村官看我听得津津有味，满脸高兴，"老师您对我说的很感兴趣吧？那我说这么多也算值了。总的来说，《魏志·倭人传》的记述从某种意义上来说，会引起各种解释的混乱，学者们也是各说各的，很有意思。每个学者在做阐释的时候，都会把那些不利于自己理论的部分说成是《魏志》的记述讹误、抄写错误、使者错觉等，并据此予以否定。最近，我拜读了富来隆老师的著作，在书中他提出了一个疑问：这种正误判断和取舍的标准究竟为何？对此我也深有同感。"

我也点头同意。

刚才也曾说过，如果完全按照《倭人传》的记述进行解读，邪马台国就会冲出九州的鹿儿岛，但这肯定不合理，只有当认为原文中把"东"错写成"南"时，"畿内说"才能成立。但事实上并没有确凿的证据可以断言原文把"东"错写成了"南"。所以，这可以说是支持"畿内说"学者们投机主义式的想象，目的就是为了硬把邪马台国说成在畿内。

最近，四国岛的一名医生作为乡土史研究者出了一部书，对于邪马台国的考察提出了相当有勇气的新说，他彻底推翻了之前所有的学说，读来着实有趣，但有趣只是因为他提出的是相当独断的一家之言。在他的书中，对《倭人传》的解读也只摄取了符合他论调的部分，用地名的谐音玩了一把文字游戏。

然而，没有人可以指责这名四国的医生是一种自圆其说，毕竟从古至今，所有的学者或多或少都是牵强附会的。

"我完全同意。"我对浜中浩三笑着说。

"榎教授以伊都国为据点的放射型理论非常独到，值得一读。按照榎教授的观点，从伊都国出发到另一国的距离和行程的表述方式各有不同，从伊都国到不弥国是'百里'，从伊都国到奴国是'百里'，伊都国到投马国是向南'水行二十日'，从伊都国到邪马台国则是向南'水行十日、陆行一月'，但都是以伊都国为中心向四周放射型的行程。按照放射型行程的解读方法来看，从伊都国到邪马台国的里数比直线距离短很多，这对'九州说'非常有利。但原文的断句中并没有从伊都国'到'A地点是几里，'到'B地点是几里的这种'到'字。如果忠于原文，解读时不人为地加入'到'，那么'九州说'也就站不住脚了，因此'九州说'的学者们才会提出这种放射型的计算方法。"

"原来如此。"

"还有一个问题，如果说投马国到邪马台国是向南'水行十日'尚可理解，但如果要'陆行一月'，这时间就有点太长了。所以有人认为'一月'是'一日'的笔误，其实也是因为'一个月'不符合自己的论点，所以只能把'写错了'当做理由，但这其实也是一种无奈之举。只要无法从科学的角度证明《魏志》的记述是有讹误的，各派学者的说法就只能看作一种自圆其说的歪曲。"

"说得有理。"

"不过，学者本来就要'自圆其说'的吧。很多学说到了后来，因为文献变得丰富，还发现了各种遗物、遗迹，就会受到这些物证的约束而无法大胆展开想象。但《魏志·倭人传》并无相关文献可以力证，很多学者只能从《倭人传》之后的中国作品中引经据典，发表一家之言。事实上在对比了各派学说之后，我期待后人能够在这方面实现飞跃性的创新，如此一来历史才会变得有趣，也会因此得到发展。"村官的语气有些不屑。

"刚才我虽然说佩服富来老师的论述，但读了他书中其他部分之后，也并非完全认同。"浜中浩三继续说，"富来老师推定邪马台国在宇佐，这确实是一种卓见。但他认为投马国是现在的鞆地区，并非备后地区（现为广岛县东半部）的鞆，并根据'速鞆濑户'这一说法进一步推定投马国的具体位置就是现在北九州市的门司区。如此一来，对于到达宇佐而言，向南'水行十日'加上'陆行一月'实在太过长久。于是富来老师'勇敢地'做出判断说'按照通说，陆行一月应为一日'。但所谓'一月'应为'一日'的'通说'，只不过是一部分学者的一家之言，并非学术界统一认可的说法。比如说奴国是现在的博多附近，这才是学术界普遍认可的说法，这种才能叫'通说'。相比之下，'一月应作一日'的说法，只能算一种臆断。也就是说，富来老师也为了使自己的说法能够成立，做出了妥协式的解释。其实不止富来老师，所有的学者都会'勇敢'地跳过不利于自己论点的部分。

"你的话真够犀利的。"我嘴上虽这么说，但心里对村官的说法却是暗中叫好的。

"另外还有，"村官继续说，"富来老师推测说，不弥国在现存宗像神社一带。关于《魏志·倭人传》中的方向问题，富来老师批评了那些提出"南应为东"的学说，认为必须忠于原文进行解释，但他自己却认为宗像附近在奴国的东面。事实上，准确地来说，从奴国到不弥国的方向也不是东，而是靠近北的东北。"

"但也有可能当时魏国使者的方向感觉并没那么精确啊。"

"那不可能。"村官坚决否定，"《倭人传》中，从末卢国到伊都国'**东南五百里**'，从伊都国到奴国'**东南百里**'，这部分记述的方向中明显有别于其他单一方向。使者能写出'东南'就证明他有敏锐的方向感神经。富来老师说《魏志》中记述的整体方向轴发生了约六七十度的偏差。按照这种说法，富来老师所说的宗像位置就只可能在东北方向，但他自己却轻描淡写地说就在东面。"

"原来如此。"

"很抱歉我这么说听起来可能像在批评富来老师，但我必须指出他论点中的以下问题。他说'不弥国'的'不弥'①与'海'②发音接近，所以应该是'海之国'。他认为宗像神社的众神分别在地岛、大岛、冲岛被祭祀，还特别参考了最近在冲岛发掘出的很多考古学成果。在大家的想象中，胸形族曾在古代拥有强大的势力圈，所以着眼于此的富来老师可谓独具慧眼。但为什么非要把'不弥国'说成'海之国'呢？沿海的末卢国、伊都国、奴国也可以说是'海之国'的吧。也就是说，其他地名都有其正确解读，只有'不弥国'被提出'海之国'的抽象说法，这种逻辑是无法成立的。"

"原来如此，你说得有道理。"

眼前的这个村官虽然只是个业余的研究者，但从他说的话来看，他着实阅读了很多相关方面的书籍。

之后我越听他说，越觉得"不弥国是据点"这个说法非常有意思。

那么，这个业余的邪马台学者所认为的不弥国现在到底在哪里呢？

"当年的魏国使者，不远万里从魏都出发，渡过渤海湾，途经

--------

① 日语读音：HUMI。
② 日语读音：UMI。

带方郡，沿着朝鲜沿岸的水路南下，来到对马、支国、末卢，对于方向，他肯定是知识渊博的，如果硬说他走到一半突然把'东'搞错变成了'南'，这简直是对《魏志》的亵渎。首先，魏国使者不可能不知道太阳东升西落的常识。有着漫长航海经验的古代中国人熟知旧历，对天体运行也有着敏锐的感觉，所以如果真是'**东南**'，他就肯定会准确地记作'东南'。所以我不认为富来老师所说的宗像地方是《魏志》中的正东方向。"

"那有没有可能是笔误？"

"完全不可能。因为前文连续多处出现'南'字，'东'这个字只出现在从末卢国到伊都国、从伊都国到奴国的两处，而且都是与'南'字共同出现的'东南'表述。实在很难想象只有'东'字是笔误，毕竟前文有那么多'南'字，为什么只有这里会错写成'东'呢？所以我觉得笔误说法完全不成立。"

"说的也是。"我赞同他这种推论，"所以这也是'大和说'学者们的一种歪曲吗？"

"是的。是一种牵强附会的歪曲。"

"差不多该告诉我你自己的推论了吧。"我对他说。到这里为止，浜中浩三对所有学说都进行了一番批评，把可以否定的内容都予以了否定，接下去就该听听他自己的想法了。

"好的。那么我来讲一下。"浜中浩三的表情有些得意，他打开手里拿着的记事本，"我认为魏国使者登陆日本的地点就在现在的佐贺县东松浦郡地区，因为'末卢'与'末路'谐音，这一点与之前的学说并无二意。但是其他学者推断说具体的登陆点是现在的唐津附近，我却不这么认为。我觉得应该是更偏西北的'呼子町'。太和秀吉征伐朝鲜的时候，就曾住在这附近的名护屋城内。《倭人传》的记述中则是以此为起点，向东南前进。从地形上来说，从这里前往奴国就是东南方向。关于这一点，榎教授也有相同意见。"

"那么你认为伊都国是现在的糸岛郡吗？"

"完全不是。"

"哦？"

"因为我是尽可能细读《魏志》的。'末卢'如果是现在的'呼子'，到'伊都国'就是'五百里①'。换算成日本的里数约为五十五六里。如果'伊都国'是糸岛郡的深江附近，那这些里数就太多了。有些学者说，这只是一种夸张的修辞。但从'伊都国'到'奴国'的'百里'，是从'末卢'到'伊都国''五百里'的五

---

① 三国至魏晋的单位沿袭汉朝，一里为三百步，一步六尺。汉朝一里约合现在432米，现在的一里为500米，此处《魏志》中的一里约合现在的0.864里。日本的一里是36町，相当于3.9273公里。所以《魏志》中的"五百里"相当于日本的55.0599里。

分之一。从现在的地图来看，从'呼子'到'深江'、'博多'之间的距离几乎相等。魏国使者即使在过程中产生错觉，但五比一的差距实在有些太大。两段几乎相等的距离不可能相差那么多。所以，'伊都国'并不是之前大家所说的糸岛郡。而之所以会有人以为是'糸 ① 岛郡'，只是被其'怡土' ② 的古名迷惑了吧。"

"那么会是哪里？"

"我们来画张草图吧。"说着，他在记事本上画了张九州地形的草图，"我从'呼子'出发，且如实地按照《魏志》所说的东南方向走，五六十里之外是这个地方。"

"啊，是福冈县的朝仓村？"我看着他手指的地方叫了出来。

"是的。筑后川的中流正好经过朝仓这个地方，其北岸就是志波部落附近，而这里也正好符合从'呼子'向东南向出发，且按魏国的里数差不多是五百里。"

"如何证明就是这里？"

《和名抄》里曾出现过一个'惠苏之宿'，我认为这个才是'伊都国'。'惠苏' ③ 与'伊都' ④，当时的魏国使者一定是搞混了两者的发音吧。我觉得是魏国使者听错了才有了那样的记述。在九州出

---

①②④　日语读音：ITO。
③　日语读音：ESO

现叫'惠苏'的地名其实有点奇怪吧。老师您的表情好像在说我物证不足，对吗？好吧。那我再举出另一个旁证。齐明天皇征伐新罗时的大本营就是九州。众所周知，齐明天皇和皇太子中大兄皇子一起来到此地，却不幸得病驾崩。于是皇太子践祚，成为天智天皇，当时服丧期间住的是一个叫'木之丸'的临时住所。在上代年代有一种风俗习惯，服丧期间另建暂住房屋。"

"是的。"

"说到这个'木之丸'，现在还能找到'木之丸神社'的神殿。关于这个'木之丸'，我稍微解释一下。"

如果把我们的对话每句都记录下来会变得枯燥冗长，所以我就把他的话转换成以下的文字供诸位读者阅读。

"木之丸"曾在《新古今集》里天智天皇的短歌中出现——"筑前国朝仓　木之丸之御殿中　我身在此处　报上名来身边过　此者乃何人"。这首短歌中的"殿"就是住所的意思，在上代年代，人们习惯使用带树皮的粗木作为柱子建造临时住所，这里用的就是黑木造的殿（可以参照京都洛北野野宫的黑木神殿）。另外，齐明天皇在这里的行宫又被称作"橘之广庭"（田道间守当年献给垂仁天皇的"非时香菓"指的就是这种橘）。因此，浜中认为这个古代叫做"惠苏"的地方其实就是真正的"怡土"，即"伊都"。

而且，当时的博多湾比现在的位置更加靠南，所以当时才会成为新罗战役的根据地，而现在的位置则是由于那珂川的流沙填进了博多湾所至。

现在看来，当时的大本营似乎被造在了非常偏僻的地方，但如果考虑其原来的形态，就一点也不会觉得奇怪。所以将"惠苏"推定为当年的"伊都国"，地处交通要塞，也符合《魏志》中"国郡使往来常驻所"的记述。

假定"伊都国"就是现在的福冈县朝仓村志波（惠苏），那么"奴国"又在哪里？相对从"末卢"到"伊都国"的"五百里"，到"奴国"只有"百里"。浜中浩三推测说，向东南延伸应该就在现在大分县森町附近的丰后森，这个地方有山地，也有盆地，符合《魏志》中记录的户数，旁边还有河流经过，就是上代古人最喜欢居住的地形。

如果将《魏志·倭人传》的方向和里数完全按照原文进行读解，就会得出以上结论。

那么，"奴国"之后继续向"东"的"不弥国"又在哪里？浜中认为，《魏志》中这一段写的是里数，所以是魏国使者实际去过的地方。

"'不弥国'就在这里。"他指着我放眼就能望见的安心院盆地。

"啊？这里是不弥国？"

"是的。您不觉得现在的'安心院'①就是'阿昙'②的变化而来的吗？"

我"嗯"了一声却不置可否。

"安心院就是阿昙。阿昙属于众所周知的海神系，也就是朝鲜系民族的居所。宗像族和这里的宇佐族也是海神系。所以我认为当时魏国使者一直在海神系势力范围内移动。阿昙的发音缩短后就会变成'不弥'。'不弥'在日语中不一定读作'HUMI'，这个'不'字的读音是关键。"

## 四

这名来自四国岛的乡土史研究者浜中浩三认为，"不弥国"的"不"字读音是关键。

于是我问他："你认为这个字该怎么读？"

我们已经聊了很久，不知何时，树影已经匍匐到背上。我觉得身体有些发冷，于是挪了一下地方。

"说到这个问题，"浜中浩三也跟着太阳移动的方向换了一个地

---

① 日语读音：AJIMU。
② 日语读音：AZUMI。

方坐，"我认为'不'字只是魏国使者的借字，就是用汉字来表记当时倭人嘴里发出来的音。这里的'HU'完全有可能是日语五十音图中 HA 行的五个假名①中的任意一个。举个例子来说，据说'HO'这个日语假名的意思来源于汉字的'火'，日本神话里'彦火火出见尊'这个人物就是一例。所以'不弥国'的'不弥'可能不是'HUMI'而是'HOMI'，即与'火'或火山相关，而九州的阿苏山就是一座可与之对应的活火山。另外还可以举出别府地区"由布岳"这个例子。由布岳的'由布'日语读作'YUHU'，这里的'HU'可能原本也是'HO'，但因为从这里其实看不到由布岳，即使它喷发冒烟，因为被群山遮挡，所以也看不见。回到'不弥国'的问题，'不'可能性有很多，但我个人认为，'不弥国'的'不'原本应读作'HA'。当时的倭人嘴里说的是'AZUMI'，但魏国使者耳朵里听到的却是'HAZUMI'，于是用'不'字表记了'HA'这个音。"

"原来如此，那么'AZUMI'中间那个'ZU'的发音呢？不会是音节缩短后这个音就消失了吧？"

"我就是这么想的。但是关于这个'ZU'，我猜想其实原文中

---

① 这五个假名的读音分别为：HA、HI、HU、HE、HO。

是有的，但是在抄写抄本的时候不小心抄漏了。"

"你是说脱字现象吗？"我虽然嘴上这么说，心里却在想，这个乡土史研究者也和其他人一样，遇到说不通的地方，就用错字、脱字之类的理由逃避问题。但无所谓，他怎么说我都不会反驳。毕竟他提出的观点还是非常新颖的。

"所以我认为这个'安心院'其实就是'阿昙'的发音变化而来的，使用'阿昙'作为地名的地方，就是古代日本海神系的基地，而'安心院'却是大陆系所居住的地方。《魏志·倭人传》曾有记载，魏国派出使者所到之处都是当时拥有势力的地方。还有另一个值得注意的地方，魏国使者所到之处都是同一国的集团。我猜测，大陆系的二代、三代虽然迁徙至'阿昙'，但因为血脉依然相通，所以魏国使者就走访了那些搬迁至异乡的同族后裔。其他学者有时候会过于纠结一些所谓的政治因素，但我不会。"

"原来如此，挺有趣的。"姑且不论正误，我觉得这个乡土史研究者说的内容至少让我耳目一新，"现在该说一下最后的'邪马台国'在哪里了吧。"就像在玩双陆游戏①，现在到了最后收盘的时候。

"好的。直接说结论的话，我认为'邪马台国'就在九州。"

---

① 古代棋盘游戏。

我原以为他会提出其他说法，但他的结论也不过是既有的学说之一，令我稍稍有些失望。

"我还是从头说起吧。"这个乡土史研究者似乎看出了我的质疑，"原文中说从'不弥国'向南'水行二十日'，对吧？这个我之前讲过，这并非魏国使者实际完成的行程，而是从当时的倭人那里听来的。因为当时的倭人并没有'里数'的知识或观念，去某个地方只会用需要几天的表达方式。我所关注的地方就是这里只提到'水行二十日'，却完全没有陆行的部分。之后从'投马国'到'邪马台国'记录的是'水行十日、陆行一月'，有水行也有陆行。但从'不弥'到'投马'却只有水行。一般的学者们看到水行马上就联想到大海，但我想到的是河流。"

"噢！"

"其他人都是按现在的地图在想象，所以会犯错。您是不是也觉得魏国使者一直是在偏僻的深山里走访呢？其实不然。其他学者只想到了沿海，但我有我的想法。我认为使者还去了日田附近的惠苏和丰后森，之后从丰后森出发，到了这里就得翻山。我这种想法的由来其实很简单，当时的日田地区和丰后森附近都属于山中，没法弄到生活所必需的盐。所以，我认为当时这里的住民会和沿海住民进行盐的贸易往来。"

"原来如此。"

"我认为贸易就是在这山中进行。"

"但是这山里并没有留下贸易必需的通商道路啊?"

"怎么可能会有那种贸易道路嘛。"乡土史学者的语气好像在可怜我居然会问这么低级的问题,"当时是需要披荆斩棘、没路自己找路的年代。直到成立了大和中央政权,沿海的政治途径得以打通,自那以后才不需要再靠自己开路在山里进行贸易,即通过政治途径,就算是深山老林,也可以把盐送进去。此后,除了变得发达起来的陆上牛马运输途径之外,还可以选择迂回前进的河流运输,所以,不需要人们自己历经艰难艰阻用脚走出的那种最短距离了。"

"请接着说。"

"魏国使者从'安心院'去'投马国'的时候,最舒服的交通方法就是坐船前往海岸方向。"

"坐船?"

"您请看,'安心院'盆地往东,下面有一条河名叫'驿馆川',就是《古事记》中出现的'宇沙川',我推测魏国使者就是利用这条河前往海岸方向的。《古事记》或《日本书纪》中也有记载。神武天皇东征的时候,曾在这条河上建造过一座'足一腾宫'。"

"对。"

"这条河上既然流传着神武天皇的传说，说明这里就是古代重要的船运水路。"

"从'不弥'到'投马'只需走这条水路，所以没有'陆行'，只有'水行二十日'的记述。"

"您领悟得真快。"乡土史学者"终于"表扬了我，"当时这条河肯定比现在深很多，也比现在宽。"他继续说，"现在因为上流的泥沙沉积在河底，所以河床变浅了，以前肯定非常深，同时水流也肯定非常湍急。所以乘船行进的时候，我觉得按照当时的技术水平肯定非常艰难。我猜想，从上流到下流的过程中，也许曾经停泊过两晚，因为神武天皇的传说中也提到过他曾下榻'足一腾宫'。"

"是的。"

"再加上如果下雨，河流的水量还会增加，行进的时候就会更加危险。如此一来，很有可能得在一个地方逗留三天或四天。而之后来到内海，南下的时候也可能遇到大风大浪或波涛汹涌的时候，原文的'水行二十日'应该就是把这些都计算在内了。"

"你刚才说的都属于自然现象吧，不能保证必然遇到啊。"

"这是您的看法。事实上，经常远行在外的魏国使者肯定有这方面的常识，知道远行的路上必然会遇到很多计划外的状况以至于中途逗留在某处。现在的人不能把当时的船想成和现在的船一样的构造，要知道，当时的船非常简陋，翻船的可能性也非常高。有个词叫'一叶扁舟'吧，当时很多情况下，单薄如叶的一块板就算是一艘船了，或者是像南洋古人那样的刳木为舟，但都完全没有安稳感，波浪一摇一动，随时可能翻船。一叶扁舟也好，刳木为舟也好，船一翻就下地狱了，所以行驶过程中必须非常小心，所花费的时间也因此变长。"

"原来如此。那么你认为'投马国'在哪里呢？"

"在别府南侧的臼杵。"

"啊？臼杵？"

"对的。这附近的'丹生'就曾出现在《和名抄》里，而《延喜式》里也有'海部郡传马'的名字。这里的'传马'读作'TEMA'，我认为就是'投马'的原型。也就是说，魏国使者是从国东半岛绕开很多入海口、沿着河流辗转至此。臼杵离'传马'非常近，有著名的石佛群，还有与宇佐神宫颇有渊源的神社。"

"那么'邪马台国'呢？"我开始有点不耐烦。

"我觉得就在宫崎县与鹿儿岛县之间。"他回答。

"这么说来还是在雾岛一带？"

"不是，未必是雾岛。邪马台国当时拥有相当强大的权力，如果只把它推定在现在的某个小地方，我认为是不对的，应该考虑更大的版图。也许阿苏一带也应该算在里面。所以才需要耗费‘水行十日、陆行一月’。您想想看，如果从现在的佐土原附近登陆，确实需要翻山越岭、经历艰难险阻，耗时一个月也不为过吧。”浜中终于说出了结论。此时，太阳已经开始渐渐西下。

“谢谢你告诉我这么有趣的事情。”我站起身。

“您感觉如何？”浜中浩三有些得意，“想不想去看看‘不弥国’的遗迹？”

“啊？还有‘不弥国’的遗迹？”

“只有我知道哦，还没告诉过其他人呢。”

我一时语塞。

“事实上，我特地从遥远的松山来到此处，就是为了调查这个遗迹。我是看在您对宇佐神宫如此感兴趣的份上，才忍不住想把秘密告诉您的。”

“在哪里？”

“从这里往回走两公里左右就能到。对了，您今晚住哪里？”

“我还没决定。”

“那得回到四日市附近了吧？那里的住宿比安心院这里好很多。我也正好要去四日市。”

于是我们一起动身，临走前又看了一眼那块作为宇佐神宫“神体"的石头，然后沿着陡峭的山坡往下走。

我并不觉得刚才听了一番废话。姑且不论正误，这个有点不可思议的乡土史学者说的那些可以说是独断的，是其他学者从未提过的。也许有人会说这是一种自圆其说，但诸如新井白石那些历代历史学家们在研究邪马台国的时候，哪个不是在自圆其说？比起那些大家名家，眼前的这个乡土史学者完全依照原文对"末卢国"、"伊都国"、"奴国"、"不弥国"之间的距离进行了推论，这一点非常有趣，而且他论点中的方向部分也符合《倭人传》中的记载。

他甚至讲清楚了每片土地的来历，比如他说"伊都国"是现在的"惠苏"，是以齐明天皇的行宫做证明，这是之前无人提及的内容。"安心院"的部分也是如此，他说"安心院"就是"阿昙"的说法，对于想要揭开宇佐神宫神秘面纱的我来说，具有非常大的参考价值。

我们一起下山来到盆地的宽阔平野上。太阳已经快要完全西下，两人的影子被落日拉得很长。

安心院的街心有很多店铺，但没看到一家旅馆招牌。我觉得应该听浜中的话去四日市，于是我们穿过安心院，爬过几座小山，来到山坡下等大巴。在陌生的土地上等一辆乡下大巴，这让我觉得有些莫名的哀愁。

二十分钟后，我们终于坐上了大巴。

"这么想来，这片土地原本很有价值，沦落成现在这样，真的可惜了。"浜中坐在我身旁说。

我看向车窗外，小卡车或小摩托在坡道上行驶，旁边农家院里的柿子已经干枯了，推着自行车的男子正和他面前的主妇站着聊天。这番光景现在看来可谓随处可见，有些杂乱，有些散漫。在这里生活的人们应该都不知道这片土地在古代史上的重要意义吧。浜中浩三的语气中就透着这样一种愤懑。

大巴开了没多久，安心院盆地就被群山遮挡，看不见了。越过山顶后，又开过一段十八弯的山路，终于望见四日市的城镇。

"就在这里下车。"浜中浩三对司机说完，催着我一起下车。

下车的地方还处在山坡的半路上，所以看不到人家。但在不远处的山下能看到四日市的城镇和近旁的村落，还能看见火车吐着白烟小跑似的行驶着。

"就是那条河。"浜中浩三指着铁轨的边上说，"那条就是'驿馆川'，也叫'宇沙川'。魏国使者就是沿着那条河前往海岸的。"

他说话的语气很确定、自信满满，仿佛在叙述一个定论。在我眼里，那条河看上去像一道细细的白色筋脉。

"接下去我带您去看看洞穴吧。"浜中浩三喜不自禁地催我动身。我们沿刚才大巴行驶的道路来到一条向下倾斜的小路，他带我进入一片干枯了的草莽之中。"这路有点陡，您忍耐一下。"说着就走在前头，让我随后。这条小路好像趴在一个满是枯草和竹林的斜面上。我本以为要走很远，没想到很快就到了。途中也有过一段相对平缓的草地，经过十米宽的一小段平地后，浜中停下了脚步。

"就是这里！"他指向一处斜面，上面覆满了茂密的杂草，但还是能看到草下坚固岩石层的一处绝壁。再仔细一看，和人高度差不多的地方有个开着的洞口，宽达五米多。

"原来如此。"我莫名感到一种安心，朝黑暗暗的洞中看去。但因太阳已经落山，洞内一片黑漆漆，什么也看不见。

浜中浩三在口袋中掏了一阵，摸出一只手电筒，弯下腰，拿着手电筒向里照路。

"也不知道这洞有多深。"他转动着手里的手电筒，变换着照明的角度，试图照遍洞穴中的角角落落。茶褐色的土地和岩石组成了洞穴的顶端和两壁。越往里走，顶端越高，可以确定这是一个横向的洞穴。

他将手电筒照向正前方，但光线很弱，照不到很远，只能模糊地看到一堵墙。

"目测大概深七米吧，宽四五米，应该是比正方形稍微长一点的感觉吧。"

"这个洞穴有什么特别的意义吗？"

"您读过《大分县遗迹名胜天然纪念物报告书》吗？"

"没有。"

"那本书上记载说这里叫'丰前四日市洞窟遗迹'，在这个洞窟下方出土了很多打制或磨制的石器，还发现了绳文土器的碎片。"

"这里应该算古人住所的遗址吧。"

"我也是这么想的，虽然住的人不会太多。因为是横向的洞穴，也有人说这是坟墓的遗址，但这里并没有羡道<sup>①</sup>。所以我觉得还是住人的地方。"

"这里和《魏志·倭人传》有什么关系？"

"根据安心院的地形以及位于宇沙川上流的四日市现在的地形来看，我觉得这里是当时守卫这座山要害之处的瞭望站遗址。"浜中浩三说这话的时候依然信心满满。

## 五

三天后我回到东京，去拜访了一位前辈。

---

① 通往墓穴的路，上不封土。

"哟，你去了趟九州啊。"他看着我带去的土产"宇佐馅"，"有什么收获吗？"

"没什么太大的收获。可能是我的期待值太高了，去了那里反而有些失望。"

"看到什么古书了吗？"

"关于宇佐神宫的研究几乎都已成书，去了那里也没发现什么特别有价值的。我还试着走访了附近村子的老宅，也没什么收获。"

"从宇佐出发，还去过哪里？"

"我去看过东国东郡的田染村、富贵寺等。里面的壁画几乎都已经剥落了，看了也不知道画的是什么。"

"据说那个地方明治以前就像孩子的游乐场一样，现在应该都荒废了吧。堂本印象老师曾在战前摹写过那里的壁画，说明至少当时壁画的保留情况还算好。"

接着，我和前辈聊到了宇佐神宫研究中真正关键的问题，也就是奈良时代宇佐神宫的势力范围及其势力范围对现在的丰后地区、富贵寺的阿弥陀堂、丰后的磨崖佛等文化遗产的影响，还有对这种影响的解读。

"对了，我在相当于宇佐神宫奥宫的安心院妻垣神社附近遇到了一个有趣的人。"

我简短地把家住四国松山的乡土史研究者浜中浩三的事情告诉了前辈。

"这世界上确实有些人就是喜欢研究稀奇古怪的东西，你说的那位也是，一个人不辞辛劳跑那么远去考察，为的就是坚定自己的想法吧。"

"是啊。"

前辈津津有味地听我转述完浜中浩三的推论后表示："那场大争论确实还没找到任何实证，所以业余人士也可以积极参与，我个人表示非常欢迎。学问本来就不该被一小部分人独占，我非常希望一般民众都能参与进来。学问的表述方法也不应该只有一小撮人才听得懂。以为难解的专门术语或文章只是高级学者的发言，这是一种误区是时候打破了。"

"我也完全赞同。用浅显的语言书写的、带有启蒙意义的、通俗的，反而能够打动人。我也觉得学术争论就应该用平易近人的文字予以表述。"

"从这个意义上来说，业余的乡土史研究者们能参与到主流学者的大讨论中来真的是件好事。而且我刚才听了你说的那些研究者提出应该忠于《魏志·倭人传》原文来解析方向和距离，这种说法简直就是对主流学者的当头一棒。无论是'大和说'还是'九州说'，都有很多自圆其说的解释，渐渐就偏离了原文。"

"我听了他说的那些，也觉得很有意思。比如他说'伊都国'就是现在的福冈县朝仓郡朝仓村，这种见解非常独到。无论'惠苏'是否真的就是'伊都'，他能提出'伊都国'是齐明天皇出征朝鲜时的大本营，作为一种论点可以算是站住脚了。而且他还考虑到从'末卢国'出发的距离比例问题，真的非常有意思。他还说'安心院'就是'阿昙'，是宇佐势力圈的根据地，这一点你怎么看？"

"这种说法也很有趣。宇佐的'阿昙'与宗像的'阿昙族'，应该是可以对应起来的吧。"

"但后面他说的那些就有点让人失望了。原本听他之前说的那些，我还以为他会推定'邪马台国'在一个什么异想天开的地方，结果还是回到'九州说'，而且还说应该包括宫崎、鹿儿岛和熊本，真的蛮失望的。"

"因为他之前关于路程的论说与主流的通说都有所不同，所以你才会有特别高的期待值吧。按照《倭人传》原文中一路向南的表述，最后必然会得出'邪马台国'在九州的结论。然而，他提出'天数'是魏国使者听来的而并非自己实地行走的说法，则是其他主流学者都未曾言及的，可以算他的独创，同时也有较强的逻辑性。"

"托他的福，遇到他是这次的旅行中最有意思的事。"

"你和他说完那些后就分开了吗？"

"回来的路上他带我去看过一个奇怪的洞穴，说那是防止他族入侵的瞭望站，但这只是一般的类推吧。我们住在不同的旅馆，第二天早上我去他住的那家旅馆找他，店员说他一早就走了。"

那天我在四日市的旅馆吃早饭的时候，突然想起了浜中浩三。我去他住的旅馆找他时，服务员告诉我他已经退房了。我一边看着窗外朝雾缭绕的山峡，一边想象着在白雾中独自行走的浜中浩三的黑色身影。

我们曾交换过名片。回到东京一个月后，我以为他差不多该寄明信片给我了。按常理来说，当时他抓住我这样一个听众聊得那么起劲，回去后应该会想向我汇报一下之后的想法或近况吧。但我并没有收到他的明信片，一张都没有。我看着他的名片，也想过主动寄明信片给他，但拖拖拉拉一阵子之后就不了了之了。

拖延的一个理由是因为我猜想他之所以没有寄明信片给我，可能是因为他还在旅途之中。

又过了一个月。我去学校上完课正准备回去，在走廊里偶遇了之前一起聊天的前辈。他虽然是别的大学的教授，但是一周会来我所在的学校担任一次客座讲师。

"我给你看样东西。"他笑着说。

"什么东西?"

"一份地方报纸。想给你看看,所以就拿来了。"他从口袋里拿出折好的报纸,是福井县的地方报纸,"我有时候会接到这种地方报纸的委托,让我写写随笔什么的。但其实不是报社直接找我,而是通过那种代理商,把我的文章收集之后发给各个地方报社。这份报纸上登了我的一篇随笔,两三天前他们把报纸送来给我看。"

"是哪方面的随笔?"

"不是叫你看我的随笔,我的随笔很无聊。我是想叫你看一下这份报纸上的广告栏。"

"广告?"

"你自己看吧。"

前辈只给我看报纸的最内页,版面下方印着一行密密麻麻的小字,一般这里都是用来登招聘信息的。但是前辈指给我看的却不是职业栏,而是"杂事栏"中有一条写着"邪马台国"几个字,而且也许是为了吸引眼球,"邪马"两个字印得特别大。全文如下——

现诚向全国乡土史学家就邪马台国考证一题进行征稿。来稿望有异于主流学者的学说。优秀稿件将收录进论文集，由东京知名出版社予以出版。来稿请寄至：爱媛县温泉郡吉野村浜中浩三收。

我低声叹了口气。那个中年村官怕是病入膏肓了吧，他居然觉得自己一个人小打小闹做做研究还不过瘾，现在要向全国的乡土史学家征集有关邪马台国考证的意见。估计这种征稿广告不只这份福井县的地方报纸上有，可能各县的报纸上都有。虽说相比广告费很高的东京报纸，地方报纸要便宜很多，但如果在所有地方报纸上都登广告，肯定要花一大笔钱。所以我估计浜中是有目的性地挑选了几份重点的地方报纸刊登了征稿启事。

"我看到报上写着登征稿启事的人在四国，我马上就想到了你之前和我提起的那个人。"前辈说得饶有兴致。

"看样子他想搜集全国研究者的意见，然后向主流学术界发起挑战。"

"我也有同感。"

"说笑的啦。但我们应该尊重他这种勇气。学问嘛，本来就应该向大众开放，特别是在学者们带有排他性的情况下。"

前辈口中的所谓"排他性"，就是指那些把自己困在象牙塔中的学者们对于业余人士的研究总是轻蔑不屑、不以为然，同时也指学阀间的排他主义。

我觉得浜中浩三对研究非常热心且全情投入，所以才会想召集全国的邪马台国研究爱好者。我很期待之后出版的研究成果。

但说到出版，很定也很花钱。我猜测浜中浩三虽然只是个村干部，但家里应该是地主，家底殷实，不然怎么能那么有钱又有闲地从四国跑到九州呢？他一定不是靠薪水过日子的人。但毕竟曾与我相遇，按照常理，他回去之后应该寄明信片给我保持联系吧？但为什么没有呢？也许他并没有把我这个不知名的大学讲师放在眼里？而且从他当时的那些言辞来判断，可能他本来就对主流学术界嗤之以鼻。

又过去了一阵子，浜中浩三渐渐淡出了我的记忆。

差不多半年后，我突然收到一封盖着兵库县某町邮戳的信，寄信人我并不认识，信很厚。信上的字笔迹非常老练，信中这样写道——

"请容我开门见山，老师您是否认识住在四国松山附近的乡土史学家浜中浩三？我之所以会这么问，因为五个月前这位浜中先生突然来到我家，给我看了老师您的名片，说您是他朋友。以前我并不认识浜中浩三这个人。第一次知道他的名字是在地方报纸上看到的征稿启事。那篇启事中说想要向全国研究者征集有关邪马台国考证的文章。请允许我自我介绍一下，我在一所中学做了很长时间的教师，之后还做过校长，三年任期期满后，去年刚退休。我的专业是语文，但十年前就开始对邪马台国感兴趣了。对于现在学术界争论的焦点以及众多学者的著作，我都进行过详读学习，在阅读他人论点的过程中，我在兴趣爱好的基础上逐渐形成了自己的想法，然后就开始自己研究邪马台国究竟在哪里以及魏国使者如何到达邪马台国之类的问题。

"我有自己的推论，但不在这里赘言。总之，因为看到了那则征稿启事，我就马上写信给浜中浩三。他回信给我说希望我尽快把文章寄给他，最好能赶上和其他人的投稿一起整理出书。他说那则广告引起了相当大的反响，使他了解到全国各地有那么多邪马台爱好者，觉得很受鼓舞。"

读到这里，我还是没搞懂这封信的目的究竟是什么，以至于后面很多字我都快速跳过了。

"没想到，收到他回信后又过了三周，浜中居然跑到我家来了。他比我想象的更年轻，来的时候还抱着一个旧行李箱。我见到他很高兴，请他进屋，和他一起聊了我们都喜欢的邪马台国。这个浜中果然已经做了很多相关研究，我对他的很多推论都非常佩服。因为他的很多想法和我的推论大相径庭，于是我就像和最要好的同学讨论般和他展开了愉快的交流。

"当晚，我问他有没有预定旅馆，他说没有。我见他有些焦躁不安，就提出晚上住我家。他很高兴地住下。当晚我还拿出酒水招待。我家虽然在乡下是间老房子，但还够宽敞。

"浜中住了一晚，第二天早上就走了。临走前他对我说，我的想法非常有意思，叫我一定要寄文章给他，还说虽然其他地方已经有很多人寄稿子给他了，但他还是打算把我的文章放在卷首或者紧跟卷首之后的版面进行出版。

"我对他说不用把我的文章放卷首，自己的想法能印成铅字，让全国的爱好者都能读到，这对我来说已经是件大喜事了。另外，如果还能让一些主流学者对我的文章产生兴趣，觉得有参考价值，或者提出批评，那我肯定要偷着乐了。

"之后浜中提出，出版需要很多钱，为了能一起完成这项伟业，希望我支付一部分的出版费用。昨晚与浜中聊天的时候，我知道他为了证明自己的论点，自费从九州的佐贺县跑到鹿儿岛进行实地考察，我明白这笔开销也很厉害。毕竟他穿的衣服和鞋子还有那只旅行箱都已相当破旧了。

"我当时的想法是：不能让这么一个热心研究的人独自承担所有的出版费用，所以就按他所说，给了他两万日元的定金。

"浜中说希望我尽快把文章寄到四国。越早寄文章，就可以越早出版。文章变成铅字后还需要校对，他说希望做一本精致的好书，说完就离开了。

"之后我就开始废寝忘食地动笔，一周左右就写成一篇五十页左右的文章，然后寄去浜中的地址。但迟迟没有得到他的回复，也不知道是他收到了还是没收到。毕竟是我拼了命写出来的文章，所以很想听听浜中的读后感。最主要的是，他至少应该告诉我一下是否收到。但那以后一直杳无音信。

"我有个朋友在冈山县做教育工作，他写信告诉我浜中也去了他那里。和我一样，浜中也在他家住了一晚，也问他要了三万日元，说是作为出版费用。我那朋友之所以会写信给我，因为浜中去见他的时候提到了我的名字。我告诉他，我给浜中寄了稿件，但浜中没有回复。我问我朋友什么情况。他说浜中也给他看了老师您的名片。

"于是我开始担心了，还发了封电报去他的地址问他是否收到稿件，但依然石沉大海，毫无回音。我甚至直接写了封信去他所在的单位，结果对方回信说浜中失踪了，还告诉我之前浜中在征稿启事里用的地址是一间建在村边的茅草屋，他每天一个人在茅草屋里做饭过活，没人知道他平时做些什么。他总是来无踪去无影。他本人对外自称是学者，据说他住在茅草屋期间，会去松山市收废品，在收废品的工作间隙看看书。他经常会收到很多信，所以大家知道他和全国很多人都有通信往来。另外，对方回信中还特地提醒我，说他给出的名片上虽然写着他是什么村政府的公务员，但其实他和村政府完全无关。

"我很纳闷，他是通过什么途径在报纸上刊登了那则征稿启事？我向地方报社打听，他们告诉我是大阪的某家代理商负责具体操作的。于是我又去问那家大阪代理商，他们告诉我，是浜中把征稿内容和邮政汇款单一起寄给他们的，估计那则征稿启事在近畿地区、中国地区 ①、九州地区都能看到。

"我现在搞不清楚浜中浩三这个人究竟是干什么的。他是骗子吗？或者他其实是个笃学之士，现在仍在为确定邪马台国在哪里而在九州四处走访调查，等调查结束之后，他会抓紧出版我们的文章吗？"

"因为浜中给我看过您的名片，所以我觉得问您可能是最快、最直接的。请原谅我冒昧写信给您。"

我读完这封信，虽然不至于感到脚下土崩瓦解，但还是有种被石头绊了一跤的感觉。

---

① 这里指日本本州岛西部，由鸟取县、岛根县、冈山县、广岛县、山口县五个县组成。

# 六

正如这封信中所说，我现在也搞不懂浜中浩三究竟是何许人也。信中对方问我："他是骗子吗？或者他其实是个笃学之士，现在仍在为确定邪马台国在哪里而在九州四处走访调查，等调查结束之后，他会抓紧出版我们的文章吗？"其实这也是我想问的。

我最担心的还是把自己名片给了他这件事。他打着我的名号去走访各地的乡土学研究者，毕竟我这种头衔在乡下还是很吃得开的。

让我意外还有浜中浩三在松山住的居然是茅草屋，而且白天去市里收废品。这么看来他根本不是什么村官，说他是骗子也不为过。

但是，如果他只是个收废品的，却能有那样的"学识"，说明他还是相当有教养的。这个世界上，有很多人一边打零工一边做学问，所以也不能妄下定论说他就是骗钱的。有些不谙世事的学究之徒虽然落伍于世，但对于学问的热情依然燃烧不息，如果浜中就是这样的人，倒也可称可赞，而且比起那些把自己龟缩在被称为象牙塔的幻影之城内不学无术、十年如一日在讲台上重复着同样讲义的教授们，浜中那样的人反而更值得尊敬。

我决定怀着善意去看待浜中。靠收废品才勉强度日的他努力做研究、靠自己的双脚走遍九州寻找邪马台国的所在，这都是我亲眼所见的事实。他肯定需要旅费，也肯定要买很多书，还想把自己的研究公诸于世，但自费出版本来就耗资巨大。

这么想来，浜中浩三通过报纸广告召集志趣相投之人，承诺在之后的出版物中收录对方的论文，作为回报，请对方分担一定的出版费用，我相信这种做法本身绝无恶意。给我写这封信的人似乎觉得浜中厚着脸皮在他家蹭吃蹭住，还收了他钱，因此而感到不悦。但在我看来，也许是写信人的误会，应该耐心等一段时间再做判断。

于是我写了一封回信，告诉对方名片是我本人的，是我在九州旅行时与浜中交换的。我还告诉对方我也担心过他所顾虑的事情，但我觉得浜中不是坏人，请他再耐心等一段时间。

然而，关于浜中浩三的求证信并非只此一封。四五天之后，我又收到了冈山县笠冈附近寄来的两封和鸟取县米子市寄来的一封。来信的内容与之前兵库县的来信大致相同。

我很吃惊，没想到浜中的活动范围居然如此之广。后来我了解到他的征稿启事刊登在整个西日本一带，这么想来，他的活动范围之所以那么大也算理所当然。此后，来信的数量持续增加，范围也扩大到岛根县的松江，广岛县的三次、广岛市，山口县的岩国、山口市、宇部、下关，甚至还有九州的小仓、福冈、长崎等地的研究者们都陆续给我寄来了信件。

来信都提到了浜中浩三在他们家里住了一晚，又以出版定金为由收取了他们一万到五万日元不等的现金。根据来信的地点，我推测浜中的走访路线是从兵库县开始，到达冈山县，然后乘坐伯备线进入鸟取县，之后向西反转到岛根县，在此乘坐芸备线到达广岛，接着乘坐山阳本线向西行进。到达九州后，他几乎跑遍了所有目标人群所在的城市。"被害者"都是那些看了浜中浩三的征稿启事后给他写过信的人。

事到如今我越发震惊。且不谈浜中浩三的欺诈行为，单是这个世界上居然有那么多人在研究邪马台国一事已经让我叹为观止。我之前从未想到过仅兵库县以西的地区居然存在那么多"研究专家"，照这个趋势放眼全国，笃学者人数必将令人难以置信。

当然，之所以有那么多人给我写信，完全是因为浜中浩三拿着我的名片走访各地招摇撞骗。我的名片为他的信用增添了砝码，这让我觉得很是忧郁。一想到我那张旧名片已经被浜中那双腥腥的手弄脏，我的心情就愈加低落。

有些来信中还会附上写信人自己的论点，也许他们想让更多的人知道自己的推论吧。但我的主业并非研究邪马台国，我的研究对象只有宇佐神宫。

不管怎么说，各地的乡土史研究者会如此热衷于邪马台国的探究，原因就在于这个问题既没有文献也没有历史遗物可以佐证，对业余研究者来说是绝好的研究对象。那种好像被封存在渺茫浓雾之中的古代史的神秘感很容易引起人们的兴趣吧？

我觉得有点背脊发凉，不知道哪天浜中浩三的欺诈行为会不会遭到警察的调查，而我也会因此被请去警局协助调查。我这个寒碜的中年男人也许哪天就得面对警察，有可能还会被警察当成浜中的共犯。随着时间的推移，我越来越担心自己害怕的事情会成真。

但我依然无法相信浜中是坏人。我回想起之前在宇佐的深山里，我们曾一边眺望着安心院盆地，一边相谈甚欢，那是只属于我们两人的时间。当时他的眼中闪耀着异样的光芒，他那口若悬河滔滔不绝的模样仿佛就在眼前。我们曾闲庭信步走在安心院的小镇上，曾一起走到山顶附近的洞穴一探究竟，曾一起坐上大巴前往山峡间的小镇，还曾在因所住旅馆不同而在分别时郑重地互道再见……回想起这些，我无论如何都不愿相信他是一个腹黑之人。

虽然一直在担心害怕，但好在警察并没有找我。自收到第一封来自兵库县的求证信至今已经过去了近两个月，我又收到了一封来自大分县臼杵地方的来信。

这阵子，我一看到不认识的人的来信就会觉得不安。因为浜中浩三的事情，我都有点神经质了。话说这封来自臼杵的信，很难得，是出自一位女士之手。因为很重要，所以请读者们看一下全文。

"冒昧致信请多原谅。因为实在太过担心，只能毅然决然地写信向老师您请教。

"我丈夫今年四十七岁，在本地经营一家历史悠久的酱油酿造铺，资产方面还算过得去，大家都说他是这一带算数一数二的有钱人。我丈夫名叫村田伍平，这是代代相传的当家人用名。我丈夫对家业很尽心，但同时对乡土史的研究也非常热心。您一定也知道，我家附近有高千穗峡等古迹，流传着天孙降临的传说、神武天皇的口谕等。我丈夫研究的乡土史大体上是古代史方向。

"差不多两个月前，四国松山的浜中浩三先生上门来找我丈夫。与浜中先生虽是初次见面，但我丈夫说之前曾与他通信。我丈夫曾在地方报纸上看到过一则征稿启事，是浜中先生向全国邪马台国研究爱好者征集文章的广告，我丈夫看了之后非常感兴趣。所以，见到浜中先生本人时，我丈夫很开心，当晚就留他过夜并与其彻夜长谈。浜中先生第二天一早以赞助出版的名义从我丈夫手里拿走两万日元后就走了。但一周后他又来了，这次住了三四天，在这期间我丈夫几乎对生意不管不问，只顾在里屋里与浜中先生一边看地图一边讨论。到了第四天，也就是五月十五日早上，我丈夫突然对我说要出去一趟，和浜中先生一起去调查邪马台国。为了确认一下自己的推断是否正确，必须实地按照古代中国抄本上的行程走一趟，所以可能会去很久。他还随身带走了五十万日元当作旅费。

"虽然他出门前已经说了会去很久，但我当时以为最多也就两三周。但自从他走之后已经过去了一个半月，至今没有回来，也没有从其他地方传来任何音信。我这么说可能有点自卖自夸，但我丈夫真的是个很踏实的人，从来没有任何关于他的不好传闻，他也没有花天酒地的不良嗜好，一定要说他有什么嗜好的话，就是收集乡土史的书籍、走访附近的古迹而已。

"我之所以会相信浜中先生，其中一个理由就是因为他给我看了老师您的名片。当时我以为既然他认识东京的大学里那么有本事的老师，就应该相信他。事实上，我丈夫和浜中先生聊天的时候非常忘我，他多次兴奋地对我说，附近的乡土史学家就是不行，说这是他第一次遇到棋逢对手、话语投机的对象。换句话说，我丈夫是被浜中先生迷住了。

"我丈夫还曾说过，他自己也对邪马台国的所在地已经猜到了十之八九。他说，对我一个女人家讲太多，我也听不懂，就在纸上画了张地图的草图，将古代中国的书中地名与现有的地名一一对应。邪马台国的女王'卑弥呼'就是'日向姬'，之后的女王是'台与丰姬'，当时的魏国使者就是从这些名字来判断邪马台国是一个从臼杵到宇佐地区都拥有强大势力范围的女王国。而'惠苏之宿'与后来的筑前、筑后、丰前、丰后皆相邻，完全可以成为一个前线基地，所以认为'惠苏'就是'伊都国'的观点是非常合乎逻辑的。那些地名的一一对应比较繁琐，在此我就不再赘述。总的来说，我丈夫的观点与浜中先生的观点非常一致。

"请容我回到正题，我丈夫已经离家一个半月了，依然音信全无，如果再不回来，我就真的要怀疑浜中这个人了。我丈夫身上带着五十万日元的现金，我很难不去想象如果浜中心生歹念，途中威胁我丈夫问他要钱，一旦发生抢夺结果会怎样。我也会自我安慰，告诉自己也许是我太多虑，想法太消极。但只要我丈夫一天不回来，我就会忍不住往坏处想。

"所以我想请教老师您：您所认识的浜中浩三是何许人也？拜托请您回信告诉我。读了您的信之后我会决定是否报警。百忙之中打扰您了。希望您能体谅我的苦衷，给我回信。拜托您了。"

读完这封信，我真的深受打击。

之前，浜中浩三去各地那些有特殊研究爱好的人家里，最多也就住一晚骗点小钱，但这次他去了九州，把身携巨款的男主人骗了出去，两个人至今失联。难怪男主人的妻子要来信确认，她一定非常担心丈夫的安危。不知道浜中一开始就盯上了男主人带出门的五十万日元，还是他途中突生歹念打算杀死酱油铺主人夺取钱财。不管怎么说，肯定没好事。

之前的来信中很少有把身携巨款的人带走后杀人夺财的犯罪。一想到我那张小小的名片居然成了浜中的犯罪工具，我真是害怕得不得了。无论我之前带着多大的善意，现在都无法为其辩解。我只能怀疑是浜中有问题了。

我马上写了封回信，告诉她我的名片落到浜中手中的来龙去脉。还告诉她，对于浜中本人，我一无所知。所以，虽然不知道浜中自称和我是什么关系，但实际上与我毫无关系。我还非常诚恳地向她表示同情，说我自己现在也很心痛，如果她收到丈夫的任何消息，拜托她尽早告诉我。

收到我的回信后，对方妻子过了四五天又给我来了封信，说她丈夫依然失联，还说因为我的回信，她终于弄清了事实的真相。之前虽然也有所猜疑，但最终还是我的回信让她下定决心报警寻人。

之后的每一天，我心里一直记挂着这件事。三周后，酱油铺的老板娘给我寄来了第三封信。

"警方的调查结果显示，我丈夫和浜中曾在两个月前投宿过福冈县朝仓原鹤温泉旅馆。从地图上看，这间原鹤温泉就在大分县日田市附近。我完全不知道为什么他们要住在那里。邪马台国的故事中出现过这个地名吗？如果是两个月前的话，正好是我丈夫离家十天后。那之前他和浜中又去过哪里呢？而离开原鹤温泉后他们又去了哪里呢？我完全是云里雾里，不知缘由。警方说会尽力搜索两人的去向。之后如果有任何结果，我会再写信通知您。"

我对他俩行踪在意的程度不亚于寄这封信的人。我在地图上找到了原鹤温泉的位置，就靠近日田市的西面。我的脑海中突然灵光一闪，想起了浜中曾经说过的话。从原鹤温泉沿着筑后川一直西行，就是朝仓村的惠苏宿，也就是浜中所说的"木之丸殿"遗址，浜中曾推定此处就是《魏志·倭人传》中的"伊都国"。我由此推测，浜中与酱油铺主人离家后十天内的行程应该是先从"末卢国"所在的佐贺县东松浦郡呼子町出发，徒步来到"伊都国"所在的惠苏宿。换句话说，他们步行走过了《倭人传》中从"末卢国"到"伊都国"之间的五百里。

这个距离用现在的单位来说差不多两百公里，步行十天，时间有些偏多，但他们可能途中会调研遗迹、谈古论今，或是推定往昔的道路，把这些时间算进去也就差不多了。之后两人在原鹤温泉旅馆住了一夜，第二天早上经过日田市，接着朝"奴国"所在的森市附近前行。

我推测，他们之后的路程应该是从"奴国"前往"不弥国"所在的安心院。

也就是说，"伊都国"与"奴国"之间的"百里"，是两人步行走过的。因为他们的探究心极其旺盛，所以他们不会选择坐火车或坐大巴。就像七百年前魏国使者一样，他们宁愿靠双脚行走，去切身感受并确认实际的距离。

但现在的结果是两人都失踪了，这真的有点奇怪。从日田岛丰后森出发原本可以坐铁路，也可以走公路，但选择步行从丰后森（"奴国"）到安心院（"不弥国"），就等于选择了艰险险阻。其间盘踞着山峦叠起的高原地带，当然也不会有能通车的道路。也许古代曾经有过通路，就是浜中之前提过的盐商之路，但是千百年后的今天，当年的路肯定早已荒废，就算曾经有过古道，如今也已荡然无存。

我猜测，如果两人之间发生了什么，就应该是在从丰后森到安心院的途中。这一段是深山老林，无人过往，没有住户，是一处孤绝地带，对于犯罪来说，正是绝佳的场所。

又过去了两周，我没收到臼杵寄来的信，也没有警察来找我。又过了一阵子，某一天我突然收到酱油铺老板娘寄来的信，这次用的是快递。我有一种不好的预感，赶紧拆封看信，果然是坏消息。

"抱歉让您担心了那么久。今天早上八点左右，我丈夫和浜中先生的尸体在国东半岛尖端一个名叫富来的海岸上找到了。他们是溺水身亡漂泊到那里的。警方刚刚联系了我。我现在要赶往现场，还不知道详细情况，但先向您报告一下。"

接到这个不幸的消息后，我发现自己原来推测的并没错。

浜中浩三和酱油铺主人亲身实践了从"不弥国"（安心院）出发的"水行二十日"。他俩从四日市出发，沿着驿馆川，设定好船速，途中停泊过几天，然后来到了海岸附近的长洲。估计他们是在那里又买了艘小渔船吧。酱油铺主人身上带着五十万日元，买艘小旧船还是足够的。之后他们就坐船从长洲出发，进入"水行十日、陆行一月"的旅程。

然而，当小船行驶至国东半岛尖端处转弯——差不多就是到了《古事记》中所说的速吸濑户时，遭遇了激烈的水流与汹涌的海浪，于是，一叶扁舟似的小船不幸倾覆。也许是因为酱油铺主人出生在九州的沿海地带，自认水性不错，于是提出与浜中浩三一起尝试向南前往邪马台国的建议。

此刻，我的眼前浮现出两位超然世外的古代史研究者的身影，他们变身为远古的旅人，悠悠然地划着小船勇敢向前。他们是诗人，白天远眺太阳运行，夜晚凝视北斗七星。他们，绝不会"错认南为东"。

化淡妆的男人

# 一

三月三日，清晨五点半。

曙光穿过灌木丛，射出一道苍白的寒光，周围仍有些昏暗，晨霭在灌木丛边和远处的屋檐上缥缈，田野和道路上都落满了白霜。这里是郊外，田地比家宅多。

路上有个送奶员正骑着车，挂在车把上的袋子里装满了奶瓶，互相轻碰，叮叮作响。送奶员将奶送至每家门口。

离开一个住宅区后，送奶员继续向下一个住宅区出发。道路两旁尽是无垠的田地，偶尔还能见到几栋茅草屋顶的农户，屋顶上盖着霜，好似下过雪。路上没有行人。

这时，公鸡叫了。

送奶员是个十七岁的少年，在结了霜的田间小路上骑车前行，突然，他注意到不远处停着一辆小汽车。

少年觉得很奇怪，在这种地方居然会有汽车。最近很多有车之人都没有自己的车库，只能任凭爱车风吹雨淋，少年一开始以为这辆车的车主应该也是如此。但这里离住宅区很远，小车就那么孤零零地停在路中央，车顶上覆着白霜，实在很可疑。

少年很好奇为什么这辆车会在这里，于是走上前，只见车内驾驶座上一个男人趴在方向盘上，好像睡着了。

少年很快发现了这辆车停在这里的理由。

距离汽车一米远的前方道路中央立着一块告示板——"前方施工，禁止通行"。也就是说，司机开到这里时，看见前方画着黄色和黑色粗线的告示板，于是停了车。

少年仔细一想，昨天这里并没有这块施工告示板，而且沿着这条路开一直下去是住宅区，然后才转弯到别的路上去。所以，如果有施工的工地，只可能位于从此处看不见的地方。不过，最近东京都的很多道路都在挖开重修，很多时候前一天还毫无动静，第二天就被挖得面目全非。

汽车一直停在那里没动，少年觉得很可疑。就算开车人看见了禁行的告示板，也可以倒车开走，为什么偏偏要停在告示板的对面，好像在对告示板怒目而视呢？

这时，少年发现了一个重要情况，车顶上覆着霜。回头看去，结了白霜的道路上只有自己自行车的车轮印，并没有这辆汽车的车轮印。

十七岁的少年立刻意识到，这辆车昨晚就停在这里了。

少年对熟睡的司机也心生疑惑。他把脸贴到车窗上，向车内张望了许久。

驾驶座上男人的脸埋在方向盘上，看不清长相。头发看上去有点少，而且乱糟糟的，软趴趴地耷拉在头上。

因为太阳还没完全升起，所以看不清车内细节，但大概的模样已经能看到。

少年想到两种可能：要么汽车里的人一直在睡觉，要么他已经被杀害。

少年嘴里呼着白气，把眼睛瞪大，向车内足足凝视了两分多钟，可是驾驶座上的男人始终没动。如果他是睡着了，至少肩膀会因呼吸而微微起伏。

少年立即掉转自行车的车头，飞快地回到原路。他知道不远处就有个派出所。

从行政划分来说，这个地方算是东京都练马区春日町二弄一零五号的街区。


接到派出所警察发来的紧急通报，一小时以后，警视厅派出刑侦一队赶到现场。

停着的小车是一辆绿色的雷诺家用车。

如少年所言，被害人确实俯身趴在方向盘上，但警方还发现了少年在昏暗中未能发现的细节。男人的颈部被绕了三圈麻绳，并在颈后打了死结。被害人身上穿着非常高级的大衣和西装。验尸时警方检查过西装口袋，并没有发现钱包。

车是制动后停止的，也就是说，是有人踩了刹车后停在那里的。

被害人大约五十二三岁，头发稀疏，但发色漆黑有光泽，戴一副很有型的无框眼镜——但发现尸体时，眼镜落在脚边，一边的玻璃镜片已经破碎。

被害人受到的攻击不仅仅是被麻绳勒，经过警方仔细检查，还发现他的后脑勺有少量渗血。即使只从伤口外部来看，也可以判断他明显遭到过强力重击。

经过现场侦查，警方很快就查明了重击他的武器就在后排座位上，准确地说，是在驾驶座与后排座位之间发现的一个扳手。扳手上有少量血迹，还粘着两根毛发。另外，警方还在驾驶座下方找到一顶鸭舌帽，应该也是被害人的物品。

鉴证科的现场法医将被害人抬出车外进行尸检，推定被害人的死亡时间是九至十小时之前，也就是说，罪犯行凶的时间是昨晚的九点至十点之间。致命伤在颈部，被麻绳勒至窒息而死。警方推断，凶手先是打掉了坐在驾驶座上的被害人的帽子，然后对其后脑勺猛击。被害人昏厥后，凶手再用麻绳将其颈部紧勒，直至其死亡。

当然，绝对不能忽视立在汽车前方那块"前方施工、禁止通行"的告示板。

警方经过调查后发现，这条路段上并无施工。所以警方判断是凶手不知从哪里找来这块告示板，放在路中间，等车停下来之后实施了犯罪。

因为那辆雷诺是私家车，根据车牌可以查到被害人的身份。其实在进行繁琐的调查之前，警方已经从死者的上衣口袋里找到了死者的名片。

死者是东京都中央区京桥二弄十四号小田橡胶股份公司总务科科长，名叫草村卓三，今年五十四岁，家住练马区高松町二弄五十八号。也就是说，案发现场距离他家不到一公里。

尸体立刻被送往警视厅监察医院进行进一步解剖。

解剖后的判断大致与现场尸检的结果相同，确认了罪犯的行凶时间就在昨晚九点至十点之间。解剖时还确认了被害人的胃部残留物，有油炸牡蛎和炖蔬菜。根据食物的消化程度，推定被害人是在晚饭后一小时左右遇害的。这一点也得到了被害人的妻子以及附近目击证人的证实。

解剖时还发现了一个细节，被害人的黑发其实是染过的白发。

被害人草村卓三的家人只有妻子一人，名叫淳子，今年四十岁，他们没有子女。

警方于早上九点来到草村家时，他的妻子淳子正在洗脸化妆。警察注意到，尽管丈夫昨晚一夜未归，但妻子似乎非常淡定。没多久，警察就明白了为何妻子会对丈夫的夜不归宿如此平静。

当警察把草村遇害一事告诉淳子后，她脸上的表情立刻变得扭曲："可能是那个女人干的，你们去查一下那个女人吧。"

## 二

警方很快就弄清了草村妻子让警察去查一下"那个女人"的理由。

"那个女人"名叫风松百合，是被害人草村卓三的情人。她在丰岛区椎名町三弄一九五号租了间房子，今年二十三岁，两年前开始与草村交往，半年前搬到现在的住所，之前在银座一家酒吧当女招待，草村就是去酒吧玩的时候和她勾搭上的。卓三不来找她的时候，她会去朋友开在池袋的酒吧帮忙，顺便打发时间。

淳子在一年前知道了百合的存在，当时百合还在酒吧做女招待，淳子就已经察觉到百合和丈夫卓三的关系。

卓三不顾妻子反对，在椎名町为百合租下一间房，这更增添了淳子对百合的仇恨。

所以，当警方上门通知卓三死于非命时，淳子会脱口而出"可能是那个女人干的"。

淳子这么说其实还有另一个理由，自从卓三为百合在椎名町租房金屋藏娇以来，每周两晚都会睡在百合那里。不过，随着现场勘查与调查工作的深入，警方发现淳子的说辞并非完全可信。

案发现场并没有找到卓三的钱包。淳子称不知钱包里具体有多少钱，但因为卓三平常身上总会带两三万日元，所以她说可能也是这个数。卓三所在的小田橡胶股份公司虽然规模不大，但业绩不错，而且作为总务科长的草村卓三还私设小金库，收入颇丰，这也是他能一直寻花问柳逛酒吧的理由。

经过多番调查，警方弄清了草村卓三当天的行踪。他傍晚六点从地处京桥的公司出来，平时他都是开雷诺上下班的，那天也是开着雷诺回去的。七点二十分，卓三先回练马区高松町自己家，当时天色渐暗，但附近还是有目击证人说看到他开着雷诺回家。那天他从京桥回家似乎比平时多花了些时间，但毕竟是下班高峰时段，多花点时间也不足为奇。

"丈夫回家时，我刚好不在家。"妻子回答警方询问时说，"我也不知道他哪天会回来，正好当天有一部我想看的电影，所以六点左右就出门去了池袋的××影院。我丈夫应该是在我出门后到家的。我出门时把门锁上了，但他有钥匙。"

这个说法与附近的目击证人所说一致。有目击证人说，看见卓三开着雷诺回家后，在玄关用钥匙开门。证人甚至还听到了他嘎达嘎达转动钥匙的声音。

"我午饭的时候做了油炸牡蛎和炖蔬菜，吃剩下的就放进碗橱里，然后出了门。等看完电影回到家，发现我中午做的那些菜被摆在餐桌上，吃得差不多快空盘了。我估计是我丈夫回到家后，先吃了点东西，然后出去的。"

这个说法与解剖结果也相符，被害人的胃部确实残留着油炸牡蛎和炖蔬菜。

下班回到家的卓三发现妻子不在，也许是感到无趣，又或者是觉得机会难得，总之，一个半小时后，也就是晚上九点左右，卓三又出门了。这时，邻居家的主妇碰巧看到他开车离开。在距离卓三家大约十米远的地方，她与卓三驾驶的雷诺擦身而过。就在刺眼的车前灯一闪而过的瞬间，她说她在昏暗的路灯下看见了戴着帽子的卓三的身影。

那么晚了，卓三会去哪里？

从他停车的方向可以猜出大概，因为沿着这条路一直向前，就是情人百合所住的丰岛区椎名町。

但他为何车行至此要刹车？发现卓三尸体时，车前立着一块东京都道路施工的告示板。卓三一定是在车前灯照到告示板的瞬间，踩下了刹车。

毋庸置疑，这里附近并无施工。根据警方调查，这块告示板原本立在其他路段上，距此七十米远，不知何时被谁搬到了这里。

从自己家到椎名町，卓三向来都是走这条路。如果他事先知道这条路上有施工，也许就不会选这条路。正因为他不知道，所以当车前灯照到告示板时，他不得不突然停车。

埋伏着的凶手就是趁这个瞬间冲进车内。如此看来，凶手肯定是有预谋的。

但问题是，凶手的目标真的是草村卓三吗？特地搬来一块告示板，也可能是为了拦住其他人。

关于这个疑点，警方彻查了附近一带的车主。

调查结果显示，晚上八点半前，这条路上并无任何告示板，当时车辆都正常通行的。所以告示板出现的时间只可能在八点半以后。如此说来，凶手应该就是冲着草村卓三去的。但凶手又是如何知道卓三当晚会去情人家？如果说卓三去情人家也在凶手的计划之中，未免有些牵强。因为卓三是先回自己家，发现妻子不在家后，才临时起意去椎名町的。

按这个逻辑来看，凶手的目标就变成了晚上八点半后经过此条的任何车辆，他的目的可能是打劫，只不过碰巧当时劫到的是卓三，抢走的也不过是装了两三万日元的钱包。

警方还对指纹进行了细致的筛查。那块禁止通行的告示板上布满了各种指纹，但都是修路工人的。警方调查了这些修路工人，但所有人都有不在场证明。

说到指纹，被当成是凶器的扳手和汽车车身上均没有发现指纹。

如此看来，凶手是戴着手套之类的东西实施犯罪的，凶手先从七十米之外把告示板搬过来，逼停汽车后，袭击了被害人。

但警方并非只追查劫杀这一种可能性，毕竟被害人有着复杂的男女关系，所以对于被害人妻子所说的"去了池袋××影院"的证词也必须予以调查取证。

经过调查，警方证实草村妻子确实进过影院，但同时也发现她之后的行踪存在疑点，而且是在调查草村情人风松百合时发现的。

风松百合接受警方讯问时做出如下回答："那天晚上我因为感冒很早就睡了。草村没说过那天要来，我当时觉得头很重，直接上床休息了，甚至都没去池袋那家'哈瓦那'酒吧，本来我一直去那里帮忙的。但七点半左右，草村老婆突然来了。

"说起来有些难以启齿，但自从草村和我好上以后，他老婆就变得歇斯底里，常常闯来闹我。一开始，我还觉得是我不好，请她原谅，但他老婆不依不饶，变本加厉。到了后来，我忍无可忍，就和她对骂起来。我骂她说：'这里是我家，你总是这样上门来闹个不停，简直就是条狗，是畜生。赶快给我滚蛋，我这里没东西喂你这条疯狗。'他老婆也真是有病，在大吵大闹之后通常会安静个两三天，但没几天心里又觉得不爽了，又会上门来闹，再和我大吵一架。我们甚至还动手厮打过。那天晚上，就像我刚才说的，他老婆是七点半来的，机关枪似的不停地吼啊、骂啊，一直闹到十点过后才回去。"

# 三

草村淳子一开始可能觉得是家丑，不想外扬，所以对自己去百合住处上门吵闹的事情闭口不谈，只说是去看了电影，但事实上她在影院里待了不到一小时。

她七点就从影院出来，之后从影院所在的池袋前往椎名町，这条路线相对更近，来到百合住处后与情妇百合大吵一架。这一情况也得到了第三方的证实，住在百合家附近的邻居说，当晚七点半左右，她碰巧看见了当时正在敲门的淳子。

　　为什么邻居会认出并不住在附近的淳子呢？那是因为淳子和百合每次都吵得很凶，在这附近都出名了。

　　百合刚搬到这里的时候，大家就知道她是情妇。草村卓三一般不出三天就会来这里一次，把他的雷诺停在门口，晚上在这里过夜。过不了几天，淳子就会来闹，污言秽语的，和百合骂个不停，两个人的骂声经常响到屋外，免不了让周围的邻居都听在耳里。

　　她俩对骂的时候，有时草村卓三也在场，过道里甚至传出过卓三殴打妻子的声音，被打的淳子喊破喉咙似的大哭大叫。当时附近的人都听到了，大家还议论过一阵子。

　　当晚七点半，邻居看到淳子猛敲百合家的门时，就想"哎呦，又来啦"，之所以会这么想，是因为最近这十来天，淳子上门吵架的频率和程度都比之前更厉害。

　　风松百合也提到："从十天前开始，草村老婆就闹得特别凶。一天晚上，她甩给我五万日元，说是给我的分手费，让我马上滚。五万日元好歹也是钱，要是草村对我说这是分手费，那我也认了。

但这是那疯婆子像打发要饭的一样扔给我的，我才不理她呢，我立马就把钱扔还给她了。那天晚上也大吵了一架。之后只消停了一天，她又来了，而且变得更加怒不可遏，说如果我不和草村分手，就朝我脸上泼硫酸，在我吃的食物里投毒药。她当时面目狰狞，乱喊乱叫。但我也不是软柿子啊，哪会怕她？于是我也不甘示弱地朝她开火，被我骂了之后，她更加发疯，那天也吵翻了天。"

警察边听边想象着两个女人激烈对战的模样。

警察又去找淳子，虽然用词不同，但对于百合所说的事实，淳子最终还是承认了。当然，淳子的说法对自己更有利："那个女人骗了草村。我们家草村以前一直会如期把工资袋整个交给我，可自从有了那个女人，他的钱全用在那个叫百合的女人身上了，连家用都不怎么给，害我吃了上顿没下顿。而且草村已经想好了将来要和那个女人一起过，那个女人也有此意，所以才会完全不把我当回事儿，还恶语伤人，我能不生气吗？哪天草村回来晚了，或者干脆不回来，我就一直坐着傻等，但越等越来气，所以才会忍不住跑去找那个女人理论。她可不是省油的灯，是个可怕的女人，完全不把我放在眼里，气焰极其嚣张，外人都看不懂谁才是正室。"

话说当晚，也就是三月二日晚上七点半，淳子闯进百合家，和百合家大吵大闹了两个多小时。每次淳子来闹，两人都会吵很久，有一次还连续吵了三个小时。事发当天，两人也是吵到十点过后，淳子才从百合家离开。

淳子离开百合家时也有目击证人可以证明。一个正好经过百合家门口的邻居主妇说她看见了淳子用力摔门而出时的背影。正当她呆呆地看着远去的淳子时，原本已经关上的百合家的门却突然打开，可能是百合为了上锁不小心推开的。那个主妇一阵慌张，本想避开，却不巧撞上了百合的视线，只能尴尬地寒暄两句。据那个主妇回忆，当时百合的脸色很难看，看上去还有些不甘心地说："唉，这个女人真的吵死了。这种老婆，别说草村了，哪个男人受得了！"

那位邻居主妇对警察说，当时她也不知道该怎么回话，听百合说完就赶紧走开了。

总之案发当时，警方确认淳子就在她的情敌、风松百合家里。与此同时，百合也在自己家里与草村太太开战。也就是说，两个女人碰巧为对方做了不在场证明。

警视厅在管辖这一带的警署里设立了专案组，全力追查这起案件的真凶。目前，警方认为可能性最大的还是劫杀。

为此，警方对附近的地痞流氓进行了盘查。有人提出可能是流窜犯，但警方判断，既然凶手能从别处搬来告示板，一定是对周围环境比较熟悉的人，而且这个凶手原本并非针对草村卓三，当时路过此处的任何汽车都有可能成为他抢劫的对象。

同时，为了万无一失，警方还彻查了草村卓三的男女关系。虽然已经知道他包养了叫风松百合的二奶，但警方猜测他在外面可能还有别的女人，毕竟有"小三"的男人再有个"小四"、"小五"也不足为奇。

# 四

警方来到草村卓三就职的小田橡胶股份公司了解情况。

草村的十几名同事向警方陈述了一些事实，他们说的都大同小异——

草村卓三虽然身为总务科长，但其实在工作方面并无建树。他之所以能坐上现在这个位子，只因为他工龄长、资格老，属于不靠本事靠交情的那种。不过，他有个外人看不懂的"能耐"。

草村是个掉进钱眼里的人。反正人都死了，同事们也就直言不讳地一吐为快。草村虽然在工作上没什么拿得出手的业绩，却颇有捞偏门的本事。大家都知道公司有个小金库，但不知草村耍了什么花招，一半以上都成了他的囊中物。会计说他还会在发票上弄虚作假。

草村包养百合的事情，全公司的人都知道。对此，公司老总也很不高兴，曾出面警告过他，叫他注意作风问题，如果还不听劝，甚至打算炒他鱿鱼。

总之，公司里没人说他的好话。而且这个贪钱敛财的男人自己花钱的时候还极度吝啬。身为总务科长，手下管着十几号人，包括做保安的、打杂的、清洁工以及公司前台做接待的，等等。一般来说，做科长的就算自掏腰包也应该时不时地慰劳一下手下人，可草村卓三却几乎一毛不拔，前台接待和公司保安都暗地里叫他铁公鸡。

卓三还有另一个怪癖。

他很爱打扮，本已半头白发，却常用染发膏让自己的头发看上去漆黑锃亮，还会在头上抹很多发油，看上去总是纹丝不乱。

草村年轻时也曾是个美男子，迷倒过一大堆女性。虽然现在已经五十四岁了，却仍留存着一些昔日的余韵。

然而，没有比年轻时的美男子即将变成一个糟老头更可悲的事情了。昔日的英俊面容，现在多了许多皱纹，皮肤也松弛了，尽显衰老之相。

草村卓三似乎对自己的英俊潇洒仍然很有自信，他不仅染黑了白发，还戴上了浅色镜，更让人觉得有些滑稽的是，他居然还经常给自己化淡妆。

他对自己的面容总是自信满满。明明花钱很吝啬，却不时地招惹那些女同事，因为他深信靠自己那张脸就够了。但事实上，那些女同事都觉得他恶心得不得了。

所以警方并没有在公司里发现草村卓三的其他情人。

他虽然惜金如命，却总爱去泡酒吧，当然，他花钱的时候还是很抠门。

有家酒吧告诉警方，草村一次小费都没给过。在酒吧里，他总把女孩子叫到自己这桌，却连一杯酒也不请人家喝。他自己也从不喝什么苏格兰威士忌，大多喝些便宜的饮料。

草村明明爱钱如命，却总往那些花天酒地的地方跑，因为只有在那些地方，他引以为豪的英俊帅气才有用武之地。在他年轻的时候，多少女人都曾为他尖叫倾倒，那段人见人爱的花样年华已牢牢扎根于他的记忆深处，正是那些众星捧月的难忘情节，让他在酒吧间流连忘返，不能自拔。

警方来到草村常去的四五家酒吧进行调查，都不是什么高级场所，当被问及草村这人怎么样时，女招待们一个个都嫌弃不已，归纳成一句话，结论就是："这人很恶心。"

"那人总是一脸淫笑，看着都恶心。他多大年纪啦，脸上还化妆，不男不女，像个妖怪。"

"那副眼镜是什么鬼啊，淡茶色的镜片，怪里怪气的。而且那副镜片后面的眼神总是一副欲求不满的样子，色眯眯地盯着我们。"

草村不只是"看上去"欲求不满，他到任何一个酒吧都会去搭讪女人。他年轻时肯定就这样，老了依然改不了。那些酒吧里的姑娘们几乎无人幸免。

"被他搭讪的人里，有谁真的和他好上了吗？"

女招待们全都不屑地大笑起来。

"怎么可能！那人总是坐在角落里摆出一副'我是美男'的架势，我们看见他都像见到鬼一样呢。"一个女招待这样形容。

那么百合究竟为何会与草村走到一起，还成了他的情妇？

"我们都搞不懂她怎么想的。"认识百合的人都异口同声，"要是我，无论草村怎么追求，都绝不可能给他做情妇的。"

那么百合在老朋友面前又是怎么说她和草村的关系呢？面对警察的疑问，她们回答说："也许她就好这口吧。我们都觉得那男人很讨厌，但我们讨厌也没用，百合自己喜欢。她说是一开始是她自己主动和那个男人在一起的，所以现在抱怨也没用。不过她其实也蛮虚荣的，就算现在不喜欢了，也不会告诉我们。百合确实不像我们那么嫌弃草村，这也许就是人们常说的青菜萝卜各有所爱吧。"

百合的老朋友们一致认为，草村的钱包只为百合敞开，不然百合不至于乖乖听他的话。

另外，酒吧里的人也都知道草村妻子会时不时地找百合吵架。

"百合也真的服了那个老婆，据说她超级可怕，歇斯底里呢。不过在草村老婆看来，我们嗤之以鼻的草村在她眼里肯定是块宝，自己男人被别的女人抢了，肯定觉得不甘心。"

"要是我遇到这种事，肯定趁这机会跟那男人一刀两断。"

"也不知道他老婆看上他哪一点了。百合也是，他老婆都上门闹得那么厉害了，百合都没和草村分手，也许草村确实有他的好吧，只是我们都不懂。"

当被问及草村除了百合以外还有没有勾搭上别的女人时，女招待们都露出一副不可思议的表情，笑了起来："除非是喜欢重口味的，不然一般人才不会去理睬草村那种呢。据我们所知，应该没别的女人了。"

根据警方的调查，不论男女，都对草村卓三没什么好感，也没有迹象表明他还有其他女人。

为了万无一失，警方还对草村卓三的个人财产以及人身保险进行了调查。结果显示，草村卓三并没什么财产，大部分钱都已经花在了风松百合的身上，没剩多少。唯一可以称得上财产的，就是淳子所住的房子和土地，但按现在的行情来说，最多也不会超过两

313

百万日元。而在人身保险方面，他也没和什么高额保险公司签约，只在邮政局投保过简易险。

# 五

专案组最初是按照劫杀的思路进行了多番侦查，但毫无收获。毕竟凶手是先把其他道路上的工地告示板搬到了案发现场、迫使汽车停车后再实施犯罪的，这肯定不是流窜犯的随意而为，而是智能型罪犯。警方虽然集中力量进行了多方侦察，却没有任何劫杀的嫌疑犯浮出水面。也有人提出，从家庭不和的角度出发，淳子才是嫌疑人。

然而，淳子当天晚上六点左右离开自己家，七点半到达百合住所，一直吵了两个半小时的架，十点过后才离开。而这段时间恰与凶手作案的时间重合，警方将这段时间内发生的事件整理如下：

六点，淳子从自己家出来，在池袋看了不到一小时的电影（警方已证实）。

七点半，淳子从影院到百合家（有目击证人）。

七点二十分，草村开着雷诺汽车回到家（有目击证人）。

此时，淳子已经外出，草村吃了家里的油炸牡蛎等剩饭。

九点，草村开车外出（有目击证人）。

九点到十点间，卓三遇害。

十点零五分，淳子从百合家离开，百合目送（有目击证人）。


然而，这里有一种假设——淳子七点半到达百合家，十点过后离开，期间有两个半小时的时间，淳子可以提前离开。

如果这个假设成立，淳子是凶手的可能性就不再为零。比如说，淳子可以八点从百合家出来，立刻打车从椎名町回到在高松町的自己家。当时丈夫卓三还在家。淳子悄悄从车里拿出扳手，潜入家中，猛击卓三的后脑勺，然后用麻绳将其勒死……

但这又不太可能。就算这个杀人方法本身是可行的，但有邻居曾在九点左右看到卓三开车出门，也就是说，卓三是活着离开家的。

还可以有另一种可能性——淳子事先偷偷钻进停在自家门口的雷诺车内，当车行驶到案发现场后，用扳手猛击卓三的后脑勺。她事先把工地的告示板搬到现场，卓三看见告示板后肯定会把车停下，淳子等的就是这个停车瞬间。杀死卓三后，淳子再跑到别的路段，拦下出租车，回到椎名町的百合家。

但是，这种情况下需要多种"偶然"碰到一起。最大的问题就是那块工地告示板。假设淳子事先把告示板搬到现场，那她必须提前知道丈夫一定会在九点经过那里。

可根据警方调查，卓三平时回家的时间都很随意，有时六点，有时九点，还有凌晨两三点的。就算淳子事先知道卓三是七点半回家、九点离开，也很难保证卓三开的雷诺一定走这条路，毕竟通往百合家的路并非只有这一条。

无论如何，淳子都必须事先与丈夫约好七点半回家，然后使用某种手段确保他九点离开。

而且淳子是凶手的假设中还存在很多逻辑不通的地方，比如淳子与丈夫卓三的关系已经极度恶化，所以卓三没有理由向妻子做出保证，或与妻子约定几点回家。另外，卓三回家后还把中午吃剩的油炸牡蛎当晚饭吃了，由此可见他原本并没有外出打算。至于他九点离开，只能解释成是因为他看到妻子不在，临时起意，才开车出去的。

而且这个假设中有个最大的缺陷——如果淳子当着百合的面提前离开，百合没有理由不告诉警察。那个让她恨得咬牙切齿的淳子如果中途离开过，就是她有杀人嫌疑的最好证据。可百合却向警方说："两人一直吵到十点多，淳子始终纠缠不放，都不知该怎么办了。"

另一方面，也有人认为百合才是凶手。

草村是在九点到十点间被杀的，所以在此之前或之后的时间，可以暂时不予考虑。

九点到十点间，正是百合遭遇淳子上门闹事的时间，理应脱不开身。但有一名刑警却提出了一个奇妙的杀人方法——百合在给淳子喝的茶里下了安眠药，淳子喝下后睡着了。趁着淳子睡着，百合可以偷偷溜出去。淳子醒来之前，百合有足够的时间回到自己家。

在这种情况下，淳子会不知不觉地睡着，对百合的外出也就全然不知了。

趁淳子睡着的间隙偷溜出去的百合，事先和卓三约好，叫他来到案发现场。卓三如约抵达后看见百合，很自然地停了车。百合上了卓三的车，坐在后排座位上，发车前猛地一击，使卓三昏厥过去，然后从后面用麻绳将其勒死。

而之前始终不得解的工地告示板，可能是在卓三遇害后被百合摆放到车前的，目的是伪造出一个先看到告示板再停车的假象。然后，百合再迅速回到椎名町的家，此时淳子还没醒。

如果假设百合是凶手，那么车子为何会停在那里、卓三为何在那个时间通过那条道路的问题都迎刃而解了。但问题是，淳子不可能不知道自己睡着了，而如果真的睡着过，淳子一定会告诉警方自己被灌了安眠药睡了一阵子的事实。

还有一点不合逻辑的地方——从开车人的心理来说，百合上车后，卓三应该会马上发车，如果百合用扳手从后面袭击的话，此时车子应该已经正在行驶中，而这一点却与事实不符。

另外，在目击证人的证词中，警方又发现了一个疑点。

卓三当晚九点左右开车离开时，邻居说看到过他，但并没有看清卓三的脸，只说在昏暗的路灯下，看见了一个戴着鸭舌帽、好像是卓三的人。

当时汽车正在行驶中，说"看到"不如说是一瞬间"瞥到"了。大概目击证人只因为雷诺是卓三的车，且车是从卓三家中开出来的，再加上开车的人戴着鸭舌帽，便以此判断说自己看到的是卓三。

警方推测这很可能是凶手的伪装。那个戴着鸭舌帽、立起大衣领的可能是任何人，目击证人在昏暗的灯光下，一瞬间很可能会认错人。凶手是有计划的。而且如果凶手是女人，鸭舌帽和大衣领还可以将长发遮住。

出于上述考虑，警方又悄悄对淳子和百合展开了调查。但结果发现两人都不会开车，于是，这条线上的调查又被迫中断。

当然还有一种可能性，就是存在"第三人"，即凶手的共犯。但警方进行了一番彻查之后，结果还是排除了这种可能性。最终，警方一致认定这是一起抢劫杀人案，只是凶手尚未归案，专案组不得不解散。

话说在被害人卓三的葬礼上，人们并没有看到百合的身影。即使她来了，淳子也不会让她进门吧。当天晚上，刑警们曾悄悄监视过参加葬礼的人，希望能发现可疑人物，但最终是一场徒劳。

历经四十多天的侦查，专案组无奈地解散了。此后，淳子卖掉了房子，不知搬去了哪里。风松百合也回到原来的酒吧，再次当了女招待。她曾对身边的朋友说："真倒霉，大半年就像做了场白日梦，太傻了。但好歹不用为那种人一辈子作践自己了，也算一种幸运吧。"

# 六

一晃两年过去了。

两年间，报上报道过三起大事件，都是正室与情妇之间发生的犯罪案件。

一则是正室闯入情妇家大打出手，致使情妇身负重伤。

一则是正室潜入情妇公寓，对着正在就寝的丈夫和情妇一顿暴打，结果却反被其丈夫杀死。

第三则是情妇闯到正室家中，当着正室的面服毒自杀。

总之，正室与情妇之间反复上演着相斗相克的闹剧。

而当年的"情妇"风松百合则在某个早春的夜里开煤气自杀了。卓三之后，她又找了个新情人，同居过一阵子。但遭到新情人抛弃之后，就变得消极厌世，自断性命。

百合的尸体被发现后，有人报了警，当地警署派出警员和法医来到现场进行调查取证。在调查过程中，警方发现了一个可疑情况。

公寓管理员在夜里十一点左右发现了百合的体。三天后的下午三点举行了葬礼。就在葬礼前夕，警方了解到一个情况——管理员告诉警方，百合自杀后的第二天夜里十一点四十分左右，曾有一名中年妇女来过公寓，反复询问百合是否留下遗书。

管理员告诉她，百合确实留了遗书，遗书里充满了对抛弃她的那个男人的怨恨。但那个中年女人却一个劲地问有没有别的遗书，直到确认没有别的遗书之后，才放心地离开。

"我是百合的亲戚。"那个女人对管理员说，"百合应该还有别的遗书吧。"说话时一副打破砂锅问到底的架势。

公寓管理员以前没见过那个女人。

这个情况传到了曾在草木卓三那起案件专案组中工作过的刑警耳中。警署的刑警大队长接到部下的报告后，心里忽然冒出一个念头。

根据公寓管理员所描述的年龄和相貌来看，那个女人应该就是草村卓三的妻子淳子。

警方调查了淳子的下落，打听到她在新宿后巷开了家卖关东煮的小店，和一个比她小的男人同居。

为什么淳子会知道百合自杀？为什么她要一个劲儿地打听遗书？

淳子可能是从百合朋友口中听说了百合自杀的消息吧，因为淳子开了个小店，在银座酒吧工作的女招待们下班后常常会去光顾淳子的小店，其中也有人知道百合和淳子前夫的关系，一定是那些人告诉淳子，百合前一晚自杀了。

但她为什么要问遗书？

淳子对百合的自杀是不是有什么误会？被男人抛弃，才是百合自杀的真正原因。但淳子似乎认为百合自杀别有原因。

推理到这一步，剩下问题就迎刃而解了，一切好似云开雾散，真相终于大白天下。

刑警大队长自信满满地向检察院申请逮捕令，将草村卓三命案的犯罪嫌疑犯人淳子捉拿归案。

# 七

"我交代，我什么都交代。"淳子脸色苍白，向负责审讯的警官坦白了一切——

是我和百合两人合谋杀害了卓三。我俩从案发前一个月开始商量，并制定了杀人计划。做妻子的这么说自己丈夫，也许你们会觉得有些过分，但我丈夫卓三真的就是个混蛋，是人渣。他自私，任性，偏执又残忍，而且是个守财奴。

我年轻的时候就曾为他吃了很多苦。他一直在外面玩女人，不知道糟蹋过多少好姑娘。一把年纪了，一点也没变。虽然不如以前那么受欢迎，但狗改不了吃屎，他就是喜欢玩女人。

明明已经上了年纪，但为了显年轻，他不仅把白发染黑了，还明明不近视却戴了副浅茶色镜片的潮人眼镜，甚至经常化淡妆。他就是这样一个恶心的男人。多少次我好心劝他，可他就是不听。

除了做那些怪事，他还非常抠门。明明他手里有很多钱，给我的家用却少得可怜。当时，百合和他认识已经两年了，我知道后非常生气。百合在椎名町租了一间房，我好几次找上门和她大吵大闹，这些都是真事，当时是真的吵架。

百合说她一开始并不觉得卓三是个坏男人，如果是坏男人，就不会出钱给她租房包养她了。百合一开始不清楚他的底细，没能经得起诱惑。

后来她才知道卓三是个什么东西。一开始，我发疯似地和她闹，她也是个强势的女人，吵的时候毫不示弱，她的邻居们经常在屋外都能听到我俩大声互骂。我们甚至还曾经动手厮打。

我越来越讨厌卓三，真想立刻和他一刀两断。但我每次提出离婚，他都不同意。他表面上经常装出花美男的模样，但其实很凶，经常对我施暴。我说想离婚，他却说："我不会离婚，也不会和百合分手。你想走？你试试看啊！看我怎么收拾你！"说完又是一顿拳打脚踢。每一拳每一脚用的都是狠劲。那男人天生就是那么偏执又歹毒。

事实上，我也弄不懂卓三为什么会有那种心理。其实没有我，他就可以堂堂正正地和百合一起过日子，我走了应该正合他意啊！但他却不那么想。他并不是因为爱我才要挽留我，那只是一种发疯的占有欲。

我不知有多少次想偷偷离家出走，但是每次一想到卓三那可怕的眼神，就打起了退堂鼓。无论我躲到哪里，那个男人那么偏执，肯定会不惜一切代价也能把我找出来的。而一旦被他发现，我很清楚自己会有什么下场。他曾经拿出过一把匕首贴着我的脸颊威胁过我，没见过他那种眼神的人是不会明白的。他的眼神透着一种残忍的疯狂，好像下一秒就会举刀见血。

他对百合也是如此。正好是在和我吵烦了的那段日子里，百合渐渐了解到卓三令人作呕的本性。她也多次提出分手，但卓三就是不同意。我觉得百合比我更惨，毕竟她还那么年轻，又比我漂亮，卓三不可能同意和她分手。

卓三并没有给百合很多钱，每个月只有一点点。他骨子里就是个守财奴。年轻的姑娘们不可能受得了。我以前是说过，卓三的钱都让百合给卷跑了，但因为那时候我和百合关系不好，故意夸张的。事实上，卓三给百合的都是些小钱，只够零花。

我觉得百合肯定也很多次想从卓三身边逃走吧。她曾对我说过，她是害怕卓三，才没跑成，虽然很难受，却只能忍下去。

外人都不知道这些事，在他们眼里，只看到我和百合为了我丈夫一直吵个不停。

那阵子，百合好像有了新情人，而卓三似乎也已经隐约地感觉到了，于是他对百合越来越偏执，甚至威胁说："你要是敢离开我跟别的男人走，看我不要了你俩的性命！"卓三还一直叫嚣说："哪怕你们跑到天涯海角，我也会把你们挖出来！"他还扬言如果百合走了，他一定会狠狠报复。事实上，看过卓三眼神的人都会明白，那并不是什么吓唬人的话，他真的说得出做得到。

某一天，百合偷偷来找我，向我坦白了一切。我就是在那个时候知道她有了新情人，也知道了她想离开卓三。我猛然意识到，我也可以离开那个男人。想来真有点不可思议，百合和我居然都想离开他。百合对他已经仁至义尽，而我也早就心灰意冷。但如果只有百合成功离开，我却依然留在丈夫身边，我肯定会苦恼不已，甚至会撑不下去而崩溃；同样的，如果留百合一个人继续在卓三身边受折磨，我也无法下决心离开。既然情敌都已经想逃了，那我还有什么理由继续留在那个坏男人身边？所以我希望百合顺利离开，我自己也可以从地狱里成功出逃。我这么说，警官您懂吗？

我不过才四十岁，如果拖拖拉拉留在那个男人身边一直到老，那就真的万劫不复了。要逃就得趁早。既然百合想逃，那么我也一起逃。我说了这么多，警官您大概已经明白了吧？因为我也想要开始新生活，这就是我的动机。受困在那样一个烂人身边，眼睁睁看着自己的后半生失去希望，一想到这些，我就受不了。

百合和我的想法一样，留在卓三身边就等于断送自己的人生。

我俩也算不谋而合吧，总之，我们开始计划杀死卓三。

杀人那种事，必须有缜密的计划，而且还不能让他人介入，因为不知什么时候就可能露出破绽，所以从头到尾只有我们两人参与。但我们都是女人，比力气，卓三强过我们一倍，万一搞砸了，后果不堪设想。那时，我俩每天都如履薄冰，小心翼翼地实施着计划。

如果是一个人去实施，事情很容易会败露。所幸之前我们一直交恶，利用这一点，我们决定一起动手。这样一来，就不会有人察觉了。

案发前一个月，我故意多次闯入百合家。百合也故意在我去的时候破口大骂。我装出歇斯底里发疯的样子乱喊乱叫，还顺手抄起身边的东西朝她砸去，但那时候的吵闹都是在演戏。

完全没人起疑心。毕竟之前我们是真的吵过，只是后来变成了一种计划好的吵闹，但谁都没发现。大家都觉得正室与情妇本来就该誓不两立，而我们正是利用了人们心理上的这种盲点。

# 八

淳子继续交代——

不杀死卓三，我俩谁都逃不出他的魔爪。因为只要他还活着，就算我们暂时逃走，也一定会被他找到抓回去，那样我们的人生就真的彻底毁了。

我们的杀人计划必须是动真格的。

我现在说一下案发当天的事情吧。

案发前一天，我照例跑去百合家大吵大闹，但那是演戏给别人看，其实我是去和她进一步商量杀人计划的。当时是百合提议在车里杀死卓三。

之前我们想过在我家或者在百合家，趁卓三不注意，两人一起突袭他。但他毕竟是个男人，力气比我们大很多，稍有闪失，不知道会有什么后果。而且隔壁都有邻居，如果弄出很大的声响，或者他发出呻吟声，马上就会被发现。所以最终我们决定在车内动手，我们觉得只要卓三坐在驾驶座上，我们坐后排，趁他背对我们的时候从他背后袭击他，应该就能成功。

之后我们又讨论了具体方法，最终我们选择在夜路下手。所幸我家附近田地很多，从住宅区走出去没多久，路上就没灯了，夜里一片漆黑。没有比这种地方更适合杀人的了。

卓三回家的时间都不固定。就像之前我回答警官的那样，有时六点，有时半夜，要确定他的回家时间，这其实是一个难题。

百合主动解决了这个问题。案发前一天，百合先和卓三约好，让他七点半左右一定要回家。

她之所以说动卓三按时回家，是因为她说她和我关系恶劣，想三个人坐下来好好谈谈，把话都讲清楚。卓三一开始说没什么好谈的，不用见面，但终究还是依了百合。所以我们的第一步是由百合告诉卓三，想三个人一起在我家见面，百合七点半前也会来到我家。

第二天一早，卓三就对我说："今晚百合要来，你必须准时在家等着，我七点半前会到家，然后三个人一起好好聊聊。"我欣然同意，因为我知道丈夫一定会在七点半回来。

我六点出门，在池袋看了一小时电影，然后去了百合家。我敲百合家门的时候，正好有人看见。我还故意很用力地敲，好让路过的邻居注意到我，之后就有利于我的不在场证明。

卓三以为我在家，准时回到家。但他没想到我已经出门，就用钥匙开了门进到屋内，在家等我。他也许是肚子饿了，就吃了我中午做的那些油炸牡蛎。

另一方面，百合和我按计划偷偷离开她家，朝着位于高松町的我家走去。也就是说，之后的三十分钟内，我和百合都不在自己家。因为天黑，我们又是从后门出来的，所以没遇到什么人。

百合先是一个人悄悄进到我家，没被任何人发现，当时卓三正在看报纸。百合开口和卓三说话，卓三说不知道老婆死哪儿去了，让她一起等。百合故意向他发难："你还叫我等？太不像话了！你不知道你老婆现在就在我家啊？你老婆还是那副凶相，不停地骂骂咧咧、乱吼乱叫。今天明明说好了三个人一起在这里把话讲清楚，你老婆却自说自话跑去我家，怎么着？就你老婆有特权啊？"卓三一听也火了："居然有这种事，我们马上去你家，看我怎么收拾她！"说完就准备出门。

卓三从家里出来坐上驾驶座，百合坐在后排。幸运的是，两人上车的时候没被任何人看见。百合横躺在后排座位上，这样一来，从车窗外就看不见她。车开出去十米远的时候，遇到了邻居，所以她能作证说当时只看到我丈夫一个人开车出门。

我按照计划等在春日町的路上。是百合让卓三走这条路的，毫无防备的卓三把汽车开到了我等着的地方。

我突然跑到车前，丈夫看到我的身影，慌张地立刻踩了刹车。

那个瞬间，就是我们之前商量好的动手时刻。

百合拿出事先准备好的扳手，车一停车，就立刻用力砸向卓三的后脑，他一下子就垂下了脑袋，但还没有完全丧失意识，晕晕乎乎的，却露出了令人恐怖的表情，挣扎着想从驾驶座上站起来。这时我也立刻跳上车，关上车灯，和百合一起用麻绳绕住他的脖子，两人一起使劲勒。五六分钟后，他终于完全停止了呼吸。我们调整了他的姿势，让他的头趴在上方向盘上，就当是送他最后一程。接着我们下了车。当时差不多刚过九点。

之后，我们还弄了一个小把戏。因为觉得汽车就那样停在那里，会给人不自然的感觉。这其实也是我们早就计划好的。我们把附近道路上的施工告示板搬了过来，让人以为他是因为看到这块告示板才停车的。我们还把他揣在怀里装着三万日元的钱包拿走了。这样一来，大家就会以为是强盗故意用告示板挡住了行驶中的汽车，然后抢了钱包逃走。这一切都进行得很顺利，警方也曾以为是劫杀。

我们怕留下指纹，所以都戴着手套。留在现场的那把百合用来砸卓三的扳手是从别处弄来的，换掉了卓三车内原本就有的那把，卓三的扳手已经被我们扔到河里了。之后，警察让我看用作凶器的那把扳手时，我谎称那就是我丈夫平时用的。

之后我们又分头行动，趁人不注意回到百合家。为了避人耳目，我俩相隔二十分钟，一前一后进了家门。那是我们行凶后第一次在亮处看清彼此的模样。我记得当时百合两眼发直，脸色煞白，而我自己也在浑身发抖。

那是一种杀人后的恐惧，同时还有一丝担心，害怕卓三万一没死，又活了过来。

十点过后，我按计划离开百合家。为了让邻居听到，我故意生气地用力摔门而出，发出很大的声响。幸运的是，那时也刚巧有人路过看见了我。

那晚我躺在床上毫无睡意。我刚才也说了，我真的害怕卓三没死，不知什么时候又会活着回家。我一直哆嗦发抖，直到天亮才放下心来，这时候还不回来，说明应该已经没事了。

早晨九点过后，警察来通知说我丈夫遇害了。我故意脱口而出说可能是百合干的，这样一来，就不会有人怀疑我俩是同谋。而且大家都知道我和百合彼此恨得跟仇人似的，以为我们绝不会为对方提供有利的证词。在犯罪时间内，我俩又正在百合家吵架，这给了我俩完美的不在场证明。这一切都是计划好的。

之后，我们都很慎重，决定两个人暂时不要见面，就让外人以为我们还在继续互相讨厌。所以举行卓三葬礼的时候，百合没来参加。

没过多久，百合如愿和新情人开始了新生活。卓三的丧期过后，我就把房子卖了，搬到了新宿。我一个女人家，不想呆在那种出过事不吉利的屋子里也很正常，所以没人怀疑。

我在新宿开了家卖关东煮的小店，那阵子我真的觉得神清气爽，感觉一直纠缠折磨着自己的坏东西终于不见了。我彻底离开了那个让人恶心不已的男人，可以呼吸到自由的空气。我并非没有杀人的负罪感，只是更多的是自由与快乐。

我还和一个以前就对我抱有好感的年轻男人住在一起。对比以前的日子，越发觉得当时真是身在地狱，而当我开始新生活之后，这种感受变得越发强烈。所以，杀了他，我一点也不后悔。

之后过了很久，我和百合见过两三次。我的小店在新宿，开到很晚。夜里十一点半左右，银座酒吧的女招待们下班后会顺路来我的店里坐坐，其中有几个人知道百合与卓三的关系。她们做梦也想不到我和百合会合伙犯下那种滔天大罪。作为双方都认识的朋友，她们偶尔会聊到百合。

那天晚上，一个女招待来到我店里问我："你知道百合自杀了吗？"

我一下子惊呆了，只吐出一个字"啊？！"就再也说不出任何话来，只能瞪大了眼睛看着她。

"你还不知道啊？据说昨天夜里十一点半左右，百合吞安眠药自杀了，葬礼明天举行。"她告诉我。

"为什么自杀？"我用颤抖的声音问她。

但她似乎真的不知道。于是我再也沉不住气了。我以为百合突然自杀肯定是因为杀害卓三后感到痛苦而导致，但同时内心又希望不是如此。我很在意百合究竟为什么要自杀。如果真如我所想，那么她一定会留下遗书，而遗书里，她一定会把杀害卓三详细经过都交代清楚，最后还可能会附上自己的忏悔，当然也会把我写进去。就算没写我的名字，一旦那份遗书落到警方手里，也肯定会怀疑到我头上，因为案件中的诸多矛盾一定会让警方发现那并非百合的单独作案。

我必须把那份遗书弄到手，而且刻不容缓。如果被别人抢先读到那份遗书，我就全完了。我坐立不安，决定立刻跑到百合家。之前遇到她的时候，她曾告诉过我公寓的地址。


但是，她的遗书里并没有提到那件事，她只写了被男人抛弃后的怨恨。

如果我没有感到心虚与不安，没有去打扰奈何桥上的百合，就不会有人知道我们的罪行了……但当时的我，真的忍不住，觉得百合肯定留了遗书，交代了一切，所以想趁着别人尚未读到之前把遗书弄到手，我实在太害怕了。

万叶翡翠

一

"告诉你们，有阵子我还想去搞万叶考古学呢。"

S大学年轻的考古学副教授八木修藏在研究室里和三个学生闲聊时如是说。

这三个学生分别是今冈三郎、杉原忠良和冈村忠夫，他们的专业都不是考古学，只是因为感兴趣，所以才来研究室找八木副教授聊天。

"是不是有一种考古学叫'神社考古学'？"今冈三郎问。

"对，有的，是宫地直一先生倡导的。这种学问是从考古学角度去解释神社的祭器和遗迹，还有被称作神笼石的神篱和磐境等。神社传承着古代的形式，可以从中探究远古的生活方式。"

"您所说的'万叶考古学'听来也很有趣。"杉原说，"是不是通过对《万叶集》中诗句的研究去探究古代的生活呢？"

"差不多，就是这个意思。"八木副教授嘴里叼着烟，转眼看向别处，那里摆放着去年暑假做挖掘调查时出土的"加曾利E式"大型深钵型粗陶土器，刚刚完成修复工作。夕阳照进窗户，落在好像旧货商店里杂乱摆放着的古代文物上。角落里的架子上堆着好多箱子，里面塞满了石斧、石碑和陶土碎片。

"但是，老师，"冈村忠夫说，"《万叶集》里的诗歌多以抒情为主，从某种意义上来说是形而上学的东西，而考古学讲究的是唯物论的方法，怎样才能将两者联系在一起呢？"

"这个问题问得好。其实大家都会有这个疑问吧？"八木副教授又将视线转回学生，"确实，《万叶集》中诗歌的主体多为情感和情绪，还加入了很多文学修辞，如果用考古学去研究这些内容，恐怕只能是乱来，甚至可以说是危险的。但其实可以研究别的部分，我举个例子，你们也一起来讨论一下。你们知道收录在第十三卷中的《淳名川》吗？"

三个学生面面相觑，都说不知道。

副教授打开抽屉，拿出一本文库版的《万叶集》，翻到一页，用手指着说："就是这首。"

三人齐眼看去。

"淳名河底玉，苦求与偶拾两许。惜君如此玉，芳华与锦瑟难续。"（《万叶集》第三卷第三千二百四十七首）

"是不是像在做高中试题啊？"副教授嘴角一扬，露出一抹微笑，"你们先解释一下这首诗吧。今冈君，你先说。"八木对着坐在最边上的学生说。

"好吧。"今冈三郎戴着眼镜，目不转睛地盯着那首诗思考了一会儿，"我说的可能不对哦，但我的理解是这样的——渟名川的河底有块玉石，没人知道这是有人特意找到的还是偶然捡到的，总之就是有那么一块玉，而美人就和这块玉一样无可取代，但可惜时不我待，美人也会终将老去，一想到这里，就觉得非常遗憾。是这个意思吗？"他说的时候有些结巴。

"杉原、冈村，你们觉得呢？今冈解释得对吗？"

被点到名字的两个学生又再看了一眼原诗："我们的理解也和今冈差不多。"

"你们都觉得这么解释没错，是吧？"八木说，"其实对于这首诗我有自己的理解。比如对于这诗句中出现的玉石，你们怎么想？"

"因为看到的时候在河底，应该是块美玉吧？"

"是块美玉？对，这没错。"八木赞同，"那'渟名川'又是什么？"

"就是一条河吧。"三个人互相看看，"'渟名川'这个词和'玉'这个词搭配使用。当然，'渟名川'只是一种叫法，并非实际存在的河流，在和歌中作为放在句首的'枕词'，起修饰作用。"

"那我再问一个问题，诗中说'苦求与偶拾两许'，这个'苦求'与'偶拾'又分别指什么？"

"这句诗只是为了提出'玉'的由来，我觉得并没什么特别的意思。而诗中的'玉'也只是借此表达对恋人终将老去这一事实感到悲哀。"

"'苦求与偶拾两许'这句话的意思很难解哦。其实，我刚才说的'万叶考古学'就要做这类诗句的学问。"

听了这番话，三人一起望着副教授的脸："老师，我们不太懂您说的意思。"

"罢了，罢了。"八木嘴里慢慢吐出一缕烟，对三个学生左看看右看看，好像故意要让他们着急，"我一个人在这里滔滔不绝，一本正经的多没意思啊，不如今晚你们回去先查一下之前有哪些学者提出过什么观点，然后可能就会明白我在说什么了。如果有兴趣的话，明天再来，告诉我你们查到的结果。"

第二天，三个学生兴致勃勃地，一早就带着书和笔记本来到副教授的研究室。

"八木老师，"今冈三郎说，"关于那首诗歌的解释，我们分头查了很多文献资料，总的来说，都和我昨天的解释差不多。"

"是吗？"副教授微笑着说，"具体都怎么说？你们把搜集到的资料整理一下，让我听听你们都了解到了什么。"

学生们把带来的资料全都摆到副教授面前。

"这本是契冲写的《万叶集代匠记》。"

书中这样写道——

　　所谓淳名川底之玉。淳名川地处晴之国（今冈山县）。绥靖天皇因此河得其尊称"神淳名川耳尊"。

　　诗中所言河底之玉颇有深意，乃以玉喻人。淳名川之河底玉，可求得亦可偶得，乃自然显现。

"还有鹿持雅澄的《万叶集古义》。"

鹿持雅澄的解释如下——

　　淳名川实为天安河中淳名井。《日本书纪》之第一、二卷"神代纪"中称其为"天真名井"，亦作"天淳名井"。冠以"真"字作为美称，与"真淳名井"同义。此井位于安河之中云深处，阅《古事记》或《日本书纪》即可知。"淳名"为借字，实为"琼之井"（"名"即为"之"，多见于古文）。溯源上古，因其井底有琼玉，故得名。

还有橘千荫的《万叶集略解》中这样写道——

淳名川并无沼泽之意，或因其有琼玉，故称其为"琼之川"，乃珍品当惜。

神淳名川耳天皇、神淳名仓玉敷天皇、天淳名原瀛真人天皇皆因此河得其谥号。《神功纪》中所记"天津淳名仓之长峡"乃摄津国住吉郡也。

"原来还有现代学者的解释啊。"八木副教授又拿起一本佐佐木信纲编写的《万叶辞典》，书中写道——

淳名川（地名）【解释】天上之河名。《神代纪》中记作"天之淳名井"。【出处】淳名河底玉，苦求与偶拾两许。惜君如此玉，芳华与锦瑟难续。（《万叶集》第十三卷第三千二百四十七首）

还有武田佑吉的《万叶集全注释》中写道——

淳名川是一条想象中的河流，并非实际存在的地名。《日本书纪》中记有"天之淳名井"，天武天皇的谥号即为天淳中原瀛真人天皇。这里的"淳"字，原意为"琼"，"名"字是接续助词"之"的借字，"川"字即"河"，所以"淳名川"其实就是"玉之河"的意思，此河只在天上有。

据说这块淳名川中的河底之玉很灵验，许愿即可成真。

还有一本折口信夫的《口译万叶集》中这样解释——

女子可爱的模样，就如同这淳名川的河底之玉，不知是苦寻之后终觅得还是信步之间偶拾得？总之就是一块瑰宝美玉，可惜只能任其历经岁月蹉跎。美玉般的女子终将芳华不再，实在可悲可叹。

## 二

"主要的参考书目都在这儿了，你们也都能看出个大概吧。"八木说，"我们暂时不管'淳名川'这个地名，先来讨论一下关于这块玉的问题吧。大家觉得这是怎样一块玉呢？"

"可能是勾玉状的吧？"杉原回答。

"好啊，我们就当它是勾玉状的吧。但即使是勾玉状，也可能有各种质地。比如有金银之类重金属类的，有贝壳类的，还有用动物骨头和牙齿做的，但最常见的还是石头做的，比如硬玉、碧玉、玛瑙、水晶、蜡石、滑石等，当然也有像玻璃一样的东西。大家觉得这首诗中出现的最有可能是哪一种呢？"

学生们陷入沉思。

"因为沉是在河底的玉，所以可能是水晶或滑石吧？"冈村回答。今冈和杉原也表示赞同。

"我和你们想的不一样哦。"八木说，"当然，因为是沉在河底的石头，你们那么想也不无道理。不过，你们再好好想想这句诗的意思。几个版本的解释中都提到了'美人如玉但芳华难留'这个意思吧？所以，这玉，其实指的是青春。"

"啊，我想到了，是翡翠吧。"今冈突然插嘴。

"对。四世纪之后，日本的出云国就出产绿玛瑙，也叫碧玉，但没有透明度。而翡翠的色泽却是通透的碧绿色，古代人一定是从这鲜亮的色泽中感受到了青春般的朝气。可是当时日本并不产翡翠，要从中国和缅甸进口，这已是历史上的定论。当时只有在中国南部的山区，比如云南附近，也就是缅甸北部钦敦河河谷一带才会有翡翠。接下去，我讲一下对'苦求与偶拾两许'这句诗理解的关键问题。"

八木环视了一下三个学生，"关于这一句诗，各个版本的解读有所不同。比如你们带来的那些书里，契冲认为那是块'十分贵重、很难到手'的美玉；鹿持只解释了'可能是找来的，也可能是捡到的'；而我比较认同的是折口老师的释义：'不知是苦寻之后终觅得还是信步之间偶拾得？'但我也并非完全认同这种说法。对于诗中的'求'这个词，我的想法比较特别。"

"那您觉得是什么意思呢？"三个人一起看着八木的脸。

"我认为，诗中的'求'应该理解为'买'的意思。而之后的'拾'这个词，对应的就是'别人送的'的意思。'买'，就是买卖的意思。我们可以做一个假设。有'买'就肯定会有'卖'，有卖玉之人就会想到产玉之地，我推测这句诗中的玉的产地就在日本。"

"老师，抱歉打断一下。"杉原忠良插嘴说，"考古学上已经证实了古代翡翠是从中国南方和缅甸北部进口到日本的。即使您所说的买卖成立，也应该是买卖从中国或缅甸进口的翡翠吧，您如何断定产地是日本呢？"

"你说的没错，所以我们接下来就要讨论一下'淳名川'这个词的意思。所谓'淳名川'，之前在学者的各种论述中都曾提到，这不是现实的地名，而是一种修饰，一个虚构的地方。比如，契冲说过'渟名川乃天上之河'，鹿持也说'渟名川地处天安河中，同渟名井'；佐佐木信纲也认为这是条只有天上才有的河。总之，大家都把'渟名川'比作天上的河，就像七夕故事中的银河一样。武田佑吉也认为'渟名川'不是实际存在的地名，只有橘千荫提到了'渟名川'与天皇谥号的关系，并从《日本书纪》的'神功纪'出发，推测出'渟名川'其实就是摄津国住吉郡。但鹿持却对这种推测嗤之以鼻，认为这只是橘千荫的臆测，不足为信。只有橘千荫一人把'渟名川'当作现实地名进行考察分析，对此我深表敬意。……但如果确实是现实的地名，那它现在又在日本的哪里呢？关于这个问题，我也有我自己的想法。"

"您认为在哪里？"冈村问。

"为了解决这个问题，我们先要弄清楚'渟名川'这几个字的意思。"八木嘴里叼着烟继续说，"关于'渟名川'这个地名，千荫用了《日本书纪》的'神功纪'来考察，那我也想东施效颦一下，用《古事记》中的记录来解释一下。"

八木说着从抽屉里取出一本文库本《古事记》。他翻到夹着书签的那页："你们来看看这段"——

八千矛神为娶高志国之沼河姬为妻，不远万里来到沼河姬家中唱歌求偶。

主君八千矛　贵为神之命　寻遍八岛国　难得好姻缘　远在高志国　听闻有佳人　贤淑又美丽　登门求婚之

"这段说的是大国主君风花雪月的故事，我受此启发，觉得这里出现的'沼河姬'和《万叶集》中的'淳名川'有关。这个'沼'和'淳'在日语中发音相同，如果'沼河姬'是高志国的人，那么'淳名川'也一定就在高志国。这就是我的推理。"

"啊，您这么一说，我们就明白多了。但当年的高志国地域辽阔，拿现在的地图来说，从新潟县一直到富山县的日本内陆都算吧？"杉原说。

"是的。当年的高志国西至越中，西南至信浓，南至上野，东至岩代，东北至羽前，是个横跨六十里的大国。但幸运的是，我在《倭名抄》这本日本最早的百科全书中找到了'沼名乡'这个地名，还有日语发音与'淳名川'同音的'奴奈川'神社。当时的'淳'就是现在的'沼'，除了'沼川乡'，我还在《倭名抄》中找到了'颈城郡沼川乡'和'训奴乃加波'这类词，'训奴'的日语发音也与'淳名'相同。"

八木边说边拿出记事本，"这是我从吉田东伍老师编写的《大日本地名辞典》中的摘抄出来的一段，读给你们听一下。"八木开始读笔记，"从今系鱼川与根知谷、今井谷、青海市振到大和川谷、早川谷诸村一带，包括在近世被称作'沼川庄'的西滨山下七谷。辞典上就是这么写的。我们再来看现在的新潟县地图，《倭名抄》中所说的'沼川庄'就在西颈城郡，有众多河川都从这一带的溪谷中流出。所以我猜想这一带的河流，应该就是《万叶集》中所说的'渟名川'。不过我说的是西颈城郡，其实在东颈城郡现在还留着一个村庄，名字就叫'奴奈川'，日语中与'渟名川'同音，这个'奴奈川'与《延喜式》中记载的'奴奈川神社'文字相同。我也看过这一带的地图，发现东颈城郡也有多到数不清的溪谷与河流。不管是东是西，无论如何，新潟县一带就是翡翠勾玉原石的产地，这一点应该无可争议。"

"老师，这太有趣了。"冈村忠夫感叹，"简直就是一种推理。"

"就是推理啊。"副教授笑着说，"而且我对这个推理很有信心，因为都是根据古籍逐字逐句分析所得。"

"您可以把这个写成论文拿到学会上发表。"今冈三郎说。

"不行啊。可悲的是，在日本，不会有哪个学会肯承认这种推理，那些名家、大家都会唱反调。现在那些所谓万叶学的权威们都是沿袭了前人的论点，认为'渟名川'就是一条虚构的河。像我这样对诗词逐句分析、即物穷理的，会被当成旁门左道挨批的。"

"话虽如此，但老师您的想法真的很有新意啊。"三人几乎异口同声，"要不我们一起去一下现在的'淳名川'，实地探险一番，就当是为了论证老师的观点吧。"

"如果你们真有这个意向，"镜片后面八木的眼睛眯成了细线，"那就去试试吧。反正我已经没力气跋山涉水，探险的事就拜托你们了。"

"老师，您觉得我们去哪里比较好？是吉田东伍所说的'沼川庄'旧址？还是现在的'奴奈川'村？"今冈问。

"嗯，这个问题有点难。不如你们自己先商量一下。"

八木副教授把"淳名川"现址的调研任务交给了三个学生。

三

恰逢暑假，三个学生利用假期，出发去找"淳名川"。

虽然已经知道了"淳名川"就在颈城郡，但现在的颈城郡却分为东西两郡，而且各自都有与"淳名川"相关的地方。

去东郡还是西郡？这是个问题。结果，今冈三郎和冈村忠夫都选了吉田东伍所说的西颈城郡，只有杉原忠良选择去东颈城郡的奴奈川村。

三个人买来比例为五万比一的地图进行调查，他们发现无论是西颈城郡还是东颈城郡，都有着数不清的河流，像毛细血管一样密布在山林之间。西颈城郡的沼川庄旧址，其现在的中心是糸鱼川市，但其实覆盖了向北延伸的、隶属北阿尔卑斯山系的白马与乘鞍的山岭地带。而东颈城郡的奴奈川则沿着"上信越高原国立公园"的山岳向西北延伸。无论东郡还是西郡，都有无数涓涓细流在深山幽谷间匍匐蜿蜒。翡翠常见于冰冷的溪流中，所以在这点上很难决定哪个地方更合适调研。

今冈三郎选择西颈城郡，其实是受未婚妻芝垣多美子的影响。

"太有趣了。"芝垣多美子从今冈那里听到了八木副教授的推论后，非常感兴趣，"那必须去一趟。其实我也想去，但这次不巧不方便同行。"

芝垣多美子是另一所大学的学生。

"我觉得'淳名川'的现址在西颈城郡。《倭名抄》里有据实的地名，所以我觉得去西颈城郡才对。"

"但是从地图来看，河流多到数不清呢，要一条河一条河地实地考察，真的也不容易吧。"今冈说。

"也是哦。"芝垣多美子盯着地图，随手一指，"会不会是这条河？"

"哪条？哦，这条河叫姬川。"

姬川紧挨着糸鱼川市，是条大河。

"从名字来看应该就是吧？《古事记》里不是有个'沼河姬'的嘛？"

"啊，对哦！"

姬川大体上沿着连结糸鱼川和信州大野的"大糸线"① 方向流淌，上流在长野县的鹿岛枪山麓，奔流入海之前，汇集了无数条如枝杈般的支流。姬川也叫能生川、早川、海川、青海川或田海川。同一条姬川，还可分成根知川、小泷川和大所川三部分。所有溪流都如同静脉般密布在山川河谷间。

"但地方这么大，每条河流都从上游开始调查的话，这得多久才能完啊？"今冈三郎面露难色。

"那就先锁定一个目标，循序渐进、步步深入。姬川最大，就从她开始如何？"

"也对。不过不能因为姬川这个名字就先入为主吧？我觉得可能是因为你自己也写诗，喜欢玩浪漫，听到姬川这种听着挺浪漫的名字就被吸引了吧。"

---

① 新干线铁路线路。

"哪有。八木老师不是说了吗，都是从《古事记》里引经据典得出的结论，把'沼河姬'的'姬'和'姬川'的'姬'联想到一起，我觉得很合理，也算斗榫合缝啊。"

当今冈把芝垣多美子的想法告诉冈村后，之前和他一样选择西颈城郡的冈村却对此表示怀疑。"姬川那么大一条河，你觉得可能么。我还是觉得'淳名川'是条无名小溪。诚然，姬川听上去是像那么回事儿，但感觉是在玩文字游戏。"

一旁的杉原说："你们反正都选了西颈城郡，那就去找找吧。我还是觉得在东颈城郡，毕竟'奴奈川'和'淳名川'的发音完全一样。我地图上看到有个叫'松之山'的温泉，地方比较偏僻，我可以悠然地泡泡温泉，顺便做做调研。"

于是三人决定按照各自的想法分头行动。他们约定出发一周后回到东京碰头，分享彼此的调研结果。如果没有任何成果，就再次出发。如果任何人发现任何线索，再次出发的时候可以三人同行。

"能去做调研真开心啊。要是在河底发现一块惊世碧玉，那就更好啦。"冈村说。

"喂，河里的翡翠未必是碧绿色的哦。我查过资料，自然界里的石头表面会因氧化而变成灰色。这就讨厌了，山谷里到处都是灰色的石头吧。"杉原聊得很起劲，"但就算找不到石头，我也特别期待，因为在那些溪流间边走边看，说不定能采集到珍奇的植物标本呢。"

"原来如此。你的兴趣爱好就是和别人不一样。"今冈说。

冈村也提醒说："喜欢那些花花草草没什么不好。但重要的是，别忘了石头的事情哦，别一心想着采集植物标本掉进河里什么的。记住，我们这次的目的不是植物，你别心里只想着植物结果，看见宝石都视而不见哦。"

"哎哟，我知道啦。你们放心。我只想说，就算找不到石头，我也不会失望的。"杉原辩解道。

三人整理好登山包准备出发。

出发前，他们还去了趟八木副教授的研究室。

"马上要出发了吧。"八木显得很开心，"但不要奢望一次成功。要仔仔细细地好好找。今年找不到，可以明年再去。另外，因为要进入深山幽谷，万事都要小心。等你们的好消息。"

三人坐上了从新宿站开往长野的慢车。芝垣多美子到站台上来送行。多美子既是今冈的未婚妻，也是杉原和冈村的朋友。

"一路平安。记得给我带块鸵鸟蛋那么大的翡翠回来啊。"她对脑袋探出车窗外的三人说。

冈村带着点嘲笑的语气说："不如叫你家今冈多找些适合用来

做戒指的石头，回来可以卖给银座的首饰店。"

"然后大赚一笔，你和今冈的结婚费用就不愁了吧。"杉原也大声打趣。

身边的乘客们听他们聊得那么开心，都朝多美子看去，弄得她脸都红了。今冈也有些害羞地笑起来。

车上的乘客看上去很多都是登山客。没过多久，这趟中央线的夜车就闪着红色尾灯消失在铁轨尽头，奔向远方。

芝垣多美子在东京等他们回来，之前约定过，不管结果如何，一周之后都要回东京。这一周每天几乎都是大太阳，期间下过一次雨。多美子想象着今冈三郎在山谷溪流间一个人汗流浃背上山下水的模样。当然，不只是今冈，还有杉原和冈村，他们都在各自认定的目的地边走边找。

杉原应该就和自己之前选择的那样正在东颈城郡的奴奈川溪谷间游走吧。冈村和今冈虽然同在西颈城郡，但调查的河流有所不同。三人身处三处，但都是杳无人烟的溪谷。三人的性格也各有特点。多美子想象着，今冈现在所处的地方一定很适合今冈，而杉原和冈村也都正置身于与他们自己气场相合的风景中吧。

一周后，从古地图上的'越之国'属地风尘仆仆赶回东京的三人都晒黑了，他们如约在新宿的咖啡厅见了面。多美子也一起来了。

"没找到什么成果。"杉原看了一眼多美子，第一个开口。

"那地方比想象的还遭罪。只有伐木工才会进去那种鬼地方，路都没有，只能摸着河走。"

"我也差不多。"冈村也对着多美子说，"我是想去找石头的，但真的走得好辛苦，而且越走越觉得希望渺茫。看地图的时候以为是条小河，到了之后才发现上当了，根本是条激流奔腾的大河。就像杉原说的那样，那些地方连当地人都不常去，很多地方完全就没有路，破损的栈道也没人管，好几个地方都得靠手脚都着爬着走的。"

"而且河水真的很冰。脚伸进去，一分钟都受不了。"今冈说，"山谷里的水之所以那么冰，是因为白马山和乘鞍山上的雪都化了流入河水，我的手指都冻僵了。"

"我倒是蛮想去的。"多美子双眼放光。

"如果只是走走路的话，你去也无妨。"今冈说，"但这次是正儿八经的登山，不是去野餐，每次看到稍微特别一点的石头我就会捡起来敲敲打打。我甚至还跑到一些河流的交汇处，还有那些残垣断壁，真够呛的。我觉得没个一两年，根本找不到。"

多美子问："你去爬了残垣断壁？"

"对啊，我不知道哪里能找到石头，而且翡翠也不是那么容易就能找到的，所以就去那种地方去找找看。"

"太危险了。"

"对啊。好多地方都是陡峭的悬崖，一不小心就会没命。"

"万一受伤了，都不会马上有人来救，那种时候该怎么办啊。"

"真到了那种时候，别人会当他是失踪了，而他自己只能静静地在山谷间，慢慢变成一堆白骨。"冈村故意说笑，捉弄多美子。

没想到，这话一语成谶。

## 四

休息了两天，这天晚上三个人又来到新宿站的月台上。因为考虑到万一遇到暴风雨可能会被困在溪谷中的危险，他们都在登山包里装了够吃三天的食物和很多罐头，和其他登山者一样重装出行。

这天的列车里挤满了登山客。从月台到地下通道的入口处，乘客们排成一列坐着等车。几乎都是年轻人，有的坐在自己的登山包上，有的在地上铺张报纸在看书。三人正好在等车队伍的正中间。芝垣多美子今晚也来送行，她依偎在今冈三郎身旁。

开往松本的普快发车时间是二十三点零五分，现在距离发车时间还有一小时。

根据路线图显示，这趟列车将于早上五点二十一分到达松本，五分钟后并入开往信浓大町的大糸线，六点十九分到达大町，七点零四分再次并线，九点三十一分到达终点站：新潟县的糸鱼川。

按照计划，杉原会在松本独自下车，换乘前往长野的列车，而今冈与冈村则在小泷站下车后分头行动。

冈村会在糸鱼川换乘北陆本线西行至青海下车，然后沿着青海川进入深山。之所以选择这条河，也许是因为在他看来，"青海川"的"青"字带有一种与翡翠绿色相关的暗示。他沿途经过的溪流源头就在黑姬山下。

杉原忠良会一个人先乘坐筱之井线，然后换乘信越本线，中途再换乘前往十日町方向的饭山线，在越后外丸下车后乘大巴前往松之山温泉，但奴奈川还远在八公里之外。

在新宿站等车并不是一件轻松事儿。

"唉，要等到什么时候啊。"杉原打着呵欠，"上了列车就不能上厕所了，趁现在我先去一趟。"说完他站起身，"帮我看好我的位子哦。"也不知道他是对今冈还是冈村，或者是对前来送行的多美子说这话的，说完就沿着地下通道的楼梯向地面走去。


"对了，今冈，我去给你们买点东西吧，比如可以在列车上大家一起吃的东西。你想吃什么?"

"好啊,反正今晚肯定睡不好,什么都行吧。要不你帮我买四五本杂志。"

"好的。"多美子说完转身离开,也沿着地下通道的楼梯向上朝地面上的小卖店走去。

就在离候车室不远的地方,多美子看到杉原忠良和一个十五六岁的少年正站着在说话。少年看上去像是刚徒步旅行回来,肩上背着一个小登山包。

多美子看了他们几眼,然后去买东西。

买完杂志回来的时候,少年和杉原还在原地聊天。多美子看到少年把一个白色的小纸包交到杉原手里。多美子以为少年可能知道杉原今夜要坐列车,所以送一包小点心之类的。

多美子回到众人排队的地下通道后不久,杉原也回来了。眼看着马上就可以上车了,之前还百无聊赖地坐在地上等车的人们突然就好像复苏了似的,噌噌噌地一个个纷纷站起。

大约又过了二十分钟,芝垣多美子在中央线的月台上又一次向三人道别。

"一路平安。"她抬头望着未婚夫今冈三郎所在的窗口,"这次记得带块最大的翡翠回来哦。"

今冈笑得露出了一口白牙。

"但也别逞强，别去那些危险的地方。"多美子提醒。

"多美子你放心，这个家伙像蟑螂一样，命硬得很呢。"坐在今冈身旁的冈村说。

"他这次回来，说不定会带两颗鸵鸟蛋大的翡翠给你呢。"杉原也眉开眼笑地对多美子说。

列车启动，他们在车窗边一直看着多美子，直至她的身影和月台一同消失。

列车行至东京郊外时，家家户户已经熄灯就寝，车窗外一片漆黑。车厢内的人们渐入梦乡，过道里挤满了人，满地都是登山包。

今冈、杉原和冈村三人一开始还在翻看多美子买来的杂志，一个小时后，先是冈村抱着胳膊闭上了眼，没一会儿就酣然入睡。之后，今冈也伸伸懒腰打算睡了。

"喂，今冈。"杉原轻声叫今冈三郎。

"干吗？"见他还没睡，今冈微微睁开眼。

"你跟我说实话，是不是已经有头绪了？"杉原低声问。

"没啊，完全没有。你怎么样？"

"我也是。但已经开始了，又不能不硬着头皮继续找下去。"

"确实够呛。虽说都是颈城郡，但东西两郡离得实在太远了，真折磨人！不光地方大，而且还没人能肯定地告诉我们，我们去的地方是否就是古书中所记载的。"

"换个角度想想，就算真的河底藏着翡翠，也早就被人捞走了吧。"

"可不是嘛。"

"我跟你说句实话，其实我去的地方已经发现一点线索了。"杉原忠良摸了摸口袋，掏出一张随手乱折的地图，比例为五万分比一，是他选的东颈城郡奴奈川一带的地图。

"你看这里！"他指着一条山间小河说，"这里挺奇怪的，石头的形状和别处的完全不同，虽然捡起来敲一下，发现都是普通的石英，但我觉得这一带还是很有希望的。"

"是吗？那可值得期待啦。"

"你这次去哪里找？"

杉原又拿出一张西颈城郡小泷地区的地图，比例也是五万比一，盖在之前的地图上，这是今冈选择的区域。

"我这次去这里。"

今冈指着地图上的一个点，那是姬川的上流，中途向西分流出小泷川。这条河是从犬岳山（标高一千五百九十三米）上流下来的。

"原来如此。"杉原仔细地打量着那个地点。

"我跟你说，那附近的湿地里，"今冈说，"长着很多野生山葵，水超冰的。这次我也想去那个溪谷里继续找。上次我差不多走到了这个地方，这一次打算再往深处走一点。"

今冈三郎用手在地图上边指边说，坐在前面的冈村已经完全熟睡。

"原来如此。希望我们都能早点发现玉石吧。"杉原的视线离开地图，突然把背向后一靠，自己随便配了个曲调小声地唱起歌来，"或是苦求，或是偶拾……"

列车行驶至八王子附近，车厢内的乘客多已入睡，发出阵阵微鼾，睡不着的人默默地翻看杂志。

列车在暗夜中驶过了甲府、韮崎和上诹访。当昏暗的天空中亮起了黎明的曙光之时，列车终于到达松本站，车厢内一下子嘈杂起来。

大部分年轻的登山客都要在这里换乘开往大町的电车，为了能抢到一个好座位，他们在长长的月台上争先恐后地飞奔着。

"祝你好运。"今冈笑着对杉原说。杉原要在这里换乘前往长野的列车。

"大家都加油。一周后东京见！"冈村和今冈紧挨着下了车。杉原也随后下车，因为要换乘筱之井线，所以朝另一个方向走去。

"嘿，小心别受伤哦！"今冈与冈村挥手告别，话音未落，彼此的身影就消失在天桥楼梯上拥挤的人群中。

杉原忠良原本选择的路线比较麻烦，要从松本站换乘开往长野的列车，再从长野换乘信越本线，到达丰野后再换饭山线。

杉原留在松本站，距离换乘列车的发车时间还有三十分钟。

但杉原忠良没有乘坐开往长野的列车。今冈和冈村乘坐的是五点二十六分开往大町的列车，现在，杉原登上了同一方向的下一班列车。到达大町后继续换乘，赶往系鱼川方向。他所乘坐的每一趟列车，都与今冈和冈村同方向，只是时间上刚好晚一班。

# 五

就在那天，杉原忠良**在一个地方，做了一件事**。

当他出现在东颈城郡松之山温泉旅馆的时候，已是黄昏时分。

他一副心神不宁的样子，脸色也很差，走进旅馆的时候，刻意不让旅馆的人看到自己的脸。

等到旅馆的女侍离开后，他脱下自己的衬衣和裤子，照着电灯仔细检查。

他发现衬衣的袖口上有一点污渍，铁锈红的颜色，形状就像一个颠倒的惊叹号。杉原发现后，立刻拿出小刀，小心翼翼地从衬衣上割下这一块，跑到屋外的走廊边，点燃火柴将其烧毁。一厘米大小的布片发出一股烧焦味，瞬间变成一坨黑灰。

杉原忠良掏了掏裤兜，再把裤子倒吊着抖了抖，从裤脚的折缝里，掉出一些混着小石子的泥沙。裤子的下半部分都有水渍，明显是经过浸泡之后又被太阳晒干了。

他抖裤子的时候，除了沙石还掉出了别的东西，是一种小小的黑色颗粒，上面粘了一点点像轻薄的白色羽毛般的东西。

杉原忠良陷入沉思，又把手伸进口袋，从里面掏出一个纸包，那纸已经在裤兜里被压得皱巴巴的，还破了一点。他把纸包放在手掌里，刚打开，又有十二三颗同样的黑色颗粒掉到了榻榻米上。他接着再次把手伸进裤兜，仔细搜摸之后又取出四五颗同样的黑色颗粒。这些正是杉原忠良昨夜出发前在新宿站从少年手里接过的东西。

杉原忠良好像验货一样仔细地看着这些黑色颗粒，突然觉得有些不对劲儿，赶紧一颗一颗数起来。

数完后，他的脸上露出了些许不安的神情，但马上就恢复了正常。他故作镇静地对自己说，没事的。

"澡堂那里已经为您准备好了，您请吧。"女侍突然在他身后进了房间。

杉原忠良赶紧慌慌张张地把黑色颗粒藏起来。"啊，好的，我马上去。"此时，他的声音听起来还算平静。

"我给您带路吧。"女侍把叠得整整齐齐的浴衣放在榻榻米上。

"不用了，我先去抽根烟，过会儿我自己去。"

"好的。您有事就请按铃叫我们。"

"知道了。"

女侍告辞离开，直到她的脚步声消失在走廊尽头之后，杉原忠良才又把黑色颗粒摆放在自己面前，凝视良久，接着又小心翼翼地一颗颗收起，再用纸包好。

他带着火柴绕到屋子的后面，这里有个院子，花花草草都长得很繁茂。

他蹲下身来，用火柴点燃了纸包的一端。之前被拧成紧紧一团的纸包，随着火焰的蔓延，看上去稍稍有些展开，但不久之后就完全燃尽。

杉原忠良等到纸包燃烧殆尽后，捡起一旁的小木片捣鼓着灰烬把它弄散，然后站起身，用双手拍了拍裤子，接着回房。

杉原悠悠地抽着烟，忽然想起了什么，赶紧取出登山包，打开袋口，把手伸进去一阵乱找。不一会儿，杉原的手从登山包里掏了出来，攥着一块石头。

他走到电灯正下方，鉴赏着石头的整体形状：约两个拳头那么大，颜色呈灰白色。

但这石头其实早已被割开，一分为二。杉原用双手把两半石头捧在掌心，接着又将石头的切割面举起对准灯光，与外侧普通的灰白色不同，切割面上好似涂着一种通透的碧绿色，而那碧绿色中还交杂着稀疏的丝状的白色纹路。

杉原的眼里尽是满足。那石头的碧绿色看上去并无光泽，却像在窥探深海底部而呈现出一种浓稠的墨色。这，就是翡翠的原石。

他对这石头简直百看不厌。

突然，桌上的电话铃响了。他显得有些狼狈，赶紧把石头塞回登山包，但速度很快，只在一瞬间就放妥了。

他拿起电话听筒，原来是旅馆前台打来的，请他尽快去泡澡。

"我马上去。"

他放下电话听筒，舒了一口。他把烟头掐灭在烟灰缸里，拿起浴巾正准备出发。忽然，他似乎又想到了什么，赶紧抱起登山包，仔细慎重地把包藏在壁橱的最里面。

到了前台，刚才和他说过话的女侍正在等他。

"对不起，刚刚来了一批团体客人，想趁着现在澡堂里人还不多，请您先洗。"女侍说。

"原来是这样啊，谢谢你了。"杉原忠良很高兴。

"请问，"他突然想起什么，"你知道这附近哪里有卖衬衫的吗？"

"有的，我知道有家小商店卖衬衫。"

"那能麻烦你明天帮我买一件吗？随便什么衬衫都可以。"

"好的。如果您有洗衣需要，请今晚给我，明天就能洗好。"

"不用了，谢谢你。我之前在山上摔了一跤，原来穿的衬衫刮到岩石的尖角上弄破了，所以想买一件新的。"

"原来是这样啊，上山是挺危险的。"

"算我倒霉，不过幸好人没受伤。"杉原手里拿着浴巾，跟在女侍后面进了澡堂。

一周之后，如约回到东京咖啡馆见面的，只有冈村和杉原。芝垣多美子也来了。

"怎么回事，今冈还没来？"约好的时间已经过去很久，今冈依然没有现身，冈村有些担心。

"多美子，你知道今冈怎么回事吗？"

"我也不知道。他之前回到东京都会先给我打电话的，但这次没有。"

"真奇怪。"杉原好像有些焦急。

"难道是他记错见面时间了?"

"不可能,我们约的是和上次见面一样的时间。"

"那倒是。但真的很奇怪。他不可能错过回来的列车啊。"冈村说,"而且也没听说他去的地方有台风或暴风雨。"

"太反常了。"芝垣多美子看着冈村的脸,"冈村,你和今冈是在什么地方分开的?"

"今冈那家伙,在不到糸鱼川两站的小潼站下了车,他说那里下车更近。而我依旧是从糸鱼川往青川方向走的。"

"不会是在山上出事了吧?"杉原轻声嘟囔着。

"呸呸呸!"多美子焦躁不安地挽起双臂,"但万一真的出事了,那可怎么办啊?"

"没事的。先别想那些不吉利的。说不定过一会儿,那家伙就一边说着'晚上好'一边来了呢。"杉原好像在打圆场。

杉原原本想说个笑话逗多美子放宽心,但多美子却听得一脸茫然。

冈村也笑不出来,托腮疑虑:"有点不对劲啊。"

桌上的冰激凌早已吃完,只剩下几个空杯。一旦有人推开咖啡馆的门,多美子都会忍不住朝门口张望。

——今冈三郎始终没有出现。不仅是约好见面的当天，三天、四天、五天过去了，他依然没有回来。之后又过了一周，然后又过了十天，他还是没回东京。

杳无音信，又无法联络，大家都急了，但所有人都觉得只有一种结果，今冈三郎已经遇难了。

今冈三郎曾说过他会去爬那些残垣断壁，如果真是如此，那事到如今只剩两种可能：要么坠入深渊谷底变成一具死尸，要么被急流冲走后横尸在某块岩石上。

今冈所在的大学成立了一支搜救队，但没人清楚当时今冈到底去了哪里。根据冈村和杉原的陈述，大家推测可能会在姬川上游，但仅凭两人说的话，远不足以确定今冈的具体位置。

在当地村民的帮助下，搜救队在今冈有可能出现的溪谷做了一番搜索。但这一带都是 V 字形的溪谷，地势险峻，搜索以失败告终。

第二年春假，大学派出第二支搜救队，但也没找到任何线索。之后的暑假，大学第三次派出搜救队，距离今冈三郎失踪整整一周年。这一次，搜救队依然没有发现今冈的尸体，只能空手而归。事到如今，所有人都确认今冈三郎肯定已经遇难。三次搜救无果后，搜救队只能解散。

# 六

秋天到了。

芝垣多美子终于接受了今冈三郎已死的事实。今冈失踪至今已过一年，毫无消息。虽然也报了警，但警方在各地发现的非正常死亡的尸体也都不是今冈三郎。

多美子拒绝与冈村忠夫和杉原忠良见面，把自己关在家中。冈村和杉原是今冈的朋友，失去了今冈的现在，再去见他的朋友已经没有任何意义。而且一见到他们，又会想起今冈，这会让自己难过不堪。

也许正如冈村所说，现在的今冈已经在杳无人烟的深谷里变成一堆白骨。她想象着在今冈三郎的尸体上，溪水流过，落叶飘零，早晨有山雾笼罩，下午有白云飞过，如果尸骨没有浸泡在水中，到了冬天，一定会盖上厚厚的白雪。

芝垣多美子以前就喜欢写短歌，如今失去了今冈三郎，她变得更加埋头于短歌创作。当然，写的都是哀悼死去未婚夫的伤感之歌。

某一天，芝垣多美子收到了邮局寄来的短歌杂志《花影》，她像往常一样随手翻阅。

这本杂志除了杂志社的同人以外，也会刊登各地会员们投稿的短歌，编者还会写上评语。突然，她被其中一首深深吸引——

远赴越之山　信步深山幽谷间　奇景忽而现　富士蓟怒放吐艳　情不禁瞠目近观

作者是藤泽市南仲路二零五号的桑原道子。

编者的评语这样写道——

作者步行来到越后山，偶然发现那里盛开着的富士蓟，不由地瞠大眼睛驻足欣赏。富士蓟，主要生长在富士山周边，是一种分布在日本中部的菊科植物。植物图鉴介绍说，其花朵比普通的蓟花更大，长约六至九厘米，颜色深紫，艳丽鲜明，让人过目难忘。原本只在富士山周围常见的花，竟然开在了新潟县的深山里，如果这是真的，这将是何等难得一见的奇景啊，但估计这是作者的虚构。萧瑟的深山幽谷与盛开的大花瓣、艳紫色富士蓟形成鲜明对比，这是一种咏叹，是内心向往的虚幻美景。

芝垣多美子读完这段评语，并没有太放在心上。

又过了一个月。

新一期的《花影》上刊登了藤泽市的桑原道子对之前的编者评语作出的反驳。具体内容如下——

　　编辑老师在评语中说我所吟咏的富士蓟不可能出现在新潟县的深山里，但这确实是我亲眼所见，并非虚构。这年夏天，我从白马岳走向糸鱼川，经过一个名叫小泷川的溪谷。那是一个 V 字形的溪谷，溪水冰冷，我记得那附近还长着很多野生山葵。当我走上一条危险的小径，忽然看见了河床附近盛开着数株似曾相识的、艳紫色的富士蓟。于是我不由地就把当时感动不已的心情写进了那首短歌里。我读了编辑老师的评语后，去查阅了植物图鉴以及其他参考书，的确像您所说的，富士蓟是一种特殊的花，主要生长在富士山周围的山梨县、长野县的南部以及静冈县。至于这种花为什么会开在白马山麓的小泷川溪谷间，我也不得而知，但真的觉得不可思议。我确实是亲眼所见、有感而歌，绝非虚构。

芝垣多美子读完突然倒吸一口冷气。

小滢川是从姬川中分流而出的一股支流，今冈三郎所到的溪谷，正是这一带。

芝垣多美子愣在那里，许久都回不过神来，好像雕像一样动弹不得，她在脑海里努力整理着浮现出的诸多头绪。

她的记忆中突然冒出了一个短暂的瞬间。当她在新宿站买杂志的时候，曾看见过杉原忠良从一个背着登山包的少年手里接过一个纸包。当时她并不知道纸包里是什么，还以为就是些小点心。然而现在想来，杉原忠良对植物很感兴趣，所以有可能那个少年也同样是个植物爱好者，所以两人才会有往来。

当时少年背着登山包，但并不像个准备出发之人，相反是个刚乘列车归来之人。而作为植物爱好者的少年，一定是出去寻找植物种子的。

今冈三郎失联时，也就是他们第二次出去调研时，杉原忠良说自己和今冈三郎、冈村忠夫在松本站分开后就去东颈城郡的奴奈川了。冈村也说三人是在松本站分开的。冈村的说法可以证明杉原所说的一部分并非假话。

然而，真相究竟是什么？

多美子认为，在新宿站，杉原从少年手里接过的纸包其实装着植物种子。新宿站是中央线的始发站，途中可以在大月站下车，换乘前往富士山麓方向。那天的少年有可能就是从富士山麓回来刚到新宿站，偶然与杉原相遇的。

少年在富士山麓采集了很多植物种子，在车站偶遇志趣相投的杉原后，就把种子送给了杉原。这种想法完全符合逻辑。

今冈三郎应该是一个人走进小泷川溪谷的。但杉原会不会假装先在松本站下车，之后却搭乘下一班同方向列车尾随今冈三郎而去？

但这又是为什么？

答案其实很简单。之前的调研已经让杉原对东颈城郡的奴奈川感到绝望了，他越来越感到今冈三郎所选择的姬川上流才是最有希望找到宝石的。

但杉原为什么不把自己的想法告诉今冈，然后两人同行呢？

因为他们要找的石头是翡翠，是大价钱的宝贝。如果发现了翡翠的原石，肯定可以赚一大笔钱。如果从原石继而追寻到原产地，那就等于发现了一座金山。当然，深山里的村民们肯定对此还一无所知。

杉原的直觉告诉他，今冈三郎所选的地点是最有希望找到翡翠的。多美子无法判断当时的杉原是否已经有了独吞财富的野心，但总之，当时的杉原已经认定，比起自己所选的调研地点，今冈选的地方更有希望找到宝贝。

多美子越想越觉得可怕，不由地用手捂住了脸。


趁着北方尚未积雪，以八木副教授为首的第四支搜救队出发前往新潟县西颈城郡的小泷川溪谷。受芝垣多美子之托，藤泽市的桑原道子作为向导也加入进来，与此同时，这一次的队伍中还多了数名警察。

时至晚秋，山谷间红叶几近散落，山林也大多露着光秃秃的枝杈。一行人跟在桑原道子后面，爬上了陡峭的山路。

经过长时间的跋涉，桑原道子在某个地方停了下来。

"就是这里。"她指着已经干枯的富士蓟茎说。

富士紫蓟秋天开花，入冬前就会枯萎。桑原所指的富士蓟的锯齿状叶子已经完全干枯凋零。

警官带领大家以富士蓟为中心，在周边进行勘察，结果发现有一处土地特别松软。大家都聚集到这里，用铁锹小心把土挖开。没过多久，一个茶色的鞋尖露了出来。

芝垣多美子俯下身子泣不成声。她见过这只鞋，是她曾经多次擦拭过的、今冈三郎的登山鞋。

警方在东京抓捕了杉原忠良，他的招认与多美子之前的想象差不多。富士蓟的种子是那个在新宿站见到的少年送给他的，之前一直放在口袋里，但在和今冈三郎打斗时，不知怎么的，三四粒种子掉了出来，落进土里。

被捕前不久，据说杉原忠良正忙于向亲戚好友四处借钱，准备把那一片的溪谷地带全都买下。

"我尾随今冈来到溪谷间的时候，他正在捡石头。他看到我很吃惊，但还是兴奋不已地给我看他捡到的石头。那块石头看上去和普通的石英石并无两样，但粗糙程度却非同一般。普通的石头会被流水冲刷得光滑圆润，但翡翠却因为硬度大，即使被流水侵蚀，也依然粗糙有棱有角。这是今冈给我看石头的时候告诉我的。于是，我们拿出装在登山包里的榔头，想把石头敲开来看看，却怎么也敲不破。因为硬度高，击打到石头上的榔头总被弹回来。但今冈说他知道一个古人的方法。于是我们点了火，把石头加热，当出现胀缩现象的时候再用榔头击打。我们就用这个原始方法，把石头敲成两半。在那个敲开的断面上，我们看到了通透的碧绿色。今冈和我都惊呼起来。但就在这时，我突然生出歹念。如果这就是古人所说的翡翠产地，而且之后也没有任何记载，说明这里是尚未被任何人开采过的大宝地。广大的翡翠产地就是这里。一想到这儿，我就开始焦躁不安，一心只想独占，做梦都想赚大钱，我要变成大富翁。所以我必须用榔头砸向今冈的后脑勺。"交代完毕，杉原双手抱头。

新潟县西颈城郡小泷川溪谷，曾经的古代翡翠产地，现在成了最新的翡翠发现地。如今，日本古代的翡翠并非全都从中国南部或缅甸北部进口而来，对于这一观点，考古学家们已鲜有异议。

误　差

# 一

一共有六家旅馆。

从国营的东海线换乘私铁约两个小时，可以到达这家深山里的矿泉疗养地。不只是因为交通不便，还因为这里不是温泉是矿泉，城里人都不太爱光顾这里。但这附近有佛法僧的栖息地，据说很灵验，有时候去那里求福归来的人会顺路到这里投宿。特别是到了晚秋时节，环绕着这家 H 矿泉的溪谷里会开满红叶，这时候的观光客会比较多，相对比较热闹些。

住在这里的大多是自己动手做饭的疗养客，很多来自乡下的农家。旅馆允许外来客自己动手做饭，可以把便携炉拿到走廊里靠在围栏边煸火，这番风景正是乡下矿泉的特色。旅馆的建筑物都很陈旧。

六家旅馆里，最大最漂亮的要属川田屋。这里也有自己动手做饭的客人，但只在旧馆。而五六年前刚造好的新馆里以普通住客为主。川田屋建造在观景最好的位置，地处能俯瞰到 H 矿泉全景的高地，楼前隔着一条路就能看见一条河。

夏去秋来，早秋的这天，川田屋里来了位女宾。

现在是旅馆的淡季，之前趁着夏天农闲期间来泡矿泉疗养的一
批农家常住客刚结账走人。这位女宾被带到最好的一间西式房间，
她看上去二十六七岁，是这种乡下疗养地难得一见的绝色佳人。一
看她的衣服就知道她是从大城市来的，身着和服，价值不菲，而且
有种不露富的奢华之美。

这位客人一开始就说要最好的房间。

她脱在玄关处的鞋子以及女侍替她拿着的行李箱看上去也都是
高级货，整个川田屋都为来了这么个上宾而欢欣不已。

她一个人来住店。刚到的时候，大家以为马上会有别的同伴会
过来，但事实上并没有。

"我可能要住五六天，还不确定。"她对负责的女侍说。女侍名
叫文江，是本地人。

这位女宾一到房间就从行李箱里取出便服换上，那便服也是高
级货。文江注视着这位客人的一举一动。

在前台登记的时候，她写的是："东京都杉并区高円寺 × 丁目
× × 号　安西澄子　二十七岁"。字很漂亮。

这位女宾很喜欢晚膳的山珍料理，看起来她吃得很开心。

文江以为过一会儿肯定会有谁来陪她，但到了第二天，还是只有她一人。这位女宾好静，吃饭的时候只问了些这个疗养地的景点和矿泉的功效。

文江告诉了她景点和矿泉功效后等信息，但女宾并没有去任何景点，也似乎无意去矿泉好好疗养。她总是一个人看看书、听听收音机。

旅馆的人当然都很关注这位女宾。

虽然常住的客人少了，但旧馆那里还是有不少自己动手做饭的客人。一个名叫大村的青年就是其中之一，他得了结核病，初夏的时候来到这里每天都无所事事瞎溜达。据说他老爸是个地主，也许是因为生了病，他苍白的脸色看起来一点不像家里是务农的。

"'松之间'里住的客人是个什么样的女人啊？"大村问旅馆老板，他也注意到了那位女宾。

"听说是东京人，跑来我们这种乡下地方，每天却不见她有什么事，看不懂。"老板歪着脑袋。

"不像是来泡矿泉疗养的吧？"

"对啊，连调养身体都算不上吧。不知道是不是在东京遇到了麻烦事才逃到这里来。总之，那么漂亮的女人来我们这里真的很稀奇。"

"她会住几天?"

"她自己说可能五六天吧,但谁知道呢?说不定没多久就嫌乡下无聊早早地走人呢。看上去她日子很好过,我们这种地方,她应该很快就会呆腻的。"老板说。

"应该是个家境很好的女人。"大村嘟哝着。

不只是大村,旅馆里的女侍们、旧馆的其他住客也都在留意这位女宾,而且大家的想法都基本一致。

文江从女宾房间出来,看见大村站在不远处好像在等着她。"文江妹子,你弄清楚那个女宾的来历了吗?"

文江把身体凑近大村:"我也不清楚,但我觉得她很优雅。"她说话的时候表露出对大江的好意。

"我也知道她很优雅。她结婚了吧?"大村抽着烟。

"不知道呢。可能已经结婚了吧,不过从她的和服穿法来看,又好像是做艺妓的。"

"这么说来可能是情妇。"

"哎呦,干嘛说那么难听。如果是情妇的话,应该和她男人一起来啊,但她就一个人。而且那么优雅的女人怎么会给别人做情妇啦。"

"你负责她的房间吧?怎么还没弄清楚啊?"

"我只是负责打扫收拾和听候吩咐而已，又不可能去查她的底细。反倒是大村你，为什么那么在意那位女宾啊？"文江直直地看着眼前这个男人的脸。

"哪有在意。只是觉得那么个大美人独自出现在乡下的矿泉疗养地，正常人都会好奇吧。在这么个无聊的疗养地，不聊那个女宾还有什么可聊的。"

"你居然说这种话，有我还不够啊。"文江娇嗔地瞪了一眼大村，这个来到旅馆不久就和她好上了的男人。

## 二

大村住的是旧馆，但偶尔也会去旅馆前台，或者到新馆的大堂玩。这几天他经常看到住在"松之间"的女宾。

有时两人也会在走廊里擦肩而过，每次大村都会先低头寒暄。在这家旅馆里，即使不认识的住客之间，互相看到了也都会彼此打招呼。

女宾见大村低头，也眼角微微露笑，点头寒暄，但并没有放慢脚步，而是径直地从大村身边走过。大村每次都会转过头目送女宾的背影。

这位女宾几乎不和其他住客聊天，其他住客也对她似乎也有些敬而远之，因为他们都觉得她和自己是不同世界的人，一半是羡慕，一半是反感。女宾自身似乎也散发着一种高冷的气场，让人无法轻易与其搭话。

女宾住店后的第三天早上，大村无所事事到处闲逛，来到旅馆三楼的大露台上，正好看到那位女宾也站在那里看风景。

大村轻手轻脚，生怕打扰到她，故意背对女宾，走到只能看到后山的地方。而女宾所站的地方，前方视野开阔，能将整个疗养地一览无遗。

女宾并没注意大村的到来，一直眺望着远方的景色。大村一边抽烟一边一点点将视线转向女宾，欣赏着她轻盈曼妙的身材。

女宾这才发现大村的到来，与他照了个面，点头致意。大村也微微鞠躬致意。之前在走廊里遇见过几次，不算陌生人，所以这种程度的寒暄也在情理之中。

大村来到了女宾身旁，想显得没那么刻意，特地留出一些距离。

站在这里，H矿泉旅馆的瓦片屋顶，农家的茅草屋顶，还有宽阔的稻田，以及稻田后面的河流，都可以尽收眼底。部落与部落之间有条路，从火车站到这里的大巴就走这条路。这条路泛着白光，经过河上的小桥，悠然蜿蜒地消失在山脚。

天空已经出现秋天特有的卷积云。

"您一直看，不觉得无聊吗？"大村鼓起勇气向女宾搭话。

女宾这才把视线从景色移开，看着大村的脸，莞尔一笑："不会啊，不会无聊。"她的声音也很好听。

"是吗？我在这里已经住了三个月，觉得无聊透顶。"大村不问自答。

"是吗？"女宾只是出于礼貌，不得不继续寒暄两句，"您是哪里不舒服吗？"

"哦，我胸口这里不太舒服。听说这里的矿泉对身体好，所以就每天在这里闲逛，但感觉病倒之前会先因为太无聊而倒下。"大村说得很起劲。

"是吗？倒下可不行吧。"女宾说完，就没再开口，视线又转向风景。远处的河流蜿蜒曲折，在明媚的阳光照耀下闪着光亮，河中的砾石阻挡了流水的奔腾。楼下升起一股炊烟，是自己动手做饭的住客们正在生火。

"您在这附近转过了吗？"大村继续搭话。

"没有，我哪里都不去。"女宾幽幽地回复，但是并没有转过脸看大村。

"虽然是乡下，但好看的景点还是有不少的。当然，估计对您来说，可能去过一次就不会想去第二次了。比如有个叫什么八景的地方，特地取了个听起来好像名胜古迹一样的名字。"大村继续没话找话，却得不到女宾的积极回应。女宾的眼中依然只有远方的景色。

"您是东京人吧？"大村继续发问。

"嗯。"女宾低声回答，还是不太愿意搭理的语气。

"我读书的时候也是在东京，住在本乡附近。东京呆久了会腻的吧？"大村本想炫耀自己去过东京，同时也想和女宾套近乎，但他看到女宾此时的侧脸已经冷若秋水。大村终于没法继续开口，说了句告辞就转身离开露台。女宾只向他微微点了点头。

大村在走廊上边走边咋舌懊恼，如果刚才搭讪顺利，本可以弄清女宾的来历。

旅馆的住客都在猜测，之后肯定会有人来和这位女宾会合，而从刚才女宾的反应来看，大村的直觉告诉自己，大家猜得没错。那位女宾看上去好像呆呆地在露台上看景色，其实她的眼睛一直盯着那条白色的小路。在那条路上，有辆大巴每天会往返于火车站与旅馆之间很多次。所以眺望着那条路的她，其实是在等那个约好与她相见的人。

大村的预感在这天傍晚应验了。川田屋的门前停着一辆出租车，这是一直停在火车站附近候客的唯一一辆出租车。一个看上去四十七八岁的高个子绅士走进旅馆玄关，问起那位女宾的名字。

"抱歉我来晚了。"刚到的男人对女宾说。

"你辛苦啦，可我真的已经等了好久呢。"女人露出开心的笑容，声音听上去也很兴奋。

正好大村也来到前台，瞪大了眼睛注视着眼前的情景。不只是大村，旅馆的女侍们都偷偷地频频打量两人。

高个子男人仪表堂堂，和那位女宾很是般配。他在前台登记了和女宾一样的地址，姓氏也一样。但旅馆的人根据经验判断，这两人绝非夫妻。

之前女宾一个人的时候，大家一直觉得有些蹊跷，现在她的男人来了，旅馆的人们觉得这才顺理成章。

# 三

这位女宾因为她男人的到来一下子变得非常活泼，简直判若两人。

之前的那三天，她身上似乎总带着一些落寞的阴影，但现在男人来了之后，那些阴影顿时烟消云散，她似乎完全置身于快活的光圈之中。之前的她几乎闭门不出，但男人到达的第二天，他俩就一起去了附近的名胜景点，四处游玩。

"怎么回事啊？那是她老公吗？"女侍们聚在前台，对晚到的那个男人议论纷纷，大家都觉得女人应该不是正室而是情妇。

"肯定不是她老公。我猜那个女人可能是开酒吧的。"

当然也有人不同意，认为那位女宾是正经人家的太太，和对方的男人属于婚外情的关系。

但不管是哪种说法，有一点大家意见一致，就是那个女人是自己先到一步，在这里等男人的。而两人之所以没有一起来，可能是男方正好出门在外，约好在回来的途中，两人在这里碰头，所以让女方自己先来。这种解释确实比较合理，也许男方正好是去关西方向出差，但不确定何时能回，所以才会让女方在这里苦等三天。离旅馆最近的车站属于私铁车站，需要从往返于关东关西之间的东海道线下车后换乘私铁，因此大家的推测应该不会有错。

男人出现后，被大家问的最多的就是文江。因为文江负责他们的房间，所以大家会聚在一起，问东问西，向她打听两人的闺中密事，诸如"他们俩在一起的时候神情如何"；"你听到他们说了什么话"；"你早上去打扫房间的时候，榻榻米上有没有什么不寻常的东西"；"你整理床铺的时候，他们的被子是不是很凌乱"，等等。

向文江询打听两人情况的不只是女侍，大村也很热心。而有些事涉及私密，文江没对别人说，只是小声地告诉了大村。

大村听后先是一阵傻笑，接着又好像生气一样转过头去。

"怎么了?"文江问的时候看着大村的脸，自己的脸也变得绯红。

"没事。"大村嘴里叼着烟，手里擦火柴。

"夫妻俩做那些事很正常吧。"她以为大村生气是因为自己说了那些不害臊的事情，所以故意给自己一个台阶下。

"是啊。我还以为你会告诉我什么呢，无聊死了。"大村说得好像很失望。他心里有点堵得慌，于是他马上和文江约好晚上交欢。

因为这阵子的客人不多，"松之间"两边的房间以及隔着走廊的前面的房间都空着，所以两人好像处在一个与其他人都隔绝开的二人世界里。那男人英俊潇洒，那女人貌美如花，旅馆里几乎每个人都饶有兴趣地想知道，如此般配的一对璧人在那间无人可见、无处可听的密室里在干什么。

长时间住在旧馆的住客们也对此津津乐道。住在"松之间"的那对男女无意间成了将人们从无聊中拯救出来的余兴节目。

男人入住川田屋后的第三天，下午三点过后，难得见到他一人外出。他说旅馆附近没书店，但自己想买本杂志看看，于是他坐上了大巴，朝着车站所在小镇的方向离去。从这里到车站，大巴车程约三十分钟，往返时间加上他说的买杂志的时间，足足过去了一个半小时。男人回到旅馆的时间是四点五十分，因为是坐大巴回来的，估计等车也用了些时间。

男人回来的时候，手里拿着镇上书店用纸包好的杂志。在玄关处，女侍们向他鞠躬："您回来啦。"男人自顾朝房间走去，在房里呆了三十分钟左右。

又过了一会儿，前台的旅馆老板为了打发时间，正一边看着报纸上的棋谱，一边自己摆弄棋子。身边没有女侍。突然，他听到好像有人叫他，抬头一看，是差不多四十分钟前刚回来的那个男人，现在他手里却提着行李箱。

"哎哟，您这是要结账？"旅馆老板有些吃惊。

男人脸上露出一丝微笑："不是的，我现在要去 T 站见个朋友，晚上会住那里，明天一早再回来。"

去 T 站所在的城市需要从这里先坐大巴到火车站，然后坐私铁接着再换国营的东海道干线，坐到第三站再下车。

"那您要辛苦了。"旅馆老板寒暄道。

"其实我自己不想去，但是为了工作没办法。对了，我太太还在睡，拜托不要进屋打扰。"男人说。

"好的，我明白了。"这时，旅馆老板看了一眼挂钟，下午五点三十三分，旅馆老板有些纳闷，那位女宾怎么睡那么久。

正好文江也来了，老板吩咐文江替客人准备鞋子。那男人对文江也再次嘱咐："我太太还在睡，请不要进屋打扰。"

为了赶上大巴的末班车，男人大步朝外走去。文江在玄关处目送他的背影。

两小时后，房间内发现了被掐死的女宾尸体。负责这间房的女侍文江为了打扫房间，七点过后进入房间，却发现女宾死在铺在榻榻米上的被褥上，有被拖拽过的痕迹。

旅馆内一阵骚乱。

接到报警电话，派出所的警察最先赶到现场，命令旅馆老板不许让任何人进入凶案房间，也不能站在门口朝里张望。

三十分钟后，也就是晚上八点左右，八公里之外的警署署长带着五六名部下，坐着两辆吉普车赶到旅馆。

## 四

法医开始现场验尸。虽然尚未解剖，但从尸体僵硬程度来看，基本推定死亡时间在四至五小时之前。

尸体的颈部明显有手指重压后的淤血点。死者面部呈暗紫色，眼睑处也有溢血。原本是一张美人脸，现在却是一副让人不忍直视的死相。

从尸体状态来看，死者生前做过挣扎。

警署署长和刑侦队长立刻叫来了旅馆的老板和女侍们。

当然，女侍们都提到了和死者一起的男人，所以他的嫌疑最大。今晚他出门前说会在 T 市住一晚，但现在恐怕是不会回来了。之前他还去过火车站附近买书，回来后过了大约四十分钟，手里拿着行李箱来到玄关处。当时他对旅馆老板说："我太太还在睡，请不要去打扰。"

很明显，他说这句话是在行凶之后。因为他的这句话，女侍没能更早进入"松之间"，整整晚了两个小时才发现尸体。

警察又问了一些问题，比如被害人自身的情况以及可能是加害者的男性同伴的情况。

"一开始我们以为她是哪家的太太，一个人住了三天。后来那男人来了。两个人是约了在这里见面的。我们都猜那男人是去关西出差，和女人约好回东京的途中在这里碰头。"

为何不选男人出差回来的当天来这里？而要让女方在旅馆里空等三天呢？对此，川田屋老板回答说："我们猜想因为男人不确定哪天出差回来吧。也许那位女宾原本只打算早到一天，但男方比预计的晚了两天。"

其他女侍也有同感。特别是住在旧馆的大村被请去问话的时候，他作证自己曾经在露台上见过那个女人一直朝大巴驶来的方向看，就是一副等人的模样。虽然刚入住的时候女方自己说可能住五六天，但估计那时是为了在这里等男人，随口说的天数。

警方翻阅旅馆登记簿，发现了那对男女的住所和姓名。那是女人自己写的，"东京都杉并区高圆寺×丁目××号　安西澄子二十七岁"。比她晚到的男人写的内容也差不多，"地址同前　安西忠夫　四十七岁　公司职员"。

一看就知道这些都是假的，而且事后经过警方调查，也确认信息不实。

但旅馆方面说被杀的女人的穿着都是高级货，应该生活很富裕。而且从她的和服样式来看，她以前可能干过卖春的行当，比如酒吧老鸨或者艺妓之类的。

他们还说那男人看上去和女人很登对，衣服也很高级，如果是公司职员，一定是高层。两个人看上去非常亲密，关系再好的夫妻都比不上他们那样，毕竟旅馆的人见过太多真正的或伪装的夫妻了，一眼就能看出关系好坏。

警方调查了被害人的遗物。和旅馆的人说的一样，都是些奢侈品，但没找到能证明她真实身份的物品。遗物中有个装了五万七千日元的钱包，证明并非强盗所为。警方推测之所以找不到任何能证明身份的物品，很有可能是因为被那个男人带走了。

当晚，警方将尸体运送到警署所在的镇上，在医院里对尸体进行了解剖。做解剖的是医院的院长。经解剖确认，死者因被掐窒息而死。虽然无法证明死前是否有过性交，但可以肯定并非因施暴而死。死亡时间推定为解剖前五小时。

"五个小时?"在一旁的刑侦队长问院长，"现在是十点二十分，五个小时前就是下午五点多，对吗?"

"对的。"院长回答。

这个答案让队长很满意。目前的犯罪嫌疑人就是和女子结伴的那个男人，他曾一度外出后又回到旅馆，当时是四点五十分。而他再次离开旅馆的时候是五点三十三分，旅馆老板当时看过挂钟，所以很确定。队长推定凶案应该就发生在这四十分钟之内，行凶的原因可能是两人因感情问题发生纠葛，男人一时动怒将女人掐死。院长十点多进行解剖，推断死亡时间是五小时前，这个推断符合队长的对案件的推论，所以他觉得很满意。

然而，队长又突然想起，之前在现场验尸的法医所推测的死亡时间是四至五小时前。当时是晚上八点左右，按该法医"四至五小时前"的说法，凶案应该发生在下午三点至四点左右，但这与当时现场的状况并不相符。

男人是三点多离开旅馆去买书的。按照法医的说法，假设案发时间是三点，此时男人尚在屋内，不可能将女人掐死后再去买书。如果真是他杀的，他应该直接逃走，而不会从车站附近的书店再回旅馆，接着又逗留了四十分钟后才离开。因此，凶案只可能发生在四点五十分到五点三十三分这段约四十分钟的时间之内。而如果按照法医的说法，假设案发在四点，这时男人正前往车站，并不在旅馆内。车站附近的书店已经证实男人确实去过那里。总之，该法医所推断的死亡时间与现场情况存在诸多矛盾。现场法医是凭尸体外观做出的判断，而院长则是解剖后进行推断，相比之下，警方认为还是解剖所得的死亡时间更为准确。

队长把在现场验尸的法医的推断告诉了院长。

"你说的是古贺吧?"院长说出法医的名字，噗哧笑了一下，"他推断死亡时间的时候有个毛病，总会算得偏早。"说这话的时候，院长并没有太多嘲笑的意思，只是带着强烈的优越感，"毕竟每个医生都有自己的特点吧，推断死亡时间的时候，有人会推断得偏早，有人会偏晚。误差是难免的。但古贺，我知道他总是习惯偏早的。我说的五个小时前应该是对的。"

队长选择相信院长的自信，因为院长的死亡推定时间与现场情况相符。

那个先行离开的男人自己说会在 T 市过一夜，第二天一早回来，警方暂不排除男人如约回来的可能，于是当晚以及第二天一整天都埋伏在旅馆附近。然而，不出所料，男人并没回来。

于是警方将他视作真凶，展开进一步调查。杀人案在这个小地方算是少有的大案子，所以警察们都铆足了劲，全力以赴。

警方对被害人遗物再次进行了详细调查，在死者的旅行箱不起眼的边角处，发现了表示姓名首字母的 T.Q 印字，由此判断这是非常特殊的奢侈品，肯定只在东京有售。以 T.Q 为线索，当地警署联系东京警视厅请求协助调查，结果从出售该款行李箱的百货店挖出了有关被害人身份的信息。死者名叫添岛千鹤子，T.Q 是她名字的缩写①。

# 五

添岛千鹤子在银座开了一间酒吧，是某钢铁公司高层的情人。

她以前在另一家酒吧做小姐，那个钢铁公司的高层去玩的时候喜欢上了她，三年前出钱让她自己开店。她的店里雇了十二三个姑

---

① 原文缩写为"T.S"，即"添岛千鹤子"日文的罗马字表记"SOEJIMA TIDUKO"名在前姓在后的缩写方式，此处为符合中文语境将其改译为 T.Q。——译者注

娘，是间挺赚钱的店。

警方顺利地见到那位钢铁公司的高层，显然，这位高层并不是和女人同住矿泉旅馆的那个男人。他年近六十，大腹便便，而且案发当日，他人在东京从未离开。高层一脸茫然地告诉警方，据自己所知，很难想象那个女人还有别的情夫。

警方又来到酒吧向店里的姑娘们了解老板娘情夫的事情。几乎所有人都说不知道，只有店里的会计，她最得添岛的厚待，在店里的工作时间也最长，她向警方说出了添岛的秘密。

店里的人，还有这家店的出资人都没发现添岛爱上了某纤维公司的总务部长。他俩的事情非常保密，谁都没发现。添岛只对自己最信任的会计姑娘说出了实情，所以只有会计知道他们一直有联系。

纤维公司的总务部长名叫竹田宗一，今年四十八岁。

案发当地的警署派出两名警员来到东京，在东京警视厅警员的协助下，对竹田宗一的行踪进行彻底清查。

首先，警方来到公司，确认了竹田总务部长两周前曾出差前往大阪，回来后一直请病假在家静养。竹田回到东京的日期以及出差时间正好涵盖了添岛千鹤子在矿泉旅馆的遇害日，而竹田回到东京自己家的日期正是添岛遇害的第二天。

警方认定竹田就是真凶，打算立即将竹田捉拿归案，正当他们进行部署的时候，却传来一个让警方措手不及的消息。

　　竹田宗一住在目黑区××町，管辖该地区的警署报告说，竹田的家人报警说竹田宗一当天上午八点半在自家的置物间内自缢身亡。

　　从案发地所在警署大老远跑来东京的几名警员后悔得直跺脚，本来马上就可以将真凶抓捕归案了，却没料到晚了一步。

　　两名警员立刻赶往竹田家。看到遗体后，竹田的家人向警方描述了发现尸体时的情形。

　　根据警方鉴定，竹田宗一在置物间上吊自杀的时间是昨晚十一点左右，据说家人当时完全没有注意到任何异常。竹田将麻绳绕在房梁，打了个圈，自己把头伸进圈内，吊死了自己。

　　听他的家人说，竹田宗一从大阪出差回来后，显得非常烦闷，无论家人怎么询问原因，他都不肯开口。他以神经衰弱为由向公司请了病假，事实上他这几天一直脸色苍白萎靡不振，似乎真得了忧郁症。

　　竹田宗一留有遗书，他亲笔写在两页便签纸上。从遗书的内容来看，他是真的想死。

　　"发生了一件事，我觉得我必须死。关于那件事，我不想多说。

总之，我觉得活着太麻烦，不如去死。我必须为自己的所作所为负责。我已经精疲力竭，无法继续活下去。我不想眼睁睁地看见自己和家人毁灭，所以我选择闭眼。我是个糟糕的父亲和丈夫，除此以外，我别无他言。

"这种毁灭一旦发生将让我万劫不复。我已经完全丧失了活下去的动力和勇气。这是我咎由自取。我死后，你们也许会遭人白眼受到委屈，但我求求你，请你一定不要倒下，为了孩子们，请好好活下去。"

除了这封写给妻子的遗书，还有另一封写给公司的。

"感谢公司那么长时间以来对我的关照。感谢公司能让我这么个不才之人得到那么多。但我却辜负了公司厚爱。公司将因为有我这种员工遭遇麻烦和名誉受损，对此我深表歉意。我死有余辜。最后衷心祝福公司生意兴隆、大家身体健康。"

竹田宗一去大阪出差五天后并没有直接回东京，而是中途下车换乘去了矿泉旅馆见情人。

遗书中并没有写到竹田宗一杀害添岛千鹤子的原因，但警方推断，可能是竹田因包养添岛并出资给添岛开店的大老板而与添岛发生纠葛，因为某个导火索一触即发，盛怒之下将添岛掐死。

总是，嫌犯已死，无从证实究竟发生过什么，现在说什么都已无济于事。从案发当地警署来到东京的警员，没能将凶手抓捕归案，只能带着他的遗书复印件和自杀现场的照片，怅然若失地回到当地。

调查工作全面停止。

这次从当地警署出差去东京的警员里有一刑警名叫山冈，出发的时候他踌躇满志，现在却好像完全变了个人似的，悄然回乡。

# 六

案发一年后的某一天。

山冈刑警这天休息，正趴着看书，但他看的不是杂志，而是新买的法医学译本，心想着也许会对平时的刑侦工作有帮助。这本书不仅对工作有所帮助，而且也很有趣。读到一半的时候，正好出现了有关"推定死亡时间"的章节。

"尸斑的产生——尸斑产生于尸体低下部位，呈暗紫色斑痕。此种斑痕是由于人死后血液循环停止因重力原因所致。大部分情况下，出现在死后一两小时内。观察尸斑主要有两个理由：第一，可以根据尸斑确定死亡时间。第二，有时可以通过尸斑判断尸体死后是否被搬动过。"

尸僵的产生——尸体肌肉发生硬化。死后僵硬是肌肉组织内的化学变化所引起的。人刚死的时候，尸体是柔软的，头部可以向任何方向进行转向，手脚也可以摆出任何姿势。但出现死后僵硬现象时，肌肉就会变得僵硬，哪怕用很大的力气，也无法改变四肢的姿势。尸体会变得像硬板一样。

关于死后出现尸体僵硬的时间，权威人士之间也存在相当大的意见分歧。主要原因在于尸僵出现的速度会发生变化，且尸僵缓和甚至尸僵消失的时间也会发生变化。综合来看：主要的时间顺序如下：

死后僵硬，首先在死后三小时内发生于面部和下颌部位，之后是颈部、胸部、腕部、腹部，继而从腿部扩展至足部。尸体僵硬扩展至全身一般需要八至十二小时。尸体保持僵硬的时间各有不同，但通常在十二小时至二十四小时之间。为了能正确观察尸体的僵硬程度，重要的是找到最接近真实的死亡时间。假设警察看到一具尸体时已经出现尸斑，且从胯部到腿部有尸体僵硬现象，但颈部和肩部较为柔软，对此，他可以做出以下几种推测。

① 发生此种程度的僵硬之前已经过去八至十二小时。

② 僵硬尚未扩散至全身，此种程度的僵硬已持续了十八个小时。

③ 上半身的僵硬已经消失了三至四小时。

然而，有一点必须注意，死后僵硬的产生情况会因人而异。即使是专业医生，也必须对于死亡时间的推定慎之又慎。而且不同的医生对于死亡时间判断的倾向也有所不同，面对同样的情况，有些医生的判断可能偏早，有些可能偏晚，所以警察在听取医生证词时必须斟酌医生的个体差异。

山冈刑警读到这里，突然放下书，脑中闪过一道光，想起了一年前在川田屋发生的案件。

当时，现场验尸的法医所推定的死亡时间与负责解剖的院长所推定的死亡时间有所不同，两者之间差了一个多小时。当时负责解剖的院长还曾揶揄过那个在现场验尸的法医，"那个人经常会把死亡时间算得偏早"。

关于死亡时间，当时警方取信了院长说的话，认为是做现场验尸法医因为个人习惯的原因，也就是所谓的"个体差异"，产生了推断误差。但根据刚才书里的内容，"警察在听取医生证词时必须斟酌医生的个体差异"。当时，负责解剖的院长批评现场验尸的法医所判断的死亡时间偏早，但如果把院长自己的"个体差异"纳入考虑，结果又会如何？也许院长的"习惯"是把死亡时间算得偏晚。

山冈刑警慢慢地站起身，拿出纸和笔，参照着记事本上的笔记，画出了这样一张时间对比表。

① 进行现场验尸的法医所推定的死亡时间

（当晚八点，在川田屋验尸）

推定当时为死后四至五小时——死亡时间为下午三点

至四点左右

② 负责解剖的院长所推定的死亡时间

（当晚十点）

推定当时为死后五小时——死亡时间为下午五点

由此可见，两种死亡时间的推断之间存在一至两小时的差别。当时的鉴证对象并非那种已摆放数日甚至更长时间之后尸体，而是死后几小时之内就送检的，没想到居然还会存在一到两小时的差别，而正是这一两个小时的差异，对于发现案件的真相有着重大的影响。

首先，假设②院长所推定的死亡时间是正确的。如果死亡时间是下午五点左右，那正好是竹田宗一外出买杂志回到旅馆的四点五十分之后不久。他收拾好东西后再次从旅馆离开是五点三十三分。这些都是经过旅馆老板证实的事实，与杀人时间非常吻合。

然而①法医的推断又如何呢？如果死亡时间是下午三点，此时竹田宗一尚未外出买杂志，正与被害人添岛千鹤子一同身在屋内。难道这个时候竹田已经将添岛杀死？不可能，这样不合逻辑。因为如果这时已经杀死添岛，那他再坐大巴去买杂志，就不怕万一他不在的这段时间内女侍进入房间发现尸体吗？所以应该不是三点。而且，事实上，他四点五十分的时候还曾回到旅馆，所以可以排除三点这个作案时间。如果他要行凶，只能在他说完"我太太还在睡，请不要进屋打扰"、即离开旅馆的五点三十三分之前，也就是说，死亡时间必须在竹田从车站附近回到旅馆的五点左右到他离开的五点三十三分之间。

　　但如果死亡时间是下午四点又会如何？之前完全否定了这种情况，因为竹田宗一三点多就外出买书了，所以四点的时候，竹田不在旅馆。事实上，从旅馆坐大巴到达车站附近的书店需要三十分钟，警方给书店店员看过竹田的照片，确认竹田确实在三点五十分左右到书店买过杂志。这么说来，这起案件的死亡时间还是负责解剖的院长的推断②在时间上是符合逻辑的。

　　然而，山冈依然不愿放弃院长在推断死亡时间时有偏晚的可能性。其中一个理由就是，如果竹田是在买完书回到旅馆后再杀了人又逃走的话，四十分钟未免有点太仓促。虽然掐死一个人可能用不了十分钟，但之前应该有过争斗，加在一起的话，短短四十分钟实在有些不够用。

竹田宗一回到东京后就上吊自杀了。事实已经证明他与被害人千鹤子是恋人关系。他是看到千鹤子的尸体后逃走的，无论从时间上来看，还是从他交代旅馆老板不要让任何人进入房间的举动上来看，这一点都非常明确。最重要的是，他从矿泉旅馆逃走后的第四天，在自己家里上吊自杀，还有遗书，遗书里就有谢罪的意思。

想到这里，山冈刑警拿出夹在记事本中的遗书复印件。现在读来，词句中依然可以感受到满满的谢罪之意。为给公司抹黑而道歉，向妻子忏悔自己不是个好丈夫，并以死承担责任。

然而，再次仔细阅读的时候，却发现这封遗书中从头到尾看不到一句话说"我杀了千鹤子"。就算没有直白的这句话，从遗书全文综合来考虑，理应读出这样的意思。然而，以读完这封遗书的印象而言，完全看不出有杀了人这层意思。

山冈刑警的头脑里掠过一个念头，莫非竹田宗一不是真凶？

他从旅馆逃走的时候，特地嘱咐不要让任何人进入房间，这看上去是他为了能有足够的时间逃跑，拖延尸体被发现的时间。但事实究竟如何？

他不是凶手，但他拖延了尸体被发现的时间，也就是说，他是尸体的发现者！而且，就在他从书店回到旅馆的四点五十分左右，是他发现了尸体。

那么如果他不是凶手，为什么不马上联系旅馆的人通知警察呢？为什么还要对旅馆的人说不要进屋，之后还逃走了呢？

山冈再读竹田的遗书。

"发生了一件事，我觉得我必须死。关于那件事，我不想多说。总之，我觉得活着太麻烦，不如去死。我必须为自己的所作所为负责。我已经精疲力竭，无法继续活下去。……这种毁灭一旦发生将让我万劫不复。"对于这些话，之前大家的解读都以为是竹田因杀死千鹤子而写，但是现在仔细读来，却发现其中并无此意。

竹田宗一去车站附近的书店买书，回来的时候在房间里看到了情人的尸体。然而，没人知道他究竟看到了什么，不，是他没法让别人知道，他没有别的选择，只能逃走。

竹田宗一是一流企业的管理层，如果他告诉旅馆的人自己的情人死了，那么首先，当然是他自己的嫌疑最大，之后的调查审理一定会非常受罪。就算最后被证明是无辜的，报纸上也一定会出现他的名字，以前一直藏着掖着的秘密就会在公司和家庭中公开，就会逼得他不得不向公司提出辞职，家庭也会遭到破坏。

当时的竹田宗一，脑子里一瞬间已经把这些后患都想了一遍吧？所以他必须逃走，这是一种本能。他有一种侥幸心理，觉得警察可能不会知道自己是谁。他这么想也情有可原，毕竟他在旅馆登记簿上填的是假信息，而且他还把能证明死者身份的东西都带走了。更何况案发现场是离东京非常遥远的山间矿泉疗养地，没人知道自己是谁。这些因素让他决定逃走。于是他直接逃回东京。这是一种出于本能的自我防卫。

然而回到东京后，他发现自己想得太天真。有一个人知道他和千鹤子的事情，就是那个酒吧的会计。警察一定会查到他与死者的关系，只是时间问题。

如此一来，他迄今为止的生活和人生肯定会被一举击溃。这正是他最担心的。他已经这把年纪了，现在的生活一旦遭到破坏，就不可能东山再起重新打造新生活了。现在的他属于中流以上，收入又高，生活很滋润。一旦失去现在的工作，年近五十的他还能做什么？永远都回不到现在这种优越的生活了，而且家庭也会因此四分五裂。妻子对他早已没有感情，不可能在危难时刻帮他一把。他没本事从头再来。就算他愿意去做苦力，可是当了劳工又能重新开始生活的只限那些年轻人。他自己已经年近五十，毫无斗志和体力了。对于他这个要养家糊口的人来说，活着已经**变成一种麻烦**。

他的遗书应该如此去解读。

警署采纳了山冈刑警的意见，重新调查当年的案件，将当时的所有住客一个不漏地重新清查，结果逮捕了一个当时住在旧馆的年轻人，名叫大村。

　　大村很快就招了。根据他的交代，当时他趁竹田外出买书期间潜入房内，侵犯了正在午睡的添岛千鹤子。对方醒来后做出激烈反抗，大村觉得**太麻烦**于是将其掐死。作案时间是下午三点四十分。